Pierre Magnan

Laure du bout du monde

Denoël

Retrouvez Pierre Magnan sur son site Internet :
www.lemda.com.fr

© Éditions Denoël, 2006.

ESSAI D'AUTOBIOGRAPHIE

Auteur français né à Manosque le 19 septembre 1922. Études succinctes au collège de sa ville natale jusqu'à douze ans. De treize à vingt ans, typographe dans une imprimerie locale, chantiers de jeunesse (alors équivalent du service militaire) puis réfractaire au Service du travail obligatoire, réfugié dans un maquis de l'Isère.

Publie son premier roman, *L'aube insolite*, en 1946 avec un certain succès d'estime, critique favorable notamment de Robert Kemp, Robert Kanters, mais le public n'adhère pas. Trois autres romans suivront avec un égal insuccès.

L'auteur, pour vivre, entre alors dans une société de transports frigorifiques où il demeure vingt-sept ans, continuant toutefois à écrire des romans que personne ne publie.

En 1976, il est licencié pour raisons économiques et profite de ses loisirs forcés pour écrire un roman policier, *Le sang des Atrides*, qui obtient le prix du Quai des Orfèvres en 1978. C'est, à cinquante-six ans, le départ d'une nouvelle carrière où il obtient le prix RTL-Grand public pour *La maison assassinée*, le prix de la nouvelle Rotary-Club pour *Les secrets de Laviolette* et quelques autres.

Pierre Magnan vit aujourd'hui à Forcalquier. La sagesse lui a dicté de se rapprocher des lieux habités et de se séparer des surplus. C'est ainsi que sa bibliothèque ne se compose plus que de vingt-cinq volumes de la Pléiade et de quelques livres dépenaillés pour avoir été trop lus. Il aime les vins de Bordeaux (rouges), les promenades solitaires ou en groupe, les animaux, les conversations avec ses amis des Basses-Alpes, la contemplation de son cadre de vie.

Il est apolitique, asocial, atrabilaire, agnostique et, si l'on ose l'écrire, aphilosophique.

P. M.

« Mais nous avons continué à vivre,
vivant ou vivant à demi. »

T.S. ELIOT,
Meurtre dans la cathédrale

1

On ne peut pas inventer Eourres. Eourres, c'est la fin du monde ou en tout cas son extrême bord.

À Eourres, le surplombant, s'élèvent deux collines, parfaites pyramides, mais trois fois plus hautes que celles d'Égypte, abruptes sur tous leurs dièdres, fourrées d'yeuses moutonnant serrées comme la laine tondue. Elles sont vierges des pas de l'homme. Sauf les sangliers, âme qui vive ne les gravit jamais. Qu'irait-on y faire? Parfois, l'été, entre dix heures et midi, la pointe de ces pyramides obombre le soleil tout entier, alors il fait froid soudain et les vieilles se remisent.

Quelques collines de moindre importance cernent l'horizon, oblongues ou drossées à pic comme poils de chat en colère, pareillement vertes d'yeuses pressées et dont les vagues figées soulignent le ciel.

Ces collines sont labourées de grandes balafres livides portées comme des coups de griffe par quelque ennemi vindicatif. Elles sont stériles de haut en bas, sans un arbre, sans une herbe, noires quand la pluie s'en mêle. Ce sont les roubines. Parfois, le sommet fragile d'une de ces roubines supporte une table calcaire qui s'est fichée horizontale, au hasard de la pente. Autour d'elle, dans la masse friable, le travail de la pluie et du vent commence à esquisser la statue d'une de ces demoiselles coiffées qui sont nos seuls ornements.

Voici Eourres au milieu de ce chaos. Il ne faut pas se leurrer : tout ça est abrupt, sans mollesse, construit pour se garantir contre l'homme.

Ici, autour d'une église mourante à force d'abandon et qui sent le salpêtre, cent maisons en désordre se sont établies à la va-comme-je-te-pousse. À cause du terrain où se succèdent creux et bosses, elles se disputent les places au midi.

À Eourres, sauf les naturels, se sont réfugiés quelques individus incapables de digérer le monde d'aujourd'hui, lesquels ont quitté les villes où l'on vit mal, et s'ils n'ont pas la foi, la solitude, le silence, l'austérité leur en tiennent lieu. Ils en savaient déjà trop pour chercher Dieu par surcroît alors ils se sont faits bergers chez les autres pour presque rien, pour manger, tâchant de ne pas ajouter leur fardeau à celui de familles pléthoriques où survivre à l'aide d'un troupeau de moutons tient déjà du tour de force ou du prodige.

Les géologues disent qu'un clapier qui dévale

immobile juste à l'orée de la forêt de hêtres menace de s'écrouler sur le village, mais il ne l'a jamais fait.

Tous, naturels et naufragés de la ville, ne passent pas un jour sans jeter un coup d'œil interrogatif très haut vers les pyramides et beaucoup plus bas sur le clapier. Inquiets ? Non pas, mais confiants car l'amour d'un pays ne se mesure à la louange et à l'admiration que chez les êtres légers. Les autres vivent en osmose avec lui, serrent les fesses, lucides et sur le qui-vive. Ils aiment mais ils sont vigilants. Ils aiment mais ils craignent. Ils aiment mais ils attendent. Ils attendent de génération en génération un événement annoncé mais toujours en avenir, de sorte qu'ils regretteront à leur mort de ne pas l'avoir vu s'accomplir.

Sous ce clapier d'où parfois, sans cause apparente, une pierre solitaire roule en entraînant tout un chapelet de cailloux, les géologues prétendent qu'un glacier fossile, témoin de la nuit des temps, achève de s'amenuiser et que, au fur et à mesure qu'il se tasse, un grand vide soutenu par une voûte surplombe sa matière. Un beau jour, dit-on, cette voûte s'effondrera en entraînant le reste de la colline ; mais en attendant, ce clapier apporte le bonheur grâce à d'abondantes sources qui bénissent le village quand ailleurs tout est sec.

Ces sources qui coulent en veines sous les champs d'un vert irréel même au mois d'août, se divisent en fontaines devant chaque maison, en des abreuvoirs creusés dans des troncs d'arbres, en des moitiés de barriques qui croulent sous les géraniums et que tapissent les capillaires.

Il y a même un canon qui bruit comme une contrebasse dans une antique baignoire de zinc au fin fond d'une ferme sans nom, mais qu'en raison de la baignoire un facteur des postes, autrefois, a baptisée *la fontaine à Marat* pour situer le lieu où gîtaient les propriétaires.

Quand la nuit des temps, qui réduit les soubresauts de l'histoire à dix lignes dans les manuels scolaires, aura emporté le nom de Marat, cette fontaine rappellera seule celui du tribun poignardé; c'est du moins ce que prétend l'institutrice qui a commencé ici sa carrière, à vingt-deux ans, après son école normale.

Quand il s'est agi de distribuer les résidences (c'est un travail de sadique), l'inspecteur chargé des affectations a demandé à son secrétaire :

— Et celle-là? D'où vient-elle?

— Laquelle?

— Celle-là, là! Scolastique Chabassut?

— D'Eourres! s'est exclamé le fonctionnaire, après avoir vérifié.

— D'Eourres! a renchéri l'inspecteur.

À dix ans, à cause d'une faiblesse de poitrine, la patache qui faisait Laragne-Séderon l'avait déposé à Eourres et le premier regard jeté sur le pays l'avait fait frissonner. Il revoyait Eourres, les trois cols en nœud gordien qui le commandent, l'étranglent, les deux pyramides vert foncé qui forment devant le village comme un toit contre le ciel. Eourres! Il médita deux secondes. Il hocha la tête.

— Celle-là, dit-il, ce n'est pas la peine de l'envoyer ailleurs! Ce n'est pas l'usage, mais tant pis! Affectez-la à Eourres. On ne peut pas rêver meilleur premier poste! Pour en faire une vieille fille ou une mère abusive, Eourres, c'est parfait!

Cet homme était un humaniste qui souffrait de son état et regrettait d'appliquer les règles de l'administration.

C'est à la *fontaine à Marat*, qu'on appelait Marat tout court, que naquit Laure. La sage-femme montée à bicyclette depuis le chef-lieu arriva hors d'haleine et tout de suite, rien qu'à la regarder, elle dit :

— Mais, elle est morte!

— C'est pas possible, répondit la tante Aimée.

— Eh! Regardez-la! Elle est violette comme une betterave rouge et elle ne respire pas! Moi, pour moi, de tout sûr, elle s'est étouffée au passage!

— C'est pas possible! dit la grand-mère.

Elle se pencha sur le lit avec décision. Elle prit par les pieds le corps minuscule qu'elle venait de découvrir. Elle le secouait comme une montre qui vient de s'arrêter.

— Mon Dieu, mère, mais vous allez la tuer!

— Tu as entendu l'accoucheuse? Morte, elle l'est déjà! Alors, un peu plus un peu moins!

Jamais sans doute il ne s'était autant parlé de mort qu'autour de cette naissance.

— T'en fais pas, va! Ma mère, elle a déjà fait ça avec mon premier, le Sébastien. Regarde-le, il pèse quatre-vingt-cinq kilos et il boit comme un trou! Et au lieu de discuter, donne-lui de petites tapes sur les joues et frictionne-la!

— C'est une fille?

— Oui. C'est une fille.

S'adressant à la nouvelle-née, elle lui cria :

— Tu vas vivre, dis? Tu vas vivre?

Et changeant cette fois d'interlocutrice, elle apostropha la camarde :

— Ah, pute de mort, tu voudrais bien la prendre? Tu vas voir! Juliette, remplis la bouillotte d'eau chaude! Aimée, continue à la frictionner! N'arrête pas un instant!

— Comment veux-tu? Elle tient toute entre mes deux mains! C'est avec deux doigts seulement que je peux la frictionner!

— Vous êtes folles! Vous voyez bien qu'elle est morte. Vaï que! Sa mère vous en fera une autre! dit la sage-femme.

— C'est pas possible! Vous allez voir! Et toi, espèce d'estassi! Tu as fini de gémir comme si tu avais fait un veau? dit la grand-mère.

C'était la jeune mère qu'elle invectivait.

Soudain, elles entendirent toutes un son qui ne passait pas les lisières de l'audible, un bruit qui les fit muettes toutes ensemble et la respiration coupée.

C'était la petite qui vagissait. Oh! Elle ne vagissait pas de la même façon que ceux qui ont déjà leur place dans le monde. Elle vagissait comme si elle avait peur de déranger, comme s'il lui fallait entrer dans la vie sur la pointe des pieds.

— Je le savais que c'était pas possible, dit la grand-mère. Juliette, tu l'apportes cette bouillotte ou je vais te chercher? Et toi, Aimée, passe-moi la petite! C'est pas possible!

Tout en répétant ces mots comme une antienne, elle avait dégrafé son devantier. Sa vieille poitrine (elle avait la cinquantaine) apparaissait à l'air libre. Elle se collait le bébé contre le corps.

— Là! C'est là qu'elle aura le plus chaud pour le moment! Et regarde-moi cette estassi qui s'est mis la tête sous l'oreiller! Si tu ne voulais pas d'enfant, tu avais qu'à pas faire ce qui faut pour en avoir!

Elle regardait l'enfançon dans son giron. Maintenant, la vie avait arrimé solidement à elle ce qu'elle venait d'arracher à la mort. De violacée qu'elle était, la chose minuscule devenait rouge sang puis rose tendre, la couleur des nouveau-nés.

Il y avait le père dans cette chambre, bien portant, rubicond, grand à toucher le plafond. Il était au garde-à-vous, la casquette à la main. Va savoir pourquoi?

— Voï! On dirait un rat, dit-il.

— Bougre d'andouille! Regarde-le, celui-là! Grand et gros comme je l'ai bâti, c'est tout ce qu'il a été capable de faire! Aimée, elle vient cette bouillotte, et cet édredon? Et déchire le voile de mariée de ta sœur qui est dans le coffre! On en fera une couveuse! Il faut faire une couveuse. Et vous, Antonine puisque vous êtes sage-femme, au lieu de vous en tenir au fait qu'elle est morte, vous pourriez pas un peu vous remuer? Montrez-nous comment on fait une couveuse pour les prématurés quand on n'a rien. Ça a dû vous arriver, non, de rien avoir?

Ce fut à ce moment-là que la cloche de l'église se mit à sonner à toute volée.

— Il manquait plus que celle-là! dit la grand-mère les dents serrées.

Les deux sœurs lamentaient mezza voce et en chœur leurs Pâques perdues.

— Le plus beau jour de l'année! Quand je pense que j'ai passé l'hiver à préparer ma robe et mon chapeau! chuchota Aimée.

— Justement, ton chapeau, enlève-le un peu que tu fais de la poussière sur la petite, répondit la grand-mère.

C'était un matin de Pâques précoce, un quatre avril. Le sacristain venait d'ébranler les cloches comme si c'était le tocsin. Il y avait trois jours, depuis jeudi matin, qu'il ne s'était pas suspendu à la corde.

Le tintamarre de la campane lui manquait terriblement.

— D'habitude..., commença la sage-femme.

— Aimée, place la bouillotte sous l'édredon et fais un vide, comme ça, pas comme ça, ordonnait toujours la grand-mère.

— D'habitude, reprit l'accoucheuse, pour une naissance, c'est trois coups de cloche, un petit et deux gros si c'est une fille, et un gros et deux petits si c'est un garçon.

— Et quand c'est un avorton? ricana la grand-mère. Chabassut!

Elle appelait son fils. Jusqu'ici, il était Romain, mais depuis qu'il était père, fût-ce d'un avorton, il prenait son nom de famille.

— Voueï, dit le père.

— Apporte un peu voir la balance qu'on la pèse.

Cette balance servait pour les truffes qu'on vendait au marché de Laragne, les jeudis d'hiver. Elle sentait leur parfum à plein nez. C'était un plateau de cuivre au bout de quatre chaînes que les Romains utilisaient déjà. Toutes les fermes en étaient équipées.

La potence qui supportait ces chaînes se prolongeait par un levier de fer cranté sur lequel un poids d'un kilo coulissait. Chaque cran représentait cent grammes. Ces crans étaient usés par une utilisation séculaire. On ne savait de quelle époque dataient ces balances. Depuis très longtemps on ne les fabriquait plus. Le levier s'équilibrait dès qu'on mettait la tare sur le plateau.

La tare, c'était la petite. On la glissa avec précaution, entre les chaînes qui soutenaient le plateau. Elle vagit un peu moins faiblement lorsque sa peau toucha le cuivre froid.

— Elle vagit en catimini, observa la sage-femme.

— Voï, sept cent cinquante grammes! Elle pèse trois quarts de kilo! s'exclama le père.

À cette annonce, la mère sortit la tête de dessous l'oreiller où elle avait réfugié sa honte et s'écria :

— Trois quarts de kilo! La Lucienne Fabre en a fait une la semaine dernière qui faisait trois kilos cinq cents! Elle m'a dit qu'elle s'était toute déchirée!

La sage-femme s'était emparée du bébé et l'approchait, engageante.

— Vous voulez la voir?

— Non, non! Levez-la-moi de devant! hurla l'accouchée.

Elle avait renfoncé sa tête sous l'oreiller mais pas assez vite pour qu'on ne vît pas la moue de dégoût que ses lèvres esquissaient.

— Aimée! Apporte un peu d'eau sucrée qu'on voie si elle prend! cria la grand-mère.

Aimée arrivait déjà, le verre à la main, tout endimanchée.

Vous pensez : un matin de Pâques! Les deux filles s'apprêtaient à partir pour la messe quand elles avaient entendu leur belle-sœur prise par les douleurs. Elles avaient déjà les gants et le missel blanc qui était dans la famille depuis deux cents ans.

La sage-femme hocha la tête.

— Jamais vous n'y arriverez! Elle a une bouche pas plus grosse que le chas d'une aiguille, dit-elle.

— J'y arriverai! répondit la grand-mère. Juliette, lève-moi un peu ces gants et va me chercher la canule que je m'en sers pour ébouriffer les grives!

C'était un chalumeau coupé dans un épi de blé et qu'on utilisait pour écarter le duvet des petits oiseaux quand on les rapportait des lèques[1].

La grand-mère aspira une gorgée d'eau par ce tuyau et doucement, doucement, la fit couler jusqu'aux lèvres de l'avorton. L'effet fut immédiat. On vit se former sur la bouche du bébé cette moue imperceptible de l'enfant qui se met à téter.

— Elle prend! Attends, je continue! s'exclama la grand-mère.

Elle parvint à introduire dans la bouche de l'enfant la valeur, goutte à goutte, de deux ou trois cuillerées d'eau sucrée. Elle regardait avec anxiété si l'être minuscule n'allait pas tout régurgiter. Mais non. Le liquide suivait la mystérieuse voie par quoi toute vie parvient à l'être humain.

— Elle prend! répéta la grand-mère.

1. Pièges à grives.

Et les tantes et la sage-femme qui retenaient leur souffle répétèrent ensemble :

— Elle prend !

Ensemble, elles se tournèrent vers l'accouchée toujours abscondue sous son oreiller.

— Marlène, fais-nous ce plaisir, sors des draps, essaye de nourrir ta fille !

— Non, je ne veux pas !

La grand-mère grinçait des dents.

— Si tu étais ma fille, je te bastirais !

Cette Flavie Sorgues, pupille de la Nation, mère de sept enfants, la vie avait été dure avec elle. Elle avait acquis en vivant cette voix de commandement à laquelle nul ne résiste. En outre, elle était tellement en colère que les jointures de ses doigts craquèrent sous l'envie refrénée de corriger sa bru.

La petite maintenant vagissait avec véhémence, bien que toujours très bas. Les cellules de son corps minuscule avaient grand besoin de prendre pour se multiplier. Si elles cessaient de se multiplier, la mort serait à nouveau au bout du chemin.

— Marlène ! Tu lui donnes ce sein ou je te gifle !

L'accouchée se mit sur son séant brusquement. Par surcroît des sentiments divers qui l'agitaient, sa belle-mère lui faisait une peur bleue. On vit en pleine lumière son visage ravagé, lequel, en une seule journée, avait enlaidi.

La grand-mère lui découvrit les seins sans ména-gement. Ils étaient de toute beauté. On approcha l'enfançon de cette fontaine et déjà celui-ci faisait avec sa bouche le simulacre de la téter. On le mit dans la position où il aurait dû se tenir naturellement, entre les bras de sa mère.

Mais non, Marlène, en dépit de sa peur, ne faisait rien pour faciliter les choses. Elle avait levé les mains au-dessus de sa tête pour ne pas toucher sa fille. Elle était roide, revêche, renfrognée. Il fallut toute l'adresse de la grand-mère et des tantes pour aboucher le minuscule orifice sur l'autre encore plus petit. On fit silence, on retint son souffle.

— Rien à faire, le lait ne monte pas ! dit la grand-mère.

Les quatre femmes désolées regardaient sans comprendre cette mère qui ne voulait toujours pas l'être. La grand-mère hocha la tête.

— Romain ! Il te faut aller jusqu'au chef-lieu chercher un tire-lait au pharmacien, dit-elle.

— Mais comment, mère ? Il y a plus de trente kilomètres et je n'ai qu'une bicyclette !

— Et moi ? Je ne suis pas montée à vélo jusqu'ici peut-être ? Que j'en ai encore les jambes qui me pètent ! se rebiffa la sage-femme.

— Attends ! dit la grand-mère.

Elle se leva vivement, marcha jusqu'au corridor et de là-haut, penchée sur la balustrade de l'escalier, elle cria :

— Florian ! Parais un peu voir !

— Voueï ! Qu'est-ce qu'il y a ?

Florian était un grand-père de soixante ans. La fleur des pois : beau, grand, large, mystérieux et réservé. Il attendait dans la salle commune la suite des événements. Pour un empire, il ne fût pas monté jusqu'au lit de la parturiente. C'était une affaire de femmes. Il préférait ne pas savoir. Il préférait ne pas avoir à se souvenir de ces choses un peu secrètes qui se passent dans les chambres des femmes quand les enfants se mêlent de naître : les linges souillés, le peu de sang, le marmot qui se met à crier. Et l'on se prend à songer, oh, pas longtemps, qu'un jour il vous enterrera. Et puis il y a cette odeur chaude, cette odeur qui chasse toute idée de parfum, toute idée de plaisir, toute idée d'érotisme.

— Florian ! Attelle le hongre à la jardinière et descend Romain jusqu'à Laragne. Il nous faut un tire-lait, répéta la grand-mère.

— Un quoi ?

— Un tire-lait ! Une machine pour aspirer le lait du sein de Marlène. On n'y arrive pas !

L'image de ce sein qu'on voulait martyriser atteignit le grand-père de plein fouet. Il avait toujours adoré les seins. Il se donnait comme prétexte pour ne plus honorer sa femme qu'elle n'en avait presque plus.

— J'y vais ! Dis au Romain qu'il vienne m'aider à atteler, cria-t-il.

Sauf ses voyages au chef-lieu à peu près tous les quatre jours, il portait à son épouse, comme une offrande, une obéissance servile. C'était bien de la peine perdue. Depuis Mison où elle habitait, la tante Ghislaine qui n'oubliait jamais de semer la zizanie un peu partout dès qu'elle le pouvait, la tante Ghislaine était venue exprès en tilbury et avec son ombrelle pour dire à sa sœur :

— Tu sais ce qui se passe ?

Flavie avait répondu, car elle connaissait sa cadette :

— Voï, qu'est-ce qui se passe tant ?

— Ton mari a une particulière.

— Eh bé vaï ! Grand bien lui fasse ! Tu m'apprends pas grand-chose. Au moins, depuis, il me laisse tranquille que c'est une bénédiction !

La tante était repartie dans son tilbury, désenchantée.

Quant au coupable, il était paisible, croyant bien cacher son jeu. C'est pourquoi il se hâtait d'obéir à chaque injonction. Avant de sortir pourtant, il se ravisa.

— Flavie ! Qu'est-ce que c'est ? cria-t-il dans l'escalier.

Elle répondit de là-haut :

— Une fille !

— Ah ! Et comment on va l'appeler ?

— Sa mère veut l'appeler Laure. Je crois bien qu'ils se sont rapprochés à la fontaine du Laurier !

— Qué nom ! On pourrait aussi bien l'appeler Marie, dit le grand-père.

Il bougonna ces mots sans insister. Il savait qu'il n'avait pas voix au chapitre. Il n'avait donné de prénom à aucun de ses sept enfants. C'était Flavie qui nommait.

Les femmes allèrent s'apprêter pour la nuit et installèrent trois chaises autour de la couveuse improvisée. Toutes les deux heures, pendant que les autres sommeillaient, l'une d'elles allait remplir les bouillottes d'eau chaude, ringarder le feu dans la cuisinière, ajouter du bois. Et chaque fois qu'elles revenaient dans la chambre, l'une ou l'autre, elles allaient, sur la pointe des pieds, voir Laure, s'attendant toujours à la trouver morte : mais non, Laure respire, Laure vagit. Alors, avec précaution, on lui introduit quelques gouttes d'eau sucrée dans cette bouche à peine visible sur le visage, lui-même à peine esquissé.

— Elle prend, dit la grand-mère.

Ces trois femmes, deux très jeunes, l'autre pas si vieille, tendent l'oreille vers l'extérieur. Elles savent le temps qu'il faut au cheval pour trotter jusqu'au chef-lieu et en revenir ; mais savoir n'a jamais empêché de croire au miracle.

Elles regardent avec rancœur la nouvelle accouchée qui ne bouge ni pied ni patte, qui ronfle parfois, qui gémit, qui soupire, qui se couvre le visage avec le drap en grognant :

— Quel malheur !

L'accoucheuse, avant de partir tout à l'heure, s'est penchée vers les femmes et leur a dit :

— Je l'ai faite propre! Mais c'était presque pas la peine. L'huis était déjà clos, le cordon s'est résorbé, ça n'est même pas irrité! Je l'ai examinée, c'est sain comme si ça n'avait jamais servi. Pour un peu, je dirais qu'il n'y a pas un poil de dérangé!

Elle s'est sauvée sur ces entrefaites et Flavie, Aimée et Juliette sont restées à se morfondre, à guetter, à attendre.

Soudain, la nuit s'est faite joyeuse d'un seul coup. Sur les graviers de la cour, c'est le cliquetis des roues de la jardinière, le trot royal du hongre qui ne fait presque pas de bruit et Florian qui l'apaise, qui le fait volter, lui parle doucement :

— Vaï d'aïse!

Tout cela fait que les femmes cessent d'être seules, et d'ailleurs Romain crie :

— Ça y est, mère! Je l'ai le tire-lait!

L'accouchée entend ça depuis son lit et elle gémit. Qu'est-ce qu'on va encore lui faire?

En enlevant sa veste, en la suspendant sur le portemanteau, en allant boire un verre d'eau, en montant l'escalier enfin, Romain raconte :

— La pharmacie était fermée. Tu penses! Un dimanche de Pâques! On a cherché le pharmacien dans tout Laragne. Il était à l'hôtel Félix en train de faire ribote. Il nous a dit : « Attendez un peu que je finisse ma grive. » Moi, je n'ai rien dit mais le père,

lui, il lui a retourné l'assiette de la grive sur la nappe!
Sans un mot! Avec un air, ma belle, de vous couper
au couteau. Ils se sont toisés tous les deux, le père et
le pharmacien, et le père a dit : « C'est pour un
enfant en train de mourir. » Ils n'ont pas dit plus,
sauf avec les yeux mais on est partis, tous les trois,
chercher ça.

Au bout de ses gros doigts, il arborait fièrement le
tire-lait. La grand-mère le lui arracha des mains.

— Allez, Marlène, réveille-toi! Dresse-toi! On va
te tirer le lait. Aimée, apporte la petite!

Les trois femmes, en couronne, s'étaient penchées
sur le lit et elles dénudaient la poitrine de l'accouchée. Avec dextérité, la tante Aimée qui avait dix-
huit ans à l'époque, qui n'avait jamais vu d'autres
seins que les siens au miroir de sa chambre, la tante
Aimée adaptait le système sur sa belle-sœur gémis-
sante.

— Allez, va! Ça te fait pas tant de mal que ça!

Même le père, le cou tendu, regardait. À peine se
souvenait-il de ces soirs d'été, là-bas, à la source où,
pour la première fois, il avait découvert, sous le clair
de lune, ces globes arrogants, gonflés, certains du
triomphe qu'ils savaient provoquer chez le mâle. Il
les avait chéris, caressés, ne sachant plus quoi leur
faire pour qu'ils aient plaisir. Et maintenant, ils
étaient là, plus importants que jamais, mais d'une
autre importance. Une importance qui n'appelait
plus l'érotisme, qui le refusait même, comme si ce

n'était plus les mêmes éléments qui les composaient. Quelques veines que Romain ne se souvenait pas y avoir vues saillaient même, nouvelles autour des tétons. Sa connaissance de la vie n'allait pas assez loin pour que Romain pût associer deux moments : celui où il bandait pour ces appas et aujourd'hui, où leur matière le laissait de marbre. Il n'avait plus que l'anxieuse curiosité qu'il partageait avec ces trois femmes. Il se poussait même sur la pointe des pieds pour dominer ses sœurs et sa mère et être le premier à voir jaillir le lait dans ce flacon hermétique.

— Ça y est, ça coule! dit Aimée.

C'était elle qui avait la meilleure vue.

— Mon Dieu! Bienheureuse Marie toujours vierge, le Seigneur est avec vous!

Flavie s'était signée en prononçant ces mots. Le récipient transparent se remplissait à vue d'œil.

— Et maintenant, il nous faut une seringue, dit Juliette, mais ça on l'a!

Elle courut à l'armoire de sa mère.

— Lave-la bien et fais-la bouillir! commanda Flavie. La dernière fois qu'on s'en est servi, c'était pour un agneau que sa mère était morte d'une chute.

Elle s'était emparée de Laure qui vagissait maintenant comme tous les autres bébés, aussi fort ; avec une patience à retenir sa respiration, dès qu'elle eut la seringue et le tire-lait, elle lui fit absorber goutte à goutte la valeur de deux pipettes de lait maternel.

— Pourvu qu'elle ne le vomisse pas! dit-elle.

Et elle se signa de nouveau. En même temps, elle encourageait la petite avec des gentillesses.

— Mon bel oiseau chéri! Ma belle caille! Mon cœur de bouscarle! Allez, encore une petite goutte! Ne le rends pas ce lait au moins, ma belle quique!

Et les deux tantes aussi faisaient chorus, roucoulantes et le doux sourire aux lèvres.

Elles avaient été si occupées à l'arracher à la mort qu'elles n'avaient pas eu le temps de dire aucun mot d'amour à l'enfançon.

Dehors, sur le vallon d'Eourres, c'était la nuit de Pâques.

Nous autres, les pauvres femmes d'Eourres, nous étions là pour nous dire ce qui se passait à Marat. C'était l'Éléonore Pourpre qui parlait pendant que son broc débordait sous le canon de la fontaine et que nous attendions notre tour.

— Dites que c'est pas vrai! criait l'Éléonore pour couvrir le bruit de la surverse. Dites que c'est pas vrai, sa mère refuse de la nourrir. Mon Dieu, comment vont-ils faire?

— D'abord, c'est pas vrai, justement qu'elle veut pas la nourrir! répondit l'Hermerance Genty. La preuve, c'est que maintenant elle pèse un kilo. La vérité, c'est qu'elle n'a plus de lait. Elle en a eu quinze jours, on a nourri la petite à la seringue, mais maintenant le lait ne monte plus, complètement tari!

D'un bras robuste, elle enleva le seau d'eau hors

du canon et la Blanche Philibert mit le sien à la place.

— Et alors, maintenant?

Nous faisions cercle autour de la fontaine avec des mines en berne. On s'imaginait toutes à la place de cette famille où un bébé allait mourir de faim. Alors l'Antonine Barrou, celle de l'épicerie, elle nous voit à travers sa vitrine, que nous étions toutes bouleversées et elle vient s'enquérir de ce qui se passe.

— C'est la Marlène Chabassut qui n'a plus de lait pour nourrir la petite.

— Ma foi, dit cette femme de bien, moi, y a l'ânesse qui vient de faire l'ânon. Elle brait toute la nuit parce qu'elle a trop de lait et que ça lui fait mal. Vous croyez que ça peut faire, le lait d'ânesse?

— Va vite leur dire! Je te garde le magasin.

L'Antonine marchait difficilement. Elle avait des varices et ses jambes étaient entourées de bande-lettes.

— Attends! J'y vais moi.

La Prosperine, qui était la plus leste d'entre nous, laissa en plan son arrosoir et se jeta dans le chemin de Marat. Il y avait quand même plus de trois kilo-mètres d'Eourres à la ferme. Elle les parcourut en un rien de temps. Elle fut là, sous les fenêtres, à crier :

— Flavie! Parais un peu!

— Qu'est-ce qu'il y a?

Flavie était encore en fanchon.

— On a pensé au lait d'ânesse pour la petite. Tu crois que ça fera ?

— Ma foi, on peut toujours essayer !

Sur les pas de leur mère, Aimée et Juliette étaient déjà là. Elles chaussaient leurs espadrilles. Elles se munissaient d'un bidon à lait. On vit les trois femmes dévaler la caillasse pour couper court, apparaître en bas, au tournant de la route.

— Où elle est cette ânesse ?

— Chez l'épicière, c'est elle qui nous a proposé ça.

L'Antonine Barrou était une femme pratique. Dès que Prosperine était partie, elle était descendue à l'écurie traire l'ânesse. Elle avait déjà la bouteille à la main quand Aimée et Juliette se présentèrent.

— Il est encore chaud ! dit-elle.

— Oh merci ! Combien on te doit ?

— On verra, on verra. Remontez vite que la petite attend !

Oui, elle attendait la petite. Elle faisait entendre sa faible voix pour qu'on la nourrisse. Mais cette voix faible, pour Aimée et Juliette, elle s'entendait déjà depuis le bas du pré.

— Tu crois que ça se fait bouillir, le lait d'ânesse ?

— Ma foi ! Il n'y a qu'à en faire bouillir la moitié et garder l'autre. On verra bien.

Il fallait aller vite. Sur la balance romaine, Laure avait encore perdu trente grammes. En revanche, grâce à cette balance, son corps sentait la truffe à plein nez.

Les trois femmes n'en pouvaient plus d'impatience pendant que le lait bouillait et qu'après elles le transvasaient de casserole en casserole pour qu'il refroidisse. Et la petite criait de plus en plus pour réclamer. Enfin, tout fut prêt.

— Il est assez refroidi au moins?

— Goûte!

Oui, il l'était assez. On remplit la seringue. La grand-mère se signa. Jamais depuis son enfance elle n'en avait autant appelé à la bonté divine. Elle n'allait à l'église que pour les fêtes et jamais elle ne pensait à la religion. Est-ce que la petite allait prendre?

Tout se tut dans la chambre. Les bruits de la vie au-dehors pénétrèrent en foule parmi ce silence qui entourait le berceau. Il y eut celui du vent, celui des clarines car le Romain sortait le troupeau pour le mener là-haut, aux Ribes du Souffrant. C'était le nom du ruisseau qui traversait la propriété depuis les roubines de Cassagne, là-haut vers le col, et qui sortait de la propriété un kilomètre plus bas, au bord de la route.

— Elle prend! murmura la grand-mère.

On retint son souffle encore un peu pour savoir si la petite ne vomirait pas ce lait insolite. Mais non, la petite prenait. La petite, pour la première fois, de sa langue minuscule se léchait les lèvres. C'était le premier signe sensuel de la vie qui s'arrachait au néant.

La petite ne criait plus, se rendormait. On la reposait dans la couveuse salvatrice. Trois visages de mères se penchaient à se toucher au-dessus de ce corps qu'elles avaient ressuscité.

Ces femmes se regardaient avec de beaux yeux.

2

L'histoire de Laure commença par un malen-
tendu.

Ce jour-là, c'était la fête à Salérans, avec feu d'artifice, estrade à musiciens, girandoles et grand bal. À
cette époque, les bals étaient le seul endroit où filles
et garçons pouvaient un peu se toucher.

Ces fêtes sont des pièges à destinées. Depuis longtemps, Marlène rêvait, comme toutes les filles des
vallées, de Telmon Chabassut, un beau mâle rieur et
léger qui faisait des conquêtes sans y songer. Depuis
longtemps aussi, le frère de celui-ci, Romain, rêvait
de Marlène dont le prénom l'éblouissait.

Marlène! Un jour, alors qu'elle était encore fille,
sa mère était venue au cinéma rural dans le café de
Pancho. Il s'appelait Girard, mais il était allé au
Mexique, alors on l'appelait Pancho. Le cinéma se
tenait tous les vendredis soir. Fernand Morenas, un
d'en bas, du Vaucluse, arrivait à motocyclette attelée

d'une remorque où il trimbalait la lanterne magique et les bobines du film.

Ce soir-là, on jouait *L'Ange bleu* et la demoiselle s'était juré que si un jour une fille lui naissait, elle la baptiserait comme cette blonde céleste, pensant qu'avec un tel prénom elle ne pourrait que prendre un bon départ dans la vie. L'enfant était née brune comme une Espagnole. C'était une petite déception mais quand même, on l'avait appelée Marlène.

La mère avait eu raison sur un point : tous les jeunes du pays rassemblaient leurs rêves sur Marlène. Ils ne la voyaient pas, ils ne voyaient que son flamboyant prénom. Elle en avait pris une sorte de vanité, comme une reine de beauté. La beauté, elle avait celle du diable qui se consume en vous lorsque l'on a seize ans et que l'on est belle en vain la plupart du temps. Mais le prénom y ajoutait le prestige, la noblesse, le mystère.

À la fête de Salérans, Romain avait osé. Il avait préparé un billet pour Marlène. Oh, il l'avait déchiré dix fois avant de trouver les mots qu'il fallait! Profitant de la cohue du bal, le cœur battant la chamade, il avait glissé ce billet dans la main de la jeune fille qui avait machinalement refermé ses doigts. Il y avait une astuce dans ce billet : il n'était pas signé. Romain quelquefois utilisait le prestige de son frère pour lancer ses filets. Il portait simplement ces mots, ce billet : « Demain soir, si tu veux, à la fontaine du laurier. »

La nuit, le clair de lune qui va éclore souligne déjà d'un liséré le sommet de la montagne et la masse des arbres. Chacun de ces aventuriers de l'amour à peine sortis de l'enfance et qui hésitent et tâtonnent entre vouloir et ne pas vouloir, en revanche ils sont parfaitement capables de se mouvoir à travers bois dans l'obscurité totale. C'est un don que reçoit chaque habitant de ce pays et sans lequel la vie ici ne serait pas tenable.

Pour Romain, il lui fallait franchir le col. Pour Marlène, il lui suffisait de remonter le cours du ruisseau jusqu'à la fontaine qui lui donnait son nom. Tout de suite, elle reconnut Romain. Il faisait une tête de moins que son frère.

— Comment, c'est toi?

— Oui, c'est moi! Tu attendais quelqu'un d'autre?

Il avait été si rapide à lui glisser le billet pendant qu'elle valsait aux bras d'un familier qu'elle avait voulu volontairement se tromper. Et maintenant, elle ne pouvait pas avouer à Romain que c'était son frère qu'elle espérait.

Il ne restait plus qu'à s'asseoir dans l'herbe et à se résigner à entendre le garçon. Il serait bien temps après de ne plus venir et de lui dire qu'elle n'en voulait pas.

Ce fut la première fois de sa vie que l'indolence naturelle de Romain le servit. Il voulait et il ne voulait pas. Il avait envie de toucher Marlène et il n'en avait pas envie. Il essayait de démêler tout ça, de comprendre pourquoi il avait écrit ce billet. Il mâchonnait des brins d'herbe pour s'aider à penser, furieusement pressé de s'en aller sans prononcer un mot. Mais il avait l'honnêteté paysanne et il se souvenait que sa mère le morigénait quand il ne savait pas ce qu'il voulait. Il dit :

— Tu es une belle blonde !

Elle rit.

— Mais non ! Je suis noire comme un corbeau ! C'est tout ce que tu trouves à me dire ?

Il haussa les épaules.

— Qu'est-ce que tu veux que je te dise d'autre ?

— Que tu veux m'embrasser.

— Je peux t'embrasser ?

— Une fois, dit-elle.

Elle ouvrit à peine la bouche. Elle avait les lèvres minces, prudentes, circonspectes. Lui, de son côté, était embarrassé de sa langue ; la jonction entre celle-ci et son sexe ne s'était pas encore affirmée. Il lui sembla que l'haleine de la jeune fille fleurait encore le lait maternel. Par instinct, ils ne se touchaient pas. Ils avaient peur l'un de l'autre. Ils ne se quittaient pas des yeux mais c'était pour chercher dans le regard de l'autre ce que celui-ci pensait vraiment. Ils goûtèrent leur premier baiser les yeux grands ouverts.

Ça n'avait pas de saveur, ça n'avait pas de prolongement. C'était un baiser qui n'avait pas lieu d'être.

— Laisse-moi partir, dit-elle soudain. Il me semble qu'on m'appelle.

Déjà, elle était debout, déjà elle s'enfuyait. Mais elle s'arrêta net dans sa course, se retourna et dit :

— Demain ?

Il leur fallut trois jours pour s'apprivoiser. Ils se frôlèrent pour la première fois alors que la nuit était tellement obscure autour de la fontaine qu'il fallait se chercher à tâtons.

— Tu es là ?

— Oui !

Ils se touchèrent sans approche préalable par le heurt incontrôlé de leurs deux corps. Le garçon referma les bras. Debout et l'un contre l'autre, il était plus facile de se comprendre. La bouche devenait sans objet, les jambes parlaient leur langage, le ventre et les seins se collaient contre la force retenue des muscles adverses et l'odeur de chacun allait à la rencontre de l'autre. C'était comme si la station verticale était nécessaire pour que ces deux nouveaux adeptes réinventent le désir. C'étaient les oaristys, ce savant mélange d'amour et de compassion. Ce moment où l'on se dit : « Je m'en souviendrai toujours » et ça n'est pas vrai. On ne retrouve pas le visage de l'autre quand, cinquante ans après, on essaye de happer son image. Ce sera un visage recréé qui vous reviendra à l'esprit. Il se sera délayé parmi tous les rictus de joie ou de malheur que la vie lui aura imposés. Dans le même temps en revanche, le bruit de la fontaine, la cascade du ruisseau, la place de la lune dans le ciel, tout cela sera classé dans votre souvenir comme si cela datait d'hier.

Cette nuit-là aussi, ils se quittèrent sans oser mais ils ne dormirent pas de la nuit ni l'un ni l'autre. Maintenant ils savaient. Quand ils revinrent à la fontaine, le lendemain, Marlène avait fait ses comptes, mal ; lui couvrit en dix minutes le sentier ardu qui réclamait d'ordinaire une demi-heure d'effort. Maintenant il voulait, maintenant elle voulait. La nuit était aussi sombre que la veille et pourtant ils ne se heurtèrent pas, ils se touchèrent doucement.

— C'est toi ?

— Oui, c'est moi.

Ils s'enlacèrent debout, cherchant un tronc d'arbre où s'appuyer dans leur valse malhabile à travers la clairière sombre. Ce fut un chêne rugueux qui reçut brutalement le dos du garçon et le lui laboura. Il ne sentit rien. La langue de Marlène était dans sa bouche et la pénétrait furieusement. Maintenant ils savaient ce que leur désir ordonnait et il n'y avait plus de maladresse. Les jambes de Marlène enlaçaient le bassin de Romain avec une force volontaire, totale. Elle était ouverte sur le désir, elle le voulait, vite, tout de suite. Il y eut un cri unanime poussé par les deux êtres neufs, puis la litanie de l'homme et de la femme qui modulaient à voix basse leur plaisir d'exister. Le bruit même de leur passage avait cessé et dans la clairière, à côté du ruisseau, les oiseaux ne chuchotaient plus dans leur rêve nocturne. Il n'y avait plus de temps. Les amants espéraient s'exténuer ainsi jusqu'à la mort. Ils s'y efforçaient, ils croyaient y parvenir. Ils tombèrent au pied de l'arbre, tous les deux ensemble, vaincus, séparés, hurlant leur regret pour leur jouissance perdue. Leur tête, comme cassée, tombait sur leur poitrine et ils recommençaient, lentement, à penser.

« C'est ainsi qu'ils engrossèrent mon malheur », dira Laure, un jour.

C'était étrange ces paroles, mais elles traduisaient exactement ce qui s'était passé cette nuit-là, à la fontaine du Laurier.

Ça faisait peut-être quarante ans qu'un Burle et un Chabassut ne s'étaient pas parlé. Non qu'ils fussent précisément fâchés, mais ça ne s'était pas trouvé. Leurs biens étaient mitoyens mais il y avait une montagne entre les deux fermes et c'était par le haut des pâturages, au sommet d'un col, que les terres se touchaient.

Pour que la rencontre se fît, il fallut le hasard d'une lice qui tomba subitement en chasse. Elle gardait le troupeau de Chabassut. Elle attira les chiens qui gouvernaient le troupeau de Burle, ce qui mit une belle pagaille parmi les bêtes. Elles se mélangèrent par mégarde, il fallut les trier à force d'imprécations et de menaces aux chiens et de coups de fouet qu'on faisait claquer dans l'air. Quand l'ordre fut rétabli, Burle et Chabassut se rapprochèrent l'un de l'autre. On ne pouvait quand même pas se séparer sans rien se dire, d'autant que la situation méritait qu'on en parle.

— Alors ! Ta fille s'est fait prendre par mon fils ? commença le Florian.

— On dirait, répondit placidement le Burle.

Il s'appelait Polycarpe. Mais il était si effacé qu'on trouvait que ce prénom ne lui convenait pas et on l'appelait Burle tout court. Chabassut gardait sur le cœur qu'on n'eût même pas vu les Burle à la bénédiction nuptiale de leur fille.

— Vous auriez quand même pu venir à la noce !

— On avait honte de la voir grosse et puis on n'avait rien à se mettre. Mais on vous a envoyé quelque chose, et dans le cageot on avait mis un mot d'excuses.

— Oui, une douzaine de tommes et trois poulets rôtis ! Té diou pas !

— Et un demi-kilo de truffes !

— Ah oui ! Les truffes, les truffes !

Le Florian pesait ces deux mots interminablement. Il avait fermé un œil et ne le rouvrait plus. Il tira de sa blague de quoi rouler une cigarette et offrit à Burle la blague ouverte.

— Je chique, dit Burle.

— Et alors, soi-disant, qu'est-ce que tu lui donnes à ta fille ?

— Rien.

— Ah!

— Je n'ai rien. Je ne peux rien lui donner. Et puis ma fille t'a fait une héritière?

— Ah oui, une fille! Et elle pesait trois quarts de kilo à sa naissance. Tu n'es même pas venu la voir! Ta femme non plus! s'exclama Florian.

— C'est loin par la route, il y a le travail et puis, on est pauvres, on n'a pas osé!

— Et moi, tu crois que je suis riche?

— Compare! Tu as au moins cent bêtes et moi si j'en ai cinquante...

— Tu as la lavande!

— La moitié est à moitié au nord.

— Tu as les truffes.

— Parlons-en! Une année non l'autre, et j'ai six enfants, six!

— Et moi, j'en ai sept.

Ils se regardèrent l'un l'autre. Six enfants! Sept enfants! Comment avaient-ils pu être si couillons? Si mal se débrouiller? Être tant ignorants? Un jour où l'on déplorait devant lui cette féroce natalité, l'instituteur de Salérans avait dit:

— Que voulez-vous que fasse ce peuple pour résister au pays, sinon l'amour?

C'était une évidence qui vous laissait les bras ballants.

— Et moi, sur sept, j'ai quatre filles!

— Et moi j'en ai trois!

43

Ils étaient en train de se condouloir fraternelle-
ment sur leur misère mutuelle. La question de dot
que Florian avait voulu évoquer s'effaçait devant la
pauvreté. Il y eut un long silence de réflexion, les
yeux portés au loin sur toutes ces étranges montagnes.

— Ta fille n'aime pas son enfant, dit Florian.

Burle hocha la tête.

— Je sais. Elle me l'a avoué quand elle m'a appris
qu'elle était enceinte et que je l'ai giflée.

— Tu l'as giflée?

— J'en avais pas envie mais je l'ai fait. Pour le
principe! Note bien, l'Antonine aussi elle était
enceinte quand je l'ai épousée.

— Qu'est-ce qu'elle t'a avoué?

— Qu'elle croyait que c'était le Telmon qui lui
avait écrit.

Florian ricana.

— Celui-là, je ne sais pas comment il se
débrouille. Il en a peut-être défloré vingt de filles et
il n'a jamais fait un enfant.

Burle haussa les épaules.

— Que ce soit l'un ou l'autre, la nature, elle s'en
fout! Ce n'est pas pour en faire des heureux qu'elle
jette les uns contre les autres les hommes et les
femmes, c'est pour qu'ils enfantent, un point c'est
tout!

— Où c'est que tu as lu ça, toi?

— Je ne l'ai pas lu. Je l'ai inventé, un point c'est tout.

— Tu te rends compte, Burle, elle commence à dix-huit ans, combien elle va en faire?

— Va chercher! répondit Burle.

Témoins impuissants de la force de la nature, ils restèrent là à hocher la tête, à avoir peur de l'avenir. Après un silence, Florian dit :

— Un de ces dimanches, je vous ferai prendre par le Telmon, toi et ta femme. Il a une automobile. On mangera ensemble et puis, comme ça, vous verrez la petite. C'est pas pour dire, mais on la voudrait toute!

Les troupeaux, chacun de leur côté, commençaient à descendre en bon ordre, sous les arabesques des chiens qui évoluaient autour d'eux. Ces deux hommes se tournèrent le dos, sans se serrer la main. C'était un geste, chez nous, qu'on ne faisait que rarement pour le jour de l'an et pour les deuils. La pudeur nous interdisait de renouveler ce geste trop souvent.

Mais Florian se ravisa à mi-pente. Il voulait souligner :

— On la voudrait toute! cria-t-il.

Burle ne l'entendit pas. Il avait déjà disparu sur l'autre versant du col.

Marlène n'avait jamais cessé de regretter d'être née à Eourres. Elle avait beau s'appeler Marlène, elle n'était pas légère. Elle savait ce qu'elle voulait : échapper à ce pays le plus vite possible pour s'en éloigner le plus possible. Quand elle regardait la carte routière, Marlène, ses cheveux se dressaient sur sa tête. Elle était cernée par des abîmes où se chevauchaient des montagnes et des collines sans harmonie, sans beauté ; un chaos où les géologues eux-mêmes perdaient leur latin. Dans la barbarie du profil des sommets, il n'y avait pas de rémission. L'œil, d'après Marlène, ne trouvait aucun espace où se reposer, pour se réjouir. Il n'y avait aucune joie possible à Eourres. Elle ne savait comment elle en sortirait, mais sa volonté était formelle : ce serait par n'importe quel moyen !

Elle était en première, elle travaillait bien. Elle était forte en physique-chimie. Elle voulait être laborantine. Alors, quand elle s'était aperçue qu'elle était enceinte, elle avait tout de suite compris que les portes d'Eourres venaient de se refermer sur elle et qu'il n'y aurait plus d'autre avenir qu'ici. Dans ses calculs, quand elle était montée à la fontaine pour faire l'amour, elle ne s'était pas trompée de beaucoup sur les dates de ses règles, mais enfin c'était un peu juste.

Elle était désormais seule au monde, avec son secret. Elle ne pouvait demander conseil à personne. Elle fit tout ce qu'elle put avec ses pauvres moyens. Elle avait entendu, autrefois, les grandes personnes qui ne se méfiaient pas des enfants parler à mots couverts de ces choses défendues, donner des conseils :

— Fais-lui prendre de la salsepareille.

— Donne-lui des infusions de consude.

— Fais-la sauter à la corde une heure par jour.

— Ça ne fait rien tout ça! Le mieux, c'est une aiguille à tricoter!

Marlène se voilait la face devant ces horreurs. Finalement, elle n'avait rien tenté.

« Quand même, qui m'aurait dit ça, ce jour-là? Tout ce temps qu'il était contre moi, je voulais me figurer que c'était le Telmon. Lui, il ne m'aurait pas mise enceinte! Il a fait ça avec peut-être douze pouffiasses que je connais et qui n'ont pas eu d'enfant. Elles s'en flattent même! C'est vrai qu'il est si réputé! Il fallait juste que ça tombe sur moi! »

Ces paroles, Marlène les marmonnait ce jour-là, en sortant de la maison pour échapper à la vision insupportable de ses belles-sœurs en train de faire la toilette de Laure. L'odeur même des langes lui soulevait le cœur. C'était le seul moment où elle quittait sa chambre. Le reste du temps, elle s'alanguissait sur une chaise longue.

Il avait plu. Le grand pré en trapèze sous la ferme, derrière la haie de bouleaux, chatoyait vert sous le soleil de mai. C'était le point de rassemblement des brebis quand elles descendaient des pâturages. Elles buvaient au ruisseau et elles allaient lécher les assaloirs.

Ces assaloirs, c'étaient quatre dalles longues comme des tombes. Elles étaient blanches à force d'intempéries supportées. La langue des brebis les avait creusées depuis tant de siècles qu'elles léchaient le sel qui les garnissait. L'arrière-grand-père, mort depuis longtemps, ignorait lui-même qui, autrefois, avait disposé ces assaloirs.

— Marlène, Marlène!

C'était Aimée qui arrivait en courant, portant dans ses bras Laure toute langée de frais.

— Marlène! Pendant que tu fais rien, prends-moi un peu la petite!

Marlène eut un geste de recul.

— Un quart d'heure! Ça te tuera pas quand même! Ma mère est à la cuisine. Juliette est au troupeau et moi, mon père vient de me donner l'ordre d'aller au bourg lui chercher un paquet de tabac.

Aimée, après ces paroles, déposa d'autorité Laure dans les bras de sa mère et s'éloigna en courant.

Marlène était raide des pieds à la tête, tétanisée. On eût dit qu'elle était en bois. Tenir sa fille seulement lui était insupportable. Sentir remuer cet être minuscule avec vigueur, sentir que la vie était bien incrustée en elle et que c'était irréversible lui était insupportable. Instinctivement, comme tant d'êtres avant elle qui ne voyaient pas d'issue à leurs tourments, elle leva les yeux au ciel. C'était le geste sacré par lequel on demande de l'aide, même si aucune foi ne vous a jamais habité, même si l'idée seule d'une divinité quelconque ne vous a jamais pénétré.

L'homme lève les yeux au ciel depuis qu'il est sur la terre.

Or, le ciel n'est jamais dépeuplé. Le ciel n'est pas cette entité énigmatique que l'homme implore en vain. On y découvre toujours quelque signe insolite où accrocher son espoir.

Ce jour-là, dans le ciel d'Eourres et précisément à l'instant où Marlène venait de recevoir sa fille sur les bras, il se préparait un événement si rare que nul d'ordinaire n'en était témoin.

Là-haut, entre la montagne de Chabre et celle de Chanteduc, deux grands oiseaux occupaient seuls l'espace de leurs arabesques. Ils erraient sur les courants, se laissant porter en faucille ou bien escaladant l'air en spirale jusqu'à la limite de la vision ou bien miraculeusement immobiles, l'un au-dessus de l'autre.

— Des aigles! souffla Marlène.

Une idée rapide comme la foudre la traversa de part en part. C'était une idée dont elle n'était pas maîtresse, une de ces idées nées des circonstances et dont votre cerveau n'est pas comptable. C'était un éclair d'idée, un de ces jaillissements éphémères, sans fondement et qui n'avait pas de racines. Une de ces impulsions que n'arrête pas le libre arbitre trop tard prévenu.

Maintenant, Marlène ne quittait plus le ciel des yeux, ni le spectacle qu'il offrait.

C'était un aigle jean-le-blanc qui batifolait très

49

haut dans l'espace devant sa compagne qu'il amusait pour lui faire accepter son étreinte, car l'aigle femelle est capricieuse et se dérobe facilement. Élever un aiglon ne lui convient pas toujours. Celle-ci qui planait à mille mètres d'altitude soudain replia les ailes et, plongeant comme une pierre, les rouvrit seulement à cent mètres du sol. De là, elle ripa à ras de terre et reprit élan vers le col de Peyrouse où elle disparut.

C'était le moment où Marlène, ayant pris son parti, courait à perdre haleine dans le pré vers les assaloirs. Elle se disait :

— Et si jamais l'aigle la prenait ?

Elle tenait son enfant devant elle comme le saint sacrement, loin de son corps, loin de son cœur. Elle atteignit ainsi le premier assaloir. Alors elle se pencha, alors elle déposa Laure sur la lauze, au beau milieu. Elle se détourna. Elle s'enfuit vers la haie de bouleaux. Elle sentait les battements de son cœur jusque dans sa gorge, ses doigts qui comprimaient son ventre étaient blancs à force de se crisper les uns sur les autres. Elle ne quittait plus le ciel des yeux.

Là-haut, lorgnant l'espace sur toute son étendue entre les montagnes, le jean-le-blanc glatit une seule fois sa déconvenue en voyant que sa compagne ne voulait pas de lui, puis il se fit une raison d'autant qu'il venait d'apercevoir, en bas, au milieu d'un pré, sur une vaste pierre blanche, quelque chose qui ressemblait à une proie facile. À son tour, il se laissa couler dans l'air, ailes fermées.

Marlène se plaqua brutalement les mains sur le visage. Elle enfonça ses paumes contre les orbites comme si elle voulait se crever les yeux. La douleur physique qu'elle en éprouva la força à les rouvrir. L'aigle était au bord de l'assaloir. Laure était au beau milieu, cinq fois plus petite que l'aigle qui contemplait cette aubaine, l'œil un peu de côté.

Marlène émit un son qui tenait du gémissement, du râle, de l'épouvante. Jamais combat secret ne fut plus pathétique que celui qui se livra en un instant dans le cœur de cette pauvre femme. L'instinct soudain brutalement réveillé la jeta en avant.

L'aigle tourna sa tête héraldique dans tous les sens avant de la tenir penchée un peu de côté comme s'il écoutait un ordre. Il glatit en sourdine, une seule fois. Il entendit une grande volée de cris et le souffle de grands gestes qui le chassaient.

C'était Marlène qui, n'y pouvant plus tenir, se précipitait pour sauver son enfant. Entre elle et l'assaloir où Laure était exposée, il y avait quatre-vingts pas qu'elle fit en courant à perdre haleine et en criant.

C'était inutile. L'aigle doucement déployait ses ailes, sans bruit comme s'il avait peur d'éveiller le bébé. Il enfourchait l'air porteur sur lequel il s'équilibrait pour glisser au ras du sol et s'élever ensuite, sans effort, vers son domaine.

Marlène plongeait sur l'assaloir, saisissait Laure,

lui ouvrait le berceau de ses bras, l'emportait serrée contre elle comme un trésor à défendre.

Elle était si heureuse, mon Dieu, si heureuse que rien ne se soit passé, que la petite fût encore là, vivante, balbutiante et armée de ce sourire avenant dont elle offrait à tous le cadeau. De sa mémoire, Marlène avait déjà gommé l'acte qu'elle avait voulu commettre. Jamais elle ne s'en souvint, jamais non plus elle n'en aima Laure davantage. Ce fut la seule fois de sa vie où elle comprit qu'elle était sa mère.

En attendant son paquet de tabac et pour patienter, le grand-père était sorti pisser derrière la haie de nerpruns que les chèvres mettaient à mal pour s'aiguiser les dents, de sorte que, contrarié, le bosquet était devenu un taillis et qu'on voyait mal à travers lui. Cependant, par un trou du feuillage, Florian aperçut sa bru qui déposait Laure sur l'assaloir. D'abord, il se dit : « Elle l'a foutue en plein soleil ! C'est bien le fait d'une mère indigne ! » Il se promettait de lui dire ce qu'il pensait, ce soir, pendant le repas.

Il ne vit l'aigle que lorsque l'ombre des ailes s'étendit sur la fillette. Il vit Marlène se jeter en avant, crier, faire avec son tablier de grands gestes pour effrayer l'oiseau. Et il fut témoin aussi que l'aigle ne tentait rien pour s'emparer de l'enfant, se contentant de l'observer curieusement. Il put même se persuader que le rapace réfléchissait devant Laure. Longtemps cette réflexion patente de l'oiseau en présence de cette proie, pourtant facile, entretint chez le grand-père un tel doute sur la création que jamais plus il ne chassa les nuisibles.

Jamais non plus, de tout le reste de sa vie, il ne révéla le drame. Pourtant, à son lit de mort, il murmura que ce jour-là, s'il avait eu son fusil, il aurait étendu l'aigle roide mort mais qu'il aurait eu du mal ensuite à ne pas viser sa belle-fille. Longtemps il balança s'il allait faire un esclandre. Il y renonça. La ferme, le travail, surtout son fils fragile, jeune marié, réclamaient qu'on ne rompît pas l'équilibre. Faire un éclat mettrait l'exploitation en péril. Il se tut mais jamais plus il ne put regarder sa belle-fille en face et quand elle venait l'embrasser, les matins de premier janvier, il était raide comme un piquet sous ce baiser qu'il ne rendait jamais.

On ne put empêcher l'ânesse de venir voir Laure. Un beau jour qu'on avait laissé ouverte la clenche de l'écurie, elle s'esquiva hors de la rue et planin-planant, un pas devant l'autre, musardant un peu sur quelque plant de belle herbe, elle vint jusqu'à Marat contempler la merveille. C'était l'été et sauf Marlène qui macérait dans sa chambre sur sa douleur, tout le monde vivait dehors sous les ombrages. On avait abrité Laure par un lambeau du voile de mariée de sa mère pour la protéger des mouches. Il faisait très chaud. Toute la famille dormait, qui sur une chaise, qui dans l'herbe autour du berceau. L'ânesse esquiva la grand-mère, la tante Aimée, la tante Juliette et elle souleva le voile avec son museau. Laure s'éveillant au souffle de la bête vit, à portée de ses mains, ces deux gros yeux et ces longues oreilles. N'importe qui aurait pris peur, Laure non. Elle avança les doigts vers le nez de l'ânesse qui les lécha longuement, délicatement, reconnaissant l'odeur de son lait qui l'avait guidée vers ce bébé de trois mois.

Personne ne s'éveilla. La bête repartit paisiblement, sans bruit comme si elle marchait sur la pointe des sabots. Ce ne fut que très loin, quand elle fut en bas, près de la route, qu'elle se mit à braire son bonheur.

Il n'y avait pas que l'ânesse. La Pulchérie Bonnabel, considérée comme la femme la plus sage d'Eourres, la Pulchérie Bonnabel avait dit :

— Quand il n'y a pas l'amour, les enfants ne sont jamais finis.

Elle n'en avait pas eu un seul mais elle savait, et chacun se pliait à ce savoir.

Nous avions toutes compris que sa mère ne pouvait souffrir Laure et que par conséquent, même si nous étions toutes à l'aimer, ça ne suffirait jamais. Seulement, ça n'empêchait pas d'essayer.

Laure était devenue notre point de rencontre à

nous, les pauvres femmes d'Eourres. L'Amélie Guende, la Clorinde Molinas, la Fanchon Mérentié, la Blanche Philibert, l'Éléonore Gisclette (ce n'était pas son nom, mais elle pesait quarante kilos, c'est pour ça qu'on l'appelait Gisclette) ; la Bonnabel, malgré ses septante ans et ses douleurs ; enfin, toutes celles du village, quand nous avions un peu de temps à perdre, nous montions à Marat, le dimanche, une fois la vaisselle faite et pendant que les hommes étaient au cercle, soi-disant pour jouer aux cartes. Soi-disant... parce que, en réalité, c'était pour méditer sur la Félicie Battarel qui tenait le Cercle et qui n'était pas commode. « C'est une épine », disaient les hommes, et malgré ça ils en rêvaient parce que personne, à Eourres, n'avait une telle chute de reins. Elle n'en usait pas d'ailleurs et, un jour que le Célestin Aillaud avait voulu y porter la main, elle lui avait détourné une de ces paires de gifles, mon ami ! À l'obliger à s'asseoir sur une chaise qui s'était cassée sous son poids, tellement la secousse avait été forte.

Cette Félicie aussi aurait bien voulu voir Laure. Mais, à cause de son commerce, elle ne pouvait pas. Alors, au retour, nous lui racontions :

— Maintenant, elle pèse deux kilos ! Et si tu la voyais, tu la voudrais toute ! Ses mains sont à peine grosses comme des amandons au mois de mars ! Elles s'agitent pour réclamer qu'on l'aime. Elle vous fait fondre ! Faute de mère, elle est prête à aimer tout le monde ! Elle envoie ses petits bras en avant, elle

55

voudrait vous les mettre autour du cou, la pauvre. Mais, ils sont trop courts! Alors elle vous attrape l'oreille et elle tire!

Il n'était pas rare, à cette évocation, que la Félicie essuyât une larme furtive.

— Pauvre de nôtre! soupirait-elle. Cette Marlène, c'est une belle garce! Quand je pense!

Ce qu'elle pensait, nous le savions toutes : elle avait toujours désiré un enfant mais jamais elle n'avait consenti à faire le sacrifice pour en avoir un. Dix hommes s'étaient proposés, quelquefois l'un s'était dit en jubilant : « Cette fois, ça y est », tant il était près du tabernacle et se préparant à la fête, mais il avait reçu, au dernier moment, dans les parties basses, un coup de genou à vous faire ouvrir la bouche sans pouvoir crier! Alors, ma belle, comme celui-là s'était raconté, la Félicie s'était trouvée, à cinquante ans, avec un grand vide autour d'elle, et comme elle s'était mise à ressembler à Louis XIV et à se raser tous les matins, le haut lui conservait le bas. Elle n'avait plus besoin de donner des coups de pied!

C'étaient ces sortes d'histoires que nous nous racontions en montant jusqu'à Marat. Nous avions toutes un prétexte pour cacher notre oisiveté. Tout en marchant, nous tirions de nos chevelures ces quatre aiguilles d'acier qui ne nous quittaient jamais et nous nous mettions à « faire le bas ». Ça consistait à tricoter de ces chaussettes noires que les enfants ne portaient plus depuis longtemps mais que le curé

56

Verdillon nous réclamait pour son secours catholique.

L'automne vint. Le matin, le soleil ne passait plus le sommet des pyramides et nous vivions dans l'ombre jusqu'à onze heures. Le soir, la ferme Marat au flanc du col était la dernière à profiter du soleil. C'était la seule propriété du terroir où s'élevaient des châtaigniers. On remplissait nos tabliers de marrons car Florian Chabassut était toujours content de nous voir arriver. Nous avions bien un peu passé fleur mais quand même le bon air d'Eourres conservait nos joues vermeilles et l'éclat de nos yeux. Et puis il appréciait notre amour pour Laure. Le grand-père était fier de montrer la petite. Il mettait un doigt sur ses lèvres et il disait :

— Elle envoie déjà les pieds !

Car, l'hiver venu, Romain avait fabriqué pour sa fille une *courarelle*. C'était une sorte de cage à roulettes où l'on enserrait le torse de l'enfant à hauteur de la taille. Il était enfermé dans ce carcan et, de là, pouvait faire mouvoir la *courarelle* en agitant les pieds. On complétait l'équipement, afin de prévoir la culbute de l'engin, par une *cabucelle*. C'était une couronne tressée en osier pour préserver la tête et qu'on assurait solidement sur les oreilles de l'enfant par une jugulaire bien serrée ; ainsi équipé, on pouvait le laisser errer par les pièces de plain-pied sans s'en occuper. On trouvait cet article chez le quincaillier de Laragne mais il n'y en avait pas d'assez petit pour la taille minuscule de Laure et son père avait dû se faire menuisier.

Ce fut là, un soir de février, pendant que nous discutions, elle avait onze mois, que Laure se tira par les bras de son carcan et qu'elle apparut debout appuyée au chambranle de la porte avec un air fiérot, articulant très distinctement :

— Salut la compagnie!

C'étaient les mots par lesquels le facteur, chaque matin, disait bonjour aux gens de la ferme. Elle n'avait pas encore une année, Laure, mais elle opposait aux forces de la terre une si faible résistance par son poids et par sa taille qu'elle marchait déjà sur ce sol énigmatique qui nous tient prisonnier de sa mystérieuse emprise.

Aimée s'était accroupie devant Laure debout. Elle n'avait pas oublié ce jour d'avril où sa mère secouait l'avorton par les chevilles pour tenter de ranimer ce corps violacé qui ne donnait pas signe de vie.

Elle qui ne mettait jamais les pieds à l'église depuis le temps de sa confirmation, maintenant, à la brune, quand elle était sûre de ne rencontrer personne, il lui arrivait de franchir le seuil du sanctuaire. Elle tentait aussi d'y entraîner sa sœur Juliette qui avait eu sa part dans la réanimation de la petite. C'était parce que l'église toute sombre lui faisait peur. Elle avait bien conscience de devoir à quelqu'un une reconnaissance presque sans objet, mais la religion dans laquelle elle avait grandi lui paraissait mériter plus de crainte que de respect. À peine se souvenait-elle des paroles de son catéchisme, elle se trompait tout le temps en faisant le signe de croix, ne sachant plus par où il fallait commencer, néanmoins elle remerciait tant bien que mal.

Aimée regardait Laure comme si c'était sa fille. Elle suivait ses progrès avec un orgueil de mère. Le soir où l'on vit Laure debout au seuil de la salle commune, solide sur ses petites jambes et manifestement fière de l'être, elle lui dit :

— Et montre-leur aussi que tu parles!

La petite fit des difficultés, se tortilla un peu, rougit et baissa la tête. Non, pas ce soir! Ce soir, elle en avait déjà assez fait.

— Allons, Laure! Dis-leur bonsoir!

Non. Ce soir-là il n'y eut pas moyen de lui arracher autre chose que ce « Salut la compagnie » où l'on avait reconnu le bonjour du facteur.

La rencontre de Laure avec le monde se fit à ses risques et périls dès l'instant où elle se tint debout. La vie d'une ferme et de ses huit habitants quand il faut lutter contre tout, quand la nature vous est perpétuellement contraire, sans le savoir et sans le vouloir, simplement parce qu'elle existe — plus le monde des hommes qui ne vous fait non plus jamais quartier — tout cela exige une vigilance sans faille. Le bétail et la montagne sont vos maîtres absolus, vous ne pouvez jamais oublier la terre comme les marins ne peuvent jamais oublier la mer. Ce n'est pas seulement lorsqu'ils sont déchaînés que les éléments vous agressent, c'est aussi leur immobilité éternelle qui conditionne la vie d'un paysan de montagne.

C'est sans répit qu'on court d'un labeur à l'autre : commander au troupeau, diriger l'araire, gouverner les chevaux, maîtriser le verrat de deux quintaux qui défonce la porte de sa bauge parce qu'il a toujours faim et le troupeau qui bêle, qui secoue les clenches de la bergerie parce qu'il a faim aussi. Tout le monde, dans une ferme, a faim et soif à la pointe du jour, et toutes ces bêtes qui crient famine à la fois et les trois vaches qui meuglent parce qu'elles veulent être traites ; tout cela fait un bruit et un remue-ménage auxquels il est impossible de résister : hiver, été, automne, printemps et tous les jours de la semaine, ce cycle infernal est la noria où le paysan est attaché.

Dans ces conditions, c'est par moments et par coups d'œil rapides qu'on s'assure que la petite est en sécurité et, quand chacun est trop absorbé par l'ouvrage en cours, il arrive même qu'on l'oublie un instant. Alors, le destin est maître de sa vie.

Un jour Laure se trouva sans surveillance au seuil des marches de la cuisine, devant la porte ouverte sur la rumeur du vent. Elle risqua un pied puis l'autre. Les marches étaient hautes et de pierre dure. Sur la seconde, par précaution, Laure s'assit d'abord avant de descendre dans la cour. Elle resta là quelques secondes à contempler le monde qu'elle n'avait jamais vu. C'était le printemps, les cerisiers fleurissaient à profusion. Les pétales jaillissaient en plumes de paon, hors des bouquets de feuilles encore repliées comme chauve-souris au repos. Il régnait, sous ces arbres, un étrange parfum.

Une oie dolente qui traversait la cour sur ses pattes traînantes vint toiser de haut, depuis son long cou, l'enfant peureuse qui rentra à reculons sur ses fesses dans la maison. Personne ne sut qu'elle avait vu le monde pour la première fois. Aimée arrivait, hors d'haleine, ayant oublié cinq minutes que Laure était seule devant la porte ouverte.

La mère était toujours couchée. Elle se plaignait du ventre, elle se plaignait des seins, elle se plaignait de la tête. En réalité, elle n'avait pas fini de contempler son rêve écroulé.

Il arriva l'été où le travail décuple. Il n'était maintenant pas trop d'une grand-mère et de deux tantes pour surveiller l'errante Laure laquelle, sur ses petites jambes de plus en plus solides, n'arrêtait pas d'agrandir son domaine. Un jour, on la vit soudain devant la mare qui tentait de savoir pourquoi son image se reflétait dans l'eau. L'oie qui avait pris l'habitude de la suivre partout donna l'alerte en poussant des cris d'orfraie. On arriva à la hâte, on se saisit de Laure. Elle avait l'air étonnée. Elle n'avait jamais eu l'intention de faire un pas de plus vers ce miroir.

Alors ce fut le moment de rentrer les foins. Là, toute la famille s'y mettait car la saison des foins est aussi celle des orages et tout le monde sait que le foin

mouillé par la pluie ne vaut plus rien. C'était un travail harassant. Le grenier était au second étage de la
maison. Il fallait y poulier les balles qu'on montait à
l'aide d'une corde tirée d'en bas par les femmes tandis que les hommes là-haut défaisaient les balles et
les retournaient vides. C'était un labeur absorbant et
l'orage grondait. Des volutes de nuages chargés
d'éclairs et d'averses lointaines n'arrêtaient pas de
poindre au sommet des montagnes. On travaillait à
perdre haleine.

Soudain, la grand-mère, à bout de force, s'affala
sur un bourras prêt à être poulié. Elle resta là,
dolente et respirant avec peine. Alors, devant cette
menace subite, on perdit de vue Laure qui gambadait dans la cour. Oh, pas plus d'un quart d'heure !
Le temps de courir jusqu'à la maison rapporter un
flacon d'eau des Carmes du frère Mathias, en introduire entre les lèvres de la grand-mère une lampée
qui la fit tousser et la réveilla ; le temps d'être
anxieux, tous penchés sur elle ; le temps qu'elle se
remette vaillamment au travail, réveillée à fond par
un coup de tonnerre péremptoire avertissant que
l'averse n'était pas loin.

Un quart d'heure ! Mais durant cette alerte de
l'aïeule évanouie, on avait oublié Laure. Elle franchissait le coin du porche, les prés étaient devant elle
avec l'herbe de juin aussi haute que l'enfant. C'était
parmi ces herbes que rutilaient, de place en place,
des fraises des bois. Le pré montait vers la forêt à trois

cents mètres de là où l'on entendait s'abattre la cognée des bûcherons. Debout ou accroupie, Laure tendait ses menottes vers ces fruits rouges dont la couleur et le parfum l'éblouissaient. La petite en avait les doigts rouges, les lèvres barbouillées.

C'était le moment où le bûcheron à l'œuvre vers l'orée du bois comptait qu'il ne lui restait plus que cinq ou six coups à donner sur les coins enfoncés dans le hêtre qu'il était en train d'abattre. Il avait déjà façonné le tronc en crayon taillé; les coins, c'était pour diriger la chute vers un point précis en évitant (le garde forestier le lui avait recommandé) de toucher l'un des rares soliveaux de cornouiller mâle qu'abritaient les bois de Marat. L'arbre frissonnait déjà de tout son feuillage tremblant et le sourd frémissement de sa peur vibrait sur le tronc tout entier. L'homme se crachait dans les mains pour saisir la hache et, du dos de celle-ci qui servait de masse, enfoncer les coins dans l'aubier un peu plus avant. Il frappa deux, trois fois. Il sentit, à l'ouïe, que le hêtre cessait toute résistance et qu'il commençait à vaciller. Il posa sa hache pour s'essuyer le front. Alors il vit : une enfant minuscule en train de cueillir une fraise vermeille, juste sous la trajectoire qu'il avait calculée pour la chute de l'arbre.

— Madonna d'un accidente! cria-t-il.

Il plongea en avant parmi les broussailles, se laissa

rouler. Il entendit craquer l'arbre, toujours vertical. Il
tendit les bras en avant. « Je vais l'écraser », se dit-il.
Il maîtrisa ses grosses mains comme s'il allait cueillir
une fleur. Il les referma sur ce petit corps. La pente
était forte. À plat dos, serrant l'enfant contre son
torse, l'homme, s'aidant des pieds, accéléra sa glis-
sade. L'arbre, lentement d'abord, puis de plus en plus
vite, vacillait, sombrait au milieu d'autres troncs. Le
vide qu'il abandonnait derrière lui dévoilait le soleil
qui dardait brusquement au sortir des nuages.
L'homme, par réflexe, coula l'enfant au-dessous de
lui et s'arc-bouta, le dos tendu, tous ses muscles
attendant le choc. Il perçut distinctement le coup
sourd sur la terre ébranlée par la chute de l'arbre. Les
branches lui labouraient le dos, s'enfonçaient dans sa
peau. Il ne sentait rien.

— Madonna d'un accidente ! répéta-t-il.

Son regard renversé se porta sur l'enfant entre ses
bras arc-boutés. Il rencontra un œil épouvanté mais
qui ne cillait pas. Les menottes minuscules tenaient
la dernière fraise des bois que Laure n'avait pas eu le
temps de porter à sa bouche.

L'homme se dressa, immense, surgissant du houppier écrasé. Il portait l'enfant devant lui comme le
saint sacrement.

— Madonna d'un accidente ! répéta-t-il encore.

Il n'arrêtait pas de contempler le fardeau qui tremblait sous ses doigts. Il ouvrit sa chemise. Il y plaça
Laure et lui fit un berceau de ses bras. Il jeta un coup

d'œil derrière lui. Le tronc gisait, ayant broyé le houppier fracassé à un mètre de sa propre tête et de la place où se trouvait cette enfant. Parfois, sa carcasse était agitée d'un frisson instinctif. Il revoyait le hêtre en train d'osciller vers l'endroit où la fillette cueillait une fraise des bois. Alors il resserrait un peu l'étreinte. Il enveloppait Laure avec dévotion, comme il l'avait vu faire là-bas, à la cathédrale de Novare, autrefois, au saint du retable qui présentait l'Enfant Jésus. Ce fut la première fois et la seule pour longtemps encore que Laure fut à l'abri entre les bras d'un homme. Le bûcheron la pressait contre lui, comme une prisonnière tant il craignait les facéties du destin. Lovée contre ses muscles qui lui servaient d'oreiller, Laure s'était endormie tranquillement.

— Laure, Laure!

Quelqu'un criait d'en bas. Une femme, à toutes jambes, escaladait le pré qui bordait la forêt. C'était Aimée, en panique, qui avait déjà cherché la petite partout mais en vain.

L'homme qui portait Laure et descendait vers elle, elle le vit gigantesque.

— N'ayez pas peur! cria-t-il. Elle va bien.

Ils étaient face à face sur la pente du pré. Aimée avait de gros seins qui débordaient du chemisier déboutonné. Sa chevelure en désordre, témoin de sa peur, lui cachait le visage. Elle l'écarta pour se faire voir.

Ces deux êtres restaient interdits l'un devant

l'autre. Il leur suffit de peu de paroles pour expliquer ce qui s'était passé. Mais dans leur silence, cloués au sol par la mutuelle contemplation de l'autre, le destin déjà avait surgi entre eux.

L'homme tendit Laure à la jeune femme.

— Tenez, dit-il, elle va bien. Prenez-la. Je m'appelle Séraphin.

— Merci! dit Aimée. Moi, on m'appelle Aimée.

Elle tourna les talons. Il lui était insupportable d'affronter le regard de cet homme une minute de plus. Tanqué sur la pente de la terre, et maintenant les bras croisés sur le vide, il la regarda partir.

3

Le premier regard conscient que Laure jeta sur l'humanité, ce fut au chevet de son frère, dans le berceau, à côté du lit de Marlène. Celui-là était normal : trois kilos huit cents de chair potelée, une grosse tête qui au passage avait fait hurler la mère. Laure était née pour aimer. Elle aima tout de suite son frère, comme elle aimait tout le monde. La première fois où elle tendit vers la main du bébé la sienne timide, Marlène lui cria de son lit :

— Laisse ton frère tranquille !

Sa voix contenait déjà une majuscule en prononçant le mot « frère ».

Les paupières du bébé qui dormait s'ouvrirent sur cette apostrophe. Laure sourit en le contemplant. Elle ne rencontra que des yeux immobiles. Bien qu'il n'eût que deux mois, il était déjà capable de ne pas sourire.

Heureusement, il y avait les deux jeunes tantes et la grand-mère. Ces trois femmes émerveillées regardaient chaque jour ce miracle qui se déployait comme une fleur. D'un bouton minuscule Laure était devenue cette rose épanouie. Flavie, Aimée et Juliette, sans un mot, rien qu'en se regardant, se confiaient l'une à l'autre : « C'est nous qui avons permis cela. »

Nous autres, n'en croyant pas nos yeux, nous regardions cet être, cette fille que, soi-disant, elle était née morte.

— Et en plus, elle est blonde! dit la Mélanie Guende. Vaï que tu vas voir, c'est elle qui va ressembler à la vraie de Marlène, celle du cinéma!

C'était exact. Elle était d'une blondeur éclatante, irréelle en ce pays de brunes ternes. On vient toucher ses cheveux, on les palpe, on les fait mousser en les lissant entre les doigts.

La Bonnabel croit avoir trouvé la clé du mystère et elle en est bien soulagée.

— C'est sa mère qui les lui teint!

La Félicie Battarel explose.

— Sa mère! Tu as vu comment elle la traite, sa mère? Elle l'écarte d'elle, la pauvre petite, quand elle fait mine de vouloir l'embrasser! On dirait qu'elle est pestiférée. Autre que la teindre! Elle la tondrait oui! Tu crois que ça lui fait plaisir à sa mère d'avoir une fille qu'elle déteste et que, en plus, elle soit blonde alors que c'est elle-même qui aurait dû l'être?

Nous hochions tous la tête douloureusement à ces paroles. Depuis que tout le village, qui plus, qui moins, avait participé au sauvetage de Laure, celle-ci était devenue l'enfant de tous.

Ce fut le moment, cet hiver-là, que Laure devint apte au bonheur. L'hiver commença le douze novembre. Quand la Toussaint tombe un mardi, c'est une tradition au pays d'Eourres de se rencontrer les uns les autres en se disant que l'hiver sera dur. C'était une tradition aussi que d'aller biner l'herbe autour des tombes et de redresser les couronnes de perles. Il n'y a pas de fleurs sur les tombes d'Eourres. Les fleurs, en novembre, sous ce climat, pourrissent tout de suite et feraient sale. Rien ne ressemble plus à la mort des êtres que la mort des fleurs. On sait cela à Eourres plus qu'ailleurs.

Aimée, pour faire les jambes de la petite, l'entraînait sur les pentes abruptes car il y avait loin de la ferme jusqu'à l'ancien cimetière où tous les Chabassut étaient enterrés. Et pour habituer aussi Laure à porter des choses lourdes, elle la chargeait d'un petit arrosoir plein d'eau. Aimée savait de source certaine que, comme la sienne, la vie de Laure serait dure et que dès maintenant il convenait de la plier, de la résigner à cette dureté.

Juliette disait à sa sœur :

— Tu crois que c'est bien convenable de mener la petite, si petite, au milieu des morts ?

— Il faut qu'elle s'apprivoise, répondait Aimée.

De toute façon, il lui faudra passer plus de temps là-haut qu'ici !

Aimée était par nature mélancolique, pourtant depuis qu'elle avait vu cet homme devant elle, cet homme qui avait dit s'appeler Séraphin, une lumière falote végétait dans son cœur. Elle ne l'avait jamais plus rencontré, il était passé sur d'autres coupes, mais parfois cette fille active, joyeuse et toujours occupée, se prenait à ralentir soudain le rythme de ses travaux. Elle regardait les lointains parmi les coupes qui cernaient le pays. On entendait de grands appels chez les bouscatiers. Aimée y était attentive. Laure, intriguée, la regardait s'immobiliser et ses yeux prendre la teinte du couchant parmi les montagnes. Parfois, elle arrêtait longuement la marche de la petite sur la pierraille des sentiers et elle lui disait :

— Chut !

C'était comme si elle guettait une présence qui se rapprochait.

Ce fut en allant au cimetière apprêter les sépultures pour l'examen du premier novembre, où se succédaient les familles pointilleuses sur l'ordre des tombes d'autrui, que Laure vit s'alentir les dernières feuilles de l'automne. C'était dans le semblant d'allée qui conduisait à la grille. Une allée faite de quatre arbres seulement mais le tapis de feuilles dont ils avaient jonché le sol s'étalait à l'infini pour la fillette comme un manteau somptueux. Elle s'arrêta même pour contempler ce tapis à ses pieds.

« Elle sait voir! » se dit Aimée avec satisfaction. Elle aussi savait voir mais elle n'en avait jamais fait état.

Et soudain, bien avant qu'on ait installé le sapin multicolore sur la place du pays, ce fut l'hiver. Il ne vint pas tout de suite à Eourres. D'abord, il fit une halte temporaire sur les deux pyramides qui situaient le pays. De vert foncé qu'elles étaient, elles devinrent vert olive sous la mince couche de neige qui les recouvrait. C'était la seule concession des yeuses à l'hiver. C'est l'arbre symbole du pays, aussi dur, aussi coriace. Les sangliers qui se nourrissent des glands d'yeuses, il faut les faire mariner trois jours auparavant pour les attendrir. Tout peut mourir par un hiver rigoureux mais le chêne-vert, lui qui ne perd pas de feuilles, le sol ingrat est propre sous lui. Au premier printemps, il secoue la neige et il n'a pas besoin de reverdir. Il est vert pour l'éternité.

Maintenant Laure sortait toute seule dans la cour sans rien demander à personne. Elle allait même au-delà du porche voir comment se comportait l'hiver. Novembre avait tourné à l'aigre. Il fallait se parer les oreilles sous le bonnet sinon on ne les sentait plus.

Laure aimait goûter le froid à travers la buée de sa respiration qu'elle ne se lassait pas de projeter devant elle en prolongeant le plus possible son nuage léger. Tanquée sur ses petites jambes, les antennes invisibles que son cerveau dardait alentour enregistraient pour toute la vie les remugles divers soulevés par les troupeaux, les chevaux, la basse-cour et les cochons. Mais sous ces puissantes odeurs, un parfum ténu demeurait alenti qui résistait au suint animal, c'était celui de l'alambic refroidi où l'été dernier la lavande avait été distillée. À partir de cela, l'amour la pénétra pour ce pays que personne autour d'elle ne paraissait aimer. L'existence, sans homme ni femme, de ces espaces qu'elle explorait autour d'elle la lia à sa pauvreté, à son étrangeté, à son énigme et la rendit apte au bonheur.

Or, un jour que sa tante préférée l'avait menée vers le pré aux assaliers pour lui montrer comment les chiens conduisaient le troupeau, elle vit une fille au loin, sur le sentier qui suivait le ruisseau, et cette fille tenait en main un objet sur lequel elle gardait les yeux fixés. Un troupeau, moins grand que celui d'Aimée, suivait cette fille. Trois chiens canalisaient les bêtes pour éviter le contact entre les brebis. La bergère, elle, était si absorbée par l'objet qu'elle tenait en main qu'elle ne vit ni la tante, ni la nièce, ni l'autre troupeau. Elle passa.

— On lui dit bonjour à la dame ? dit Laure.

— Non ! répondit Aimée, on lui dit pas bonjour.

— Pourquoi ?

— Parce qu'on est fâchés.

— Pourquoi on est fâchés ?

Aimée leva les yeux au ciel.

— Ça date de plus de trois cents ans.

— Qu'est-ce que c'est trois cents ans ?

— Oh ! Tu le sauras bien assez tôt !

Laure suivit des yeux la fille qui disparut brusquement derrière un pli de terrain, puis qui reparut au loin devant une autre ferme prise dans un anneau de la route. Elle tenait toujours l'objet entre les mains. Elle n'avait pas bougé la tête.

En bas, un peu à gauche du bien, embrassant le premier lacet qui conduisait au col, il y avait une autre bastide, imbriquée dans celle des Chabassut par les hasards du cadastre et de la topographie. C'étaient les Michel Phélipeaux qui ne frayaient avec personne. Les Chabassut et eux dont les propriétés en sœurs siamoises se touchaient de partout, inextricables l'une de l'autre, étaient brouillés à mort depuis les guerres de Religion, il y avait quatre siècles.

Un Phélipeaux devenu parpaillot avait été envoyé aux galères sur les instances opiniâtres d'un Chabassut demeuré bon catholique mais qui voulait arrondir ses parcelles par les dépouilles du voisin. Heureusement, la justice royale avait été équitable : le parpaillot était mort aux galères mais les biens avaient été dévolus à ses héritiers.

La terrible origine de l'histoire avait fait des Phélipeaux descendants, des sangliers drapés dans leur raideur de victimes. Le dernier en date n'avait trouvé femme qu'à l'assistance publique. Il lui avait fait trois enfants puis elle était morte à quarante ans à force de travail et de mauvais soins.

Les deux fils ne faisaient que biner la lavande, gratter l'herbe et garder le troupeau. On ne les entendait jamais parler. Ils étaient hirsutes et s'entre-battaient avec des cris gutturaux. C'était toutefois le seul moment, quand l'un avait fait mordre la poussière à l'autre, qu'on leur connaissait quelque rire. Le père les envoyait chercher à la bergerie le soir à l'heure de la soupe, le reste du temps, ils n'avaient pas le droit de pénétrer dans la maison. Il y avait une fille aussi entre les frères. Elle avait pris au passage toute la beauté qu'ils n'avaient pas et l'intelligence aussi. Le père avait eu l'intuition qu'elle serait le seul homme de la famille. Il l'avait fait suivre, c'est-à-dire qu'il l'avait tenue à l'école jusqu'après le certificat d'études et maintenant, l'an prochain, elle entrerait à l'école normale. Elle s'appelait Aline.

Là-haut, à Marat, c'était trois heures de l'après-midi. Il avait neigeoté depuis le matin et tout baignait dans un clair-obscur qui annonçait la nuit longtemps à l'avance.

Tout le monde était occupé à soigner le troupeau, à le faire rentrer au jas, à préparer la soupe, à langer le gros poupon qui donnait un travail du diable par ses hurlements, ses vomissements intempestifs, ses défécations fréquentes. Il était goinfre, s'engouait à prendre au sein de sa mère de trop grosses lampées à la fois et il s'étouffait.

74

Laure dans la cour tenait un chat entre ses bras, lequel bientôt fit sentir ses griffes et s'esquiva. Les deux chiens labrits vinrent respirer la petite et quêter quelques caresses. Laure s'aventura hors du porche. Elle était intriguée depuis la rencontre avec cette fille à laquelle on ne disait pas bonjour. Elle vit assez bien, en contrebas, cette maison où l'on venait d'allumer la lampe de la bergerie pour aussi faire entrer le troupeau. Il lui parut qu'elle devait savoir ce que faisait la dame avec cet objet à la main dont elle ne savait pas le nom.

Un pas devant l'autre, Laure prit le sentier qui descendait vers la route pour couper court au chemin charretier. Un peu de neige qui venait de tomber et qui n'avait pas fini de fondre la fit glisser trois fois et choir sur le derrière. Elle fit la grimace. Il n'y avait pas de quoi pleurer. Le sentier était long, malaisé. À peine fut-elle à quelques centaines de mètres de la maison qu'avec des hurlements de panique, trois chiens à fond de train, lui coururent dessus. Elle s'arrêta. Ils étaient là tous les trois, sales, aboyant, menaçants. Ils la flairèrent, sans douceur, sur toutes les coutures, avec une insistance hostile. Laure se remit en marche. Les trois chiens la serraient de près en grognant. La fillette se trouva devant une porte plus luxueuse que celle de Marat. Son fronton portait un minuscule Christ incrusté dans la pierre. La lumière était chiche au-delà de ce seuil. Elle était occultée par deux malabars assis sur un banc de bois devant une grande table et qui portaient fourchette et couteau au poing, attendant leur pitance.

Les chiens qui l'avaient escortée et faisaient un rempart de leur corps pour défendre la maison contre cette intruse, les chiens furent chassés à coups de pied. Un homme apparut à leur place. Il était plutôt haut que grand. Son squelette avait peine à porter sa taille. Il était maigre et sans volume, mal équarri, chaussé de godillots. Toute la rancœur du monde sculptait les rides profondes qui dévalaient de son visage vers le cou. Il tenait en main l'écumoire avec quoi, à côté de l'âtre, il était en train d'écraser la soupe.

— Qu'est-ce qu'elle vient faire ici, celle-là ?

Le père est hargneux tout de suite. Il a compris à quelque ressemblance inscrite dans sa mémoire que la petite vient de chez les Chabassut. Tout ce qui appartient à la ferme d'en haut lui est haïssable. D'abord, ils ont le soleil d'hiver deux heures de plus par jour. Il y a aussi ce fond de rancune vieux de quatre cents ans, à quoi est venue se greffer, plus récemment, une question de bornage à propos d'un clapier, un de ces tumulus qu'on élevait en bordure des biens avec des pierres récoltées dans les champs pendant les vacances. En Provence, en Dauphiné, ces clapiers sont hauts comme des monuments et ça en est. Ils commémorent l'existence de ces enfants qui n'avaient que ça, le dimanche, comme distraction.

— Qu'est-ce que tu viens faire? C'est pas chez toi ici! Va-t'en.

Le géant tape du pied. Il fait quatre fois la hauteur de Laure. La petite ne bronche pas.

— Je vous ai entendu rire, dit-elle.

— Rire? Je ne ris jamais! Y a pas de quoi rire! Fiche le camp!

— C'est pas vous que je veux voir, c'est elle!

Elle tend le doigt. Comme une fleur au milieu des autres, sa grand-mère, son père, ses frères noirauds et ternes, Aline éclate de la beauté du diable qui la pare d'une santé insolente et d'un sourire qui ne s'éteint jamais. Depuis quelques secondes, Aline qui faisait la vaisselle, est sortie de la cuisine, une assiette à la main.

— Qu'est-ce qu'il y a? dit-elle.

— C'est une d'en haut! dit le père.

— Et alors?

— Alors, j'en veux pas ici!

— Une petite de quatre ans! Tu n'en veux pas! Qu'est-ce qu'elle t'a fait?

— Rien! Mais je n'en veux pas!

La petite s'avance sans peur vers Aline.

— L'autre jour, dit-elle, je t'ai vue avec le troupeau. Tu avais quelque chose à la main, qu'est-ce que c'est?

— Quelque chose?

— Oui. Et tu regardais tellement que tu avais pas vu que je te regardais.

— Ah! dit Aline, illuminée. Un livre!

La petite fit un signe d'ignorance.

Aline se mit à croupetons devant Laure pour être à sa hauteur. Cette fille qui s'ennuie en attendant un prétendant, elle voit devant elle quelqu'un qui ne s'ennuie pas. Elle sait qu'elle est née par miracle, elle sait que sa mère ne s'en occupe pas. Elle lui voit de grands yeux ouverts. « Des yeux lucides », se dit Aline.

Là-haut, à Marat, où la nuit tombait, on s'inquiétait tous. On criait à tout vent :

— Laure, Laure!

Heureusement, le peu de neige alentie du matin avait conservé les traces de pas de la gamine. Sans réfléchir, Romain s'élança sur ces traces. Il se trouva au milieu des chiens hurlants qui lui faisaient la conduite de Grenoble, devant la porte vitrée de cette cuisine qu'en vingt-six ans d'existence il n'avait jamais franchie, et il n'avait jamais vu non plus que de loin le colosse qui lui ouvrit.

— Et alors? dit Phélipeaux.

— La petite est pas là?

— Si! dit Phélipeaux.

Il fit signe vers la table.

— Mais qu'est-ce que tu fais là?

— Elle veut que je lui apprenne à lire, dit Aline.

— Comment, apprendre à lire? Elle n'a pas encore quatre ans!

Aline haussa les épaules.

— Elle veut! dit-elle.

— Je veux! déclara Laure fermement.

Ils se dévisagèrent tous en se mesurant du regard, même la vieille Javotte, la grand-mère effacée qui n'avait jamais aucune opinion, resta interdite devant la vision de deux Chabassut à la fois. « Ils ne savaient plus où pendre la lumière », dira Laure plus tard. Ils venaient tous de se télescoper contre quatre cents ans de haine rentrée, de haine sous cape, de haine concentrée et toujours vivace. C'est dur de contempler dans les yeux de l'autre sa propre stupidité. Phélipeaux vit que son voisin ressemblait à n'importe quel homme, qu'il était anxieux pour sa fille et qu'il se tenait modestement, sa casquette à la main.

Il détourna son regard du Chabassut et il le reporta sur la petite.

— Alors, si elle veut..., dit-il.

Agrippée des deux mains au bas bout de la table et balançant dans le vide ses jambes qui ne touchaient pas terre, Laure dévisageait Aline effrontément. Elle attendait de pied ferme sa première leçon.

Il tomba beaucoup de neige cet hiver-là ; un matin où elle écrasait sous son silence toutes les fermes alentour, Phélipeaux et Chabassut eurent la même idée :

— La petite pourra pas prendre sa leçon.

Ils sortirent de leur maison en même temps. Ils allèrent à la resserre en même temps. Ils prirent la pelle et la pioche en même temps. La pelle pour dégager le sentier, la pioche pour ameublir un peu la terre car ça allait tout de suite verglacer et la petite risquait de tomber. Ils se crachèrent dans les mains. Ils attaquèrent la pente, l'un en haut, l'autre en bas. La goutte perpétuelle qui se condensait au bout de leur nez les gênait fort. Ils se traitaient d'imbéciles à mesure que le froid du matin se resserrait sur eux, mais ils n'auraient pas donné leur place pour un empire : la petite allait prendre sa leçon.

Ils se rencontrèrent à bout de souffle. Ils surgirent l'un devant l'autre en ce jour incertain qui essayait de sortir le monde d'Eourres de sa nuit mais qui n'y parvenait pas. Ils ne se dirent pas bonjour. Trop essoufflés pour prononcer une parole. Le ciel en avait assez de neiger. Il ne tombait plus que quelques flocons paresseux qui erraient dans l'air avant d'atterrir. Le bruit avait disparu de la terre. Phélipeaux et Chabassut regardèrent machinalement autour d'eux. Il n'y avait plus rien à voir. Romain avait un paquet de cigarettes, Phélipeaux avait oublié sa chique.

— Tu en veux une ? dit le plus jeune.

— Ma foi, pour une fois...

Ils se servirent de la même flamme, en se parant du vent l'un l'autre avec leurs mains ouvertes, leurs têtes rapprochées. La flamme de l'allumette leur apparut comme un phare. On ne sut jamais, ils étaient seuls, lequel avait dit à l'autre :

— Tu ne crois pas qu'on est un peu cons ?

L'autre ne répondit rien mais il hocha longuement la tête, longuement, longuement. Phélipeaux tira deux bouffées et dit :

— Oui mais, et ton père ?

Romain haussa les épaules.

— Oh mon père... Pourvu qu'il ait sa pouffiasse de Laragne deux fois par semaine !

— On fera pas semblant, dit Phélipeaux.

— Non, dit Romain. On fera pas semblant. Pour mon père d'abord et puis pour les autres. Ça leur ferait encore plus de peine de nous savoir en accord que de nous voir fâchés.

C'était la meilleure phrase qu'il eût jamais prononcée. De toute sa vie, il n'en prononça plus d'aussi longue.

On crut que Florian était dans l'ignorance de cette fin de guerre, mais la vérité c'est qu'il la passa sous silence. Il était en train de boire son café avec précaution. Flavie avait la manie de le réchauffer et de le mettre au coin du fourneau qu'elle attisait vigoureusement, de sorte qu'on buvait toujours du café bouillant et bouilli. Il avait entendu son fils ouvrir la porte de la resserre qui grinçait toujours un peu. Il l'avait repéré, casquette à pont, bottes lacées, le cache-col passé deux fois sous le menton. Il l'avait perdu de vue dans le clair-obscur du point du jour mais il avait distingué la pelle et la pioche en action

81

et il n'avait eu qu'à suivre de loin la progression du garçon jusqu'à entendre un autre outil qui travaillait dans la pénombre.

De loin, toujours dans le clair-obscur du matin qui tardait à éclore, il entendit les quelques mots échangés et il huma l'odeur de la cigarette. Ces indices lui suffirent pour comprendre qu'entre les fermes du haut et du bas, un armistice avait été conclu. Sa première réaction fut une colère monstre contre son fils mais il la maîtrisa tout de suite. On avait contrarié sa volonté inscrite dans ses gènes depuis quatre siècles, mais était-ce sa vraie volonté ? Il y avait bien dix ans que Florian se disait que cette querelle entre voisins était à réviser à la lumière des guerres universelles. Puisque, se disait-il, des adversaires aussi irréductibles que la France et l'Allemagne avaient résolu de ne plus se faire la guerre, pourquoi deux voisins obligatoires n'en feraient-ils pas autant ? Seulement, il y avait le village, les familles, l'opinion. S'il capitulait, il perdrait la face. On dirait : « Le vieux Florian n'est plus ce qu'il était. »

Maintenant, tout était changé. Le fils avait fait le premier pas mais lui, Florian, il était censé l'ignorer. Il suffisait de se taire, s'obstiner, les jours de foire à Séderon ou à Laragne, à marcher sur les pieds du Phélipeaux en feignant de ne pas le voir. Il pouvait continuer tout seul à jouer les irréductibles et à faire peur, et en même temps savourer la diplomatie de son fils dont il ne l'aurait jamais cru capable.

Sa décision était prise. Demain, il ferait disparaître les fils de fer barbelés rouillés qui cernaient le clapier litigieux et les écriteaux qui partaient en lambeaux où il y avait d'écrit : « Défense d'entrer, pièges à loup. » Demain, il irait à Laragne, avertir l'avocat qu'il abandonnait le procès. Ça ferait toujours tant de gagné et ça lui ferait un prétexte supplémentaire pour aller visiter sa bonne fortune.

« Mais, se disait-il, rien n'aurait été possible si la petite n'avait pas exigé d'apprendre à lire. Celle-là, elle n'est pas énorme mais elle en a dans la tête ! »

La petite toute fière, son abécédaire à la main, descendait tous les après-midi à la ferme du dessous, vêtue de son beau manteau blanc qu'Aimée lui avait confectionné dans la peau d'un agneau, et un jour, un beau jour, elle s'approcha du vieux Phélipeaux pour lui dire :

— Attends ! Je vais te lire ton journal !

C'était *L'Humanité*, le journal communiste que par défi Phélipeaux recevait tous les jours, alors que Florian Chabassut, lui, était abonné à *La Croix*.

Une petite revanche qui ne coûtait rien et que nul ne pouvait déceler. Tous les jours, Phélipeaux disait à Laure :

— J'ai de mauvais yeux ! Lis-moi un peu ce qu'il dit le journal !

La petite lisait bien, mettait les points et les virgules où il fallait. Elle s'exclamait pour le point d'exclamation et reniflait le doute pour le point de suspension, mais naturellement elle ne comprenait rien aux indignations de *L'Humanité* ni aux remèdes préconisés par ce journal pour soigner les maux de ce qu'il prétendait représenter.

Le vieux riait sous cape. Il espérait avoir mis le ver dans le fruit de ce petit être de quatre ans que sa tante inquiète venait chercher à la tombée de la nuit.

— Tatie! Qu'est-ce que c'est Krouchtchev?

— Mon Dieu, Laure! Ne prononce jamais ce mot-là devant ton grand-père, que Dieu garde! Il se refâcherait avec ceux d'en bas!

En cachette, les tantes (tout ce qui avait trait à l'argent se faisait en cachette du grand-père) avaient fait venir deux cahiers à double interligne pour que Laure apprît aussi à écrire.

C'était pénible, tous les jours, même avec l'aide d'Aimée, de descendre et de remonter ce sentier enneigé où le sol glissait sous les pas. Laure était souvent à quatre pattes, elle tirait la langue dans l'effort mais rien ne la rebutait. Elle était toujours contente, épanouie, quand elle arrivait à Marat venant d'en bas.

En famille autour de la table du soir, il n'était question que de Laure et de ses progrès. Seule la mère, le poupon au bras, gardait sur ses lèvres un sourire amer.

— Regarde-la! disait à voix basse Aimée à sa sœur. Tu dirais qu'elle vient de manger un kaki vert!

Laure chipotait à table. Il fallait la flatter sur ses

progrès en écriture pour lui faire avaler une assiettée de soupe de courge, ou si c'était de la viande alors sa grimace était pire que celle de sa mère à son propos. Elle n'aimait pas non plus les œufs et dans une ferme, ne pas manger d'œuf, c'est risquer la famine. Tout le monde avait des airs de douter concernant la survie de Laure. Il n'y avait qu'un moyen de lui faire avaler n'importe quoi, sans regarder. C'était Flavie qui avait trouvé le système. Elle lui donnait à lire le calendrier des postes. Laure épluchait tout avec gourmandise : la liste des saints, les dates des foires, les quartiers de la lune, les noms des villages sur la carte du département, les heures du lever et du coucher du soleil qui changeaient naturellement tous les jours. Elle exténuait tout le monde par ses questions.

— Dis, grand-mère, pourquoi il ne se lève pas tous les jours pareil le soleil ?

Le grand-père, en cachette de tous, l'entraîna un soir dans sa chambre. De l'armoire ancestrale, noire à force d'âge et de fumée ancienne, caché sous une pile de draps qui embaumaient l'aspic, il tira un grand cahier qu'il ouvrit devant Laure comme il l'aurait fait pour une cassette. Les pages en étaient remplies de lettres de l'alphabet en couleur bleues ou violettes, faites d'italiques, de gothiques, de lettrines enluminées.

— J'aimais faire ça, dit-il, autrefois.

Laure eut à peine le temps de le voir. Il remit le

cahier en place soigneusement, bien à plat sous les draps à la lavande.

— Tu le diras à personne que je t'ai fait voir ça.

Il avait gardé à la main un petit livre terne qui était cartonné.

— Tiens ! dit-il, prends ça ! Ça je te le donne. Mais tu le liras qu'à table, ça t'aidera à manger.

Laure lut à haute voix :

— *Le Tour de France par deux enfants.* Qu'est-ce que c'est la France ?

Le grand-père hocha la tête et ne répondit pas tout de suite. Quand il le fit, ce fut après avoir mûrement réfléchi avant de parler.

— Je voudrais bien le savoir ! dit-il.

Il vint un cirque famélique qui n'osait se présenter dans les villes un peu conséquentes par honte de se montrer, au sortir d'un long hiver de pauvreté. Il y avait un lama, un dromadaire et deux chevaux qui trompaient leur faim en rongeant le poteau où ils étaient entravés.

Laure qui était descendue à fond de train dès qu'elle avait aperçu le défilé des trois roulottes, le comprit tout de suite et elle remonta jusqu'à Marat. Il n'y avait personne. Tout le monde était au travail. Seules dans la cuisine, Marlène et Flavie épluchaient des légumes.

Laure prit un sac de jute pour aller le remplir

d'avoine au silo de l'écurie. Ça n'était pas rapide avec ses petites mains. Elle avait peur d'être surprise par sa mère. Le sac était trop lourd pour elle. Elle en remit un bon tiers au silo. Mais même ainsi elle ne réussit pas à le porter, elle le traîna tout du long, dans l'herbe et sur l'asphalte de la route. Quand elle déversa cette provende aux pieds des deux animaux, elle vit devant elle une fillette à peu près de son âge, aussi noire que Laure était blonde, et elle n'était pas plus grande qu'elle. Elle avait de grosses lèvres, un regard sans douceur et elle demanda :

— Qu'est-ce que tu fais ?

— Je leur donne à manger.

— Et alors ? Tu crois qu'on est pas capables de le faire ?

La fillette dispersait avec son pied nu l'avoine loin de la portée des chevaux.

— Ils ont faim, dit Laure.

La noiraude la regarda fixement. On eût cru que les deux fillettes tentaient par leurs yeux affrontés de connaître le fond de leur cœur.

— Je m'appelle Sarah ! dit la noiraude avec orgueil.

— Et moi Laure.

Sarah de son pied nu ramenait l'avoine à portée des chevaux. Toutes deux les contemplèrent manger en silence.

— Tu es venue de là-haut avec ce sac ? dit Sarah.

— Oui, dit Laure. Je l'ai tiré.

— Viens demain au cirque, tu verras ce que je fais.

— Je peux pas, dit Laure, j'ai pas de sous.

— Demandes-en à tes parents.

— Ils en ont pas non plus.

— Alors attends ! dit Sarah.

En un instant, la petite fille se transforma en une flamme bariolée qui sautait et qui dansait dans l'herbe et qui soudain se mettait debout sur ses mains et marchait ainsi une main après l'autre sur le sol fait de pierraille.

— Attends ! Tu vas voir ! Je vais te faire le saut périlleux !

Laure ouvrit la bouche pour crier. Elle voulait dire : « Tu vas te faire mal ! »

Elle n'en eut pas le temps. Sarah tournait autour d'elle en une vertigineuse sarabande. En haut, en bas, sans répit. On ne voyait que la rotation de son corps dont on ne distinguait même pas s'il touchait terre. Laure en avait le tournis. Soudain Sarah se retrouva sur ses pieds. Un sourire éblouissant à dents blanches éclairait son teint foncé. Elle plongea devant Laure en une profonde révérence.

— Voilà ! dit-elle. C'est pas difficile. Et toi tu dois applaudir !

— Qu'est-ce que c'est applaudir ?

— Tu tapes dans tes mains tant que tu peux !

Elles s'applaudirent l'une devant l'autre pendant au moins une minute. Elles se souriaient. Laure essayait de sourire comme Sarah, en montrant bien ses dents. C'était difficile. Il fallait écarquiller les lèvres. Il faisait froid, ça faisait mal. Laure remonta jusqu'à Marat en applaudissant et en s'essayant au sourire gracieux.

— Je veux aller au cirque!

C'était le soir à la table familiale. Tout le monde mangeait sa soupe bruyamment, en faisant durer le plaisir. En entendant Laure exprimer cette volonté, de surprise, ils en reposèrent tous leur cuillère dans l'assiette.

— Au cirque! dit tante Aimée.

Elle regarda le grand-père d'un air interrogateur.

— Je la mènerai, dit Florian.

Ce fut le premier bonheur que Laure savoura dans sa vie. Sarah était en ballerine et les chevaux n'étaient plus faméliques. On les avait agrémentés de pompons rouges et de grelots et pendant qu'ils tournaient autour de la piste, la petite faisait le saut périlleux sur leur dos, sans répit, pour trois douzaines de spectateurs qui se gelaient les pieds sur des bancs rugueux. Le grand-père avait pris les places les plus chères pour être au premier rang et il applaudissait de bon cœur.

Il y eut d'autres tours de force et un clown triste qui faisait rire. Laure avait pris la main de son grand-père dans la sienne pour lui dire qu'elle l'aimait.

Ce fut aussi le premier soir où elle eut conscience du ciel en remontant à Marat.

— Grand-père, qu'est-ce que c'est ça là-haut?

— Quoi ça?

— Ce qui est rond et qui brille.

— La lune! dit Florian.

— Qu'est-ce que c'est la lune?

— Tu demanderas à celle qui t'a appris à lire.

— Et ça?

Laure, les yeux haut levés, dut serrer fermement la main de Florian pour ne pas trébucher.

— Ce sont les étoiles, dit Florian. Et ne me demande pas ce que c'est parce que personne n'en sait rien!

4

Il était tombé, durant tout le mois d'avril, une pluie lente, sempiternelle, désespérante. On l'entendit d'abord sur les branches nues des châtaigniers et ensuite sur leurs feuilles peu à peu déployées. Le bruit discret de ce chuchotis universel fut bientôt dominé par celui des ruisseaux qui se répandaient à travers les pentes des prés. Parfois, le rire dément d'un butor au bord de la mare venait ponctuer cette interminable confidence des eaux.

On sortait le troupeau qui renâclait, qu'il fallait houspiller avec les chiens, et tout de suite la laine devenait noire, les chiens devenaient couleur de terre, les poils hérissés, les sourcils où l'eau dégoulinait leur brouillant la vue. Les barbets étaient trempés comme des serpillières.

Le berger, que ce fût Romain, Aimée ou le grand-père, le berger n'était qu'un amas informe de velours côtelé, de guêtres, de souliers à clous lourds comme des boulets, perdu sous cet immense parapluie bleu qui avait abrité trois générations de Chabassut.

Le troupeau lui-même dans cette atmosphère hagarde devait être surveillé plus que jamais car il avait tendance à s'incurver vers les barres rocheuses qui encadrent les roubines. Le mouton ne craint pas la pluie sur sa laine mais il l'appréhende autour des yeux quand le vent du sud la rebrousse au ras du sol et qu'elle lui pénètre dans les narines à chaque broutée.

Voir un troupeau sous la pluie est toujours un spectacle navrant et les bergers sous les parapluies bleus en oublient que sans la pluie il n'y aurait pas de troupeau. Ils guettent l'éclaircie, ils l'appellent, ils la commandent même à l'aide de quelques grommellements indistincts qui leur tiennent lieu de prière.

Cette année-là, l'éclaircie déchira les nuages dès le premier mai. Ce mai que nous espérions, il n'était pas question de le faire attendre. Les pyramides vert foncé qui escortaient notre destin s'étaient embellies sur leurs yeuses sévères d'un pollen jaune volatil qui les parait sous le soleil d'une poussière d'or. C'était leur façon à elles de fleurir.

Aimée, en chaque printemps et surtout celui-ci, avait toujours besoin de s'exténuer un peu. Il lui était venu depuis quelque temps de beaux yeux mélancoliques. Un matin, dans la cour de la ferme, elle désigna un point derrière le col, sous les deux pyramides.

— On va monter là-haut! dit-elle.

Là-haut, c'était une ferme plus pauvre qu'ici encore et que Florian n'était pas peu fier d'avoir pu acheter. Il y allait rarement mais il avait l'acte de propriété dans le tiroir de la commode et ça lui suffisait. Seuls les moutons y erraient quand ils partaient à la recherche de l'herbe devenue rare.

— C'est loin ? dit Laure méfiante.

— Assez, oui, mais tu verras, tu seras récompensée.

— Qu'est-ce que c'est récompensée ?

— Tu ne regretteras pas ta peine.

— C'est plus loin que le cimetière ?

— Oh oui ! Beaucoup plus loin !

L'ascension commençait par une décourageante roubine qui se désagrégeait sous les pas, s'effritait, coulait inconsistante comme si elle n'eût pas été de la terre. Laure en avait plein les mains, plein les pieds, de la roubine noire. Après, c'était un sentier sous les yeuses où il fallait éviter les troncs rabougris, tors. On eût dit une armée de nains qui défendait la forêt. Quand elles atteignirent la lisière inférieure des hêtres enfin, Laure était à quatre pattes.

— Tatie ! Je peux pas aller là-haut, c'est trop loin !

Laure était à genoux, incapable de faire un pas de plus.

— Qué poule mouillée ! dit Aimée.

Elle souleva la gamine au-dessus d'elle, la fit passer sur sa tête et la posa à califourchon sur son cou. C'est ainsi que Laure atteignit les Herbes-Hautes.

C'était un beau nom pour peu de chose, avait dit le notaire condescendant lorsque Florian avait signé l'acte.

— Ferme les yeux! dit Aimée, et tu ne les rouvriras que lorsque je te dirai!

Mais Laure ne pouvait s'empêcher de respirer. Un parfum inconnu flottait léger sous ses narines. Elle qui était habituée à la forte senteur de l'aspic et des buis, la subtilité de cette nouvelle fragrance l'inquiétait un peu.

— Tatie! Qu'est-ce que ça sent?

Le mot « parfum » n'était pas encore entré dans son vocabulaire.

— Attends et garde bien les yeux fermés!

Laure se sentit soulevée et déposée sur le sol.

— Là! Tu peux ouvrir les yeux!

Laure reçut sur ses pupilles un éblouissement blanc qui la fit ciller.

Devant elle, dans le parfum décuplé qui l'environnait, un vallonnement doux à l'œil se déployait jusqu'à l'orée d'un bois, jusqu'aux restes d'une ruine affaissée qui retournait lentement à la terre. Depuis les pieds de Laure jusqu'aux murs écroulés de cette ruine, un tapis s'étendait uniforme, grandiose, vert et blanc, mais d'un vert qui n'existait pas dans la mémoire de Laure, mais d'un blanc qu'elle n'avait jamais vu, un blanc qui ne ressemblait ni aux draps étendus sur les prés, ni au voile de mariée de sa mère qu'on avait déchiré autour du berceau du frère pour le garantir des mouches.

Laure, dès cet instant, joignit les mains et durant tout le temps qu'elles mirent, Aimée et elle, à s'avancer vers la ruine par un sentier bien tracé, elle demeura ainsi, n'osant se baisser, n'osant s'exclamer. Une dévotion instinctive la tenait en lisière.

— Qu'est-ce que c'est? demanda-t-elle.

— Du muguet, dit Aimée.

Elles parlaient à voix basse, comme si soudain le son de leur voix allait éparpiller toutes ces clochettes pimpantes qui dressaient vers le soleil leurs hampes de demoiselles guindées mais fières de l'être. L'air du matin palpitait dans les fleurs radieuses et les faisait trembler, lui aussi avait décidé de se mettre en prière.

Les muguets n'étaient pas seuls. Ponctuant leur tapis, plus haut qu'eux, la prairie était constellée par quelques fleurs qui surplombaient les clochettes. Elles ressemblaient à de jeunes abeilles ventrues chargées de miel, montraient les mêmes robes noir et jaune, on ne savait pas. Elles étaient constellées d'étoiles imperceptibles qui parfois accrochaient brièvement les rayons du soleil. Toujours à voix basse, Laure demanda :

— Qu'est-ce que c'est?

— Des sabots-de-Vénus, murmura Aimée.

— Qui c'est Vénus?

— Quelqu'un qui avait petit pied, dit Aimée.

Elles continuaient toutes deux à avancer avec précaution, à chuchoter comme dans une église, n'osant fouler ce tapis de fleurs qui leur paraissait saint. Soudain Laure s'accroupit promptement.

— Et ça ? dit-elle, le doigt tendu.

Au ras de l'herbe, tapies parmi les muguets, elle désignait de grosses trompettes bleues dont certaines étaient encore fermées.

— Ce sont des gentianes, chuchota Aimée, des gentianes bleues.

— Gentianes ! répéta Laure avec plaisir.

La grande ruine muette était en train de leur tenir un langage que ni Aimée ni Laure ne comprenaient car les ruines qui ont abrité l'existence sont toujours pleines d'histoires qu'elles voudraient bien raconter mais elles ignorent le langage des hommes. Elles ne pouvaient que s'exprimer par cet immense parterre de fleurs et ce ne serait que pour une quinzaine de jours. Après, à cette altitude, ce ne serait plus que de l'herbe verte. La beauté éclose ne durerait qu'un instant de l'année et pour l'amour de Dieu seulement car personne jamais ne venait sur ces pauvres hauteurs si ce n'est, à l'automne, de solitaires chasseurs aux pieds lourds et quelques couples de sangliers qui ravageraient ce que le temps aurait laissé, et ce ne serait alors que ruines de fleurs. Nul ne pourrait goûter cette splendeur palpitante comme un tapis déployée, tout cet ensemble : gentianes bleues, muguet blanc, sabots-de-Vénus, qui en silence proclamait la valeur de la vie.

— Tu peux en cueillir tant que tu veux, dit Aimée, sauf les sabots-de-Vénus! Ceux-là, tu n'y touches pas! Et surtout n'abîme pas les fleurs que tu ne cueilles pas!

Elle regardait avec une joie intense les beaux yeux de Laure refléter le plaisir de la découverte. Une sombre fierté la transportait d'avoir fait de cet embryon voué au malheur quelqu'un qui pouvait encore sourire et se réjouir.

— Je vais te dire quelque chose, Laure, quelque chose que tu ne répéteras à personne. Tu sais, le grand-père, c'est à cause de ce champ de muguet qu'il a acheté cette ruine. Seulement, il faut pas le lui dire. C'est plus secret que ce qu'il a d'argent!

Elle était sur le point de parler d'elle. Le muguet l'avait enivrée. Elle était prête à avouer devant Laure l'émoi qui l'avait envahie lorsqu'elle avait vu Séraphin serrant contre lui le corps de la fillette qu'il regardait tendrement. Elle ne laissa filtrer son secret que dans la tristesse de ses yeux, mais un enfant de cinq ans est beaucoup plus perméable qu'un adulte au mystère des âmes et Laure, traversant le regard de sa tante, capta tout ce qu'il contenait de détresse.

Quand elles prirent le chemin du retour, elles avaient les bras chargés de fleurs et le visage de Laure était le cœur d'un gros bouquet que la petite, les yeux mi-clos, ne se lassait pas de respirer. Et pour lui faire trouver le chemin moins long, Aimée marchait devant Laure en chantant :

Dans la plaine il est un ruisseau,
Près du ruisseau une fontaine,
Près de la fontaine un château,
Dans le château, la châtelaine !

Châtelaine au regard si doux,
Châtelaine à quoi rêvez-vous ?

Je rêve que je suis fontaine,
Dans la plaine près du ruisseau
Du ruisseau où la châtelaine
Possède un si joli château !
Possède un si joli château !

Cette chanson inconnue que nul ne lui chanterait plus, Laure ne l'entendit qu'une seule fois, mais elle s'en souvint pour toujours.

— Laure ! Va chercher de l'eau !

De l'eau, il y en a devant la maison, mais l'été, pour boire frais, on préfère celle de la source. La source est là-bas, au fond du vallon nord, à huit cents mètres de la ferme. La neige y restait plus longtemps qu'ailleurs, même qu'à d'autres endroits au nord. C'était seulement à la fin mai qu'elle voulait bien fondre. À deux cents mètres de là, les ancolies étaient déjà en fleur.

98

Cette source qu'on récupère dans la baignoire de zinc, d'abord elle est très froide et ensuite elle a la vertu du mystère. On a parlé autour de Laure de ce glacier hypothétique enfermé immense au sein de la terre et qui fond très lentement au fil des années pour enrichir de son eau notre pauvre pays.

Laure va volontiers à la source. Un crapaud l'attend tous les jours en coassant doucement le seul cri qu'il sache faire entendre. Dans le vent du soir, le peuplier s'exprime. La baignoire de zinc non plus n'est pas en reste. L'eau qui s'y précipite depuis le creux de la tuile romane joue une étrange musique dont le débit n'est pas égal. Tantôt il est profondément sourd, tantôt il pousse des cris aigus comme une personne de la terre.

Laure arrive au bord du ruisseau, écoute longtemps cette musique berceuse. Une fois, elle s'est endormie. Tante Aimée a dû venir la chercher.

Ce fut au retour de la source que Laure rencontra l'homme. Il s'avançait au-devant d'elle sur le sentier. Elle commença à le voir de très loin, souple et posé et balançant les bras. Quelque chose en elle se souvenait de lui.

C'était entre chien et loup. On distinguait les silhouettes mais les visages étaient des trous noirs. L'homme d'ailleurs était noir des pieds à la tête à cause de son ombre qui interceptait le peu de jour qui végétait encore. Parce qu'elle restait interdite au milieu du chemin n'osant continuer à avancer, il lui dit :

— N'aie pas peur! Je m'appelle Séraphin.

— Je n'ai jamais peur, dit la fillette. Ah, si! J'ai eu peur une fois! Quand le cheval s'est emballé parce qu'une guêpe l'avait piqué. Tu t'appelles Séraphin?

— Oui, et toi, tu es la petite de la ferme.

— Comment tu me connais?

Il sourit.

— Je t'ai portée, dit-il.

— Ah, je sais! s'écria-t-elle. C'est toi : Madonna d'un accidente!

Il se mit à rire.

— Comment tu peux te rappeler ça? Tu étais grosse comme un écureuil.

— C'est ma tante Aimée qui m'a raconté, et un jour qu'elle faisait la sieste, elle a prononcé ton nom en dormant.

— Elle a dit mon nom?

— Oui. Je l'ai entendu. Elle a dit Séraphin! Il faut que tu viennes avec moi parce que ma tante, elle t'aime!

Il sembla à Laure que cet homme devant elle soudain ne touchait plus terre. D'une toute petite voix, il demanda :

— Elle te l'a dit?

— Non, je l'ai compris.

— Tu as compris ça, toi?

— C'était pas difficile. Avant elle faisait attention

qu'à moi. Maintenant, des fois elle m'oublie! Il faut que tu viennes avec moi!

En levant très haut le bras, Laure réussit à s'emparer de l'index que l'homme lui abandonna. Elle s'y accrocha fermement, entravant sa marche, tâchant de le dévier de sa destination, celle qui lui faisait face, celle vers laquelle il allait. Il fallait absolument qu'il rebrousse chemin.

Elle tapait du pied.

— Regarde-moi! commanda-t-elle.

Elle vit un regard navré qui rencontrait ses yeux bleus mais l'homme vira lentement sur lui-même, il tourna le dos à sa route. Il laissa remorquer sa lourde masse par cette fillette qui devait marcher sur la pointe des pieds pour ne pas lâcher le doigt auquel elle était rivée. Son âme était en panique. C'était la première fois de sa vie qu'il faisait quelque chose de déraisonnable.

Laure s'arrêta sous l'ombre des châtaigniers.

— Attends-moi là! dit-elle. Et ne bouge pas.

Le cadre de la porte ouverte sur la lumière de la cuisine se découpait maintenant que la nuit montait autour de la maison. Laure souleva le rideau de jute et dit à voix contenue :

— Tatie! Viens un peu!

On entendait seulement le bruit des cuillers heurtant les assiettes; pas un mot n'était prononcé. On entendait aussi la lame du tranchet pénétrer dans la miche que Florian tenait fermement entre ses cuisses. C'était lui qui mesurait le pain de chacun.

— Et rappelez-vous, disait-il chaque fois, le pain d'abord !

Il voulait signifier qu'il fallait manger du pain abondamment pour épargner le reste de la nourriture.

Aimée se levait du banc.

— Tiens, dit Laure, mets l'eau sur la table et reviens !

Elle tendait le broc que sa tante saisit machinalement en grondant :

— Pourquoi tu me fais venir ? Pourquoi tu rentres pas ? Le grand-père se demandait où tu étais passée.

Laure fit un signe de la tête derrière elle.

— Il est là ! dit-elle.

— Qui ça ?

— Séraphin. Tu voulais le voir ? Il est là, je te l'ai apporté.

— Tu es folle. Si mon père le voit, il va prendre le fusil !

— Tu m'as dit que tu l'aimais !

— Je n'ai jamais dit une chose pareille !

— L'autre jour dans le muguet, tu me l'as dit.

— Non ! J'ai soupiré, pas plus !

— Viens ! répéta Laure.

Elle avait pris sa tante par la main. Elle l'attirait sous le châtaignier où Séraphin était immobile comme un arbre. Quand ils furent face à face, Laure essaya de saisir le regard que ces deux étrangers échangèrent dans l'ombre mais il faisait déjà trop noir. Ils ne se parlèrent que lorsque la petite se fut éloignée.

Nul ne sut jamais ce que ces êtres projetés l'un vers l'autre se dirent ce soir-là mais avant de rentrer, Laure les vit se tourner vers l'ombre des autres arbres. Ils cheminaient ensemble à pas lents. Ils allaient du côté de l'orée du bois où Séraphin avait sauvé Laure. Bientôt, ils ne furent plus visibles.

Romain, de l'intérieur, appela fermement Laure. L'enfant fit la grimace avant de répondre. L'arôme de la soupe de courge et d'épeautre se frayait chemin autour du rideau de jute. Laure n'aimait pas la soupe de courge mais elle rentra vivement dans la maison, se coula sur sa chaise et se mit à la manger comme si elle l'aimait. Elle était au comble du bonheur.

Ce fut octobre aux teintes d'or. Laure avait maintenant cinq ans. Depuis qu'elle savait lire et écrire, elle avait une envie folle d'aller à l'école. Elle avait lu deux fois *Le Tour de France par deux enfants*, elle le connaissait par cœur.

La tante Aimée et la tante Juliette firent un complot pour descendre jusqu'à Laragne acheter un cartable. Le grand-père avait prétendu qu'il n'y en avait pas besoin, que lui, il se faisait fort d'en tailler un dans trois feuilles de carton, une courroie découpée au tranchet sur une vieille bride de cheval et que ce serait bien suffisant.

— C'est ça, dit Aimée à son père, et vous supporterez ça, vous! Que votre petite-fille soit la seule à ne pas avoir de cartable neuf? Le premier beau souvenir qu'on a dans sa vie, c'est l'odeur du cartable neuf!

Depuis quelque temps, Aimée la soumise faisait souffler un vent de révolte sur la fratrie et le grand-père savait à peu près à quoi l'attribuer. Il s'occupait activement les jours de foire en quêtant de-ci, de-là, à redresser la situation.

C'est difficile, quand on est le maître d'une exploitation, de faire régner l'ordre sur sept enfants. Surtout quand on est pauvre. Tout tenait ensemble parce que tous étaient soumis. S'il y en avait un qui se révoltait, tout risquait d'aller à vau-l'eau. Il fondait de grands espoirs sur Laure.

— Elle sera bergère! se disait-il.

Car c'était là sa principale préoccupation. Tout le monde, sauf Aimée, allait garder avec répugnance. Le berger est au bord de la société. Il passe pour inculte, grossier, sale, il n'aime pas les loups, on ne l'imagine, lorsque le troupeau chôme et se rassemble en cercle parfait, qu'allongé à demi sous l'ombre d'un hêtre et tirant sur un mégot qui le mènera au tombeau bien avant l'heure. Un berger, c'est quelqu'un qui prend le soleil, alors personne ne veut être berger. Personne ne veut épouser un berger, per-

104

sonne ne veut être le père ou le fils d'un berger. C'est comme ça. L'imagerie populaire est pleine de bergers fallacieux, mais dites que vous êtes berger en rentrant dans une salle de bal et vous ne verrez accourir vers vous que des filles maigres et sans espérance.

Le grand-père avait fait sept enfants précisément parce que être berger ne lui plaisait pas non plus. Il avait eu toutes les peines du monde, son épouse mise à part, à trouver une ou deux maîtresses en son âge mûr. Elles prétendaient qu'il sentait le suint. Il comptait donc sur sa progéniture pour le remplacer mais ça, il ne se l'était jamais avoué franchement.

— Envoyez-la d'abord à l'école, avait dit Aimée.

Joyeuse et légère, le cartable presque vide tressautant sur son épaule, Laure, le premier octobre, était descendue en courant de Marat à Eourres. Elle avait vu tout de suite les marmots de son âge pleurant et reniflant, la morve au nez que leur mère essuyait avec soin, à croupetons devant eux. Les grands, méprisants, prenaient déjà des airs de *on ne me la fait pas* qu'ils avaient empruntés à leur père.

L'école était minuscule, le préau, terrain de jeu à l'abri, grand comme une étable pour une seule chèvre. Et il régnait par là-dessus une odeur de papier, d'encre et de gomme arabique aussi suave que celle des muguets au printemps dernier. Une carte très colorée était suspendue à gauche du tableau mais elle contenait des mots étranges, écrits dans tous les sens, et dessous, en tout petit, un nom énigmatique qui sonnait comme un envol d'oiseau quand on le prononçait : « Gallouédec et Maurette. »

Une image d'Épinal agrandie qui occupait le mur au-dessus de la porte resta inscrite dans la mémoire de Laure toute sa vie. C'était un âne rétif tanqué sur ses quatre fers au milieu des rails sur un passage à niveau, devant une maisonnette. Le train arrivait à toute vapeur, la garde-barrière brandissant un drapeau rouge soufflait dans un cor pour arrêter le convoi ; l'ânière donnait de grands coups de parapluie au bourricot pour le faire avancer. Tous les jours, pendant cinq ans, Laure eut cette image devant les yeux.

Pour elle, curieusement, cette attente imminente d'une catastrophe annoncée ne représenta jamais qu'une image souriante de la vie. Elle était sûre qu'à force de coups de parapluie l'âne finirait par céder, et que tout rentrerait dans l'ordre : la garde-barrière se remiserait dans sa maisonnette pour suspendre le cor et ranger le drapeau, et le train bruyant poursuivrait son chemin en sifflant.

Cependant si Laure avait le sourire en entrant à l'école, elle ne sourira jamais plus après. L'institutrice avait beau être sa tante, celle-ci avait beau avoir été élevée dans les principes de l'école laïque et impartiale, elle n'en était pas moins humaine et, en tant que telle, elle souffrait mal que sa propre fille, aînée de Laure, ne soit pas à la hauteur de celle-ci.

Elle se faisait de funestes réflexions qui inclinaient

ses convictions de libre-penseur vers d'étranges erre-
ments. Elle réfléchissait à l'injustice majeure de la
nature qui fait des enfants doués ou non selon son
bon plaisir.

En voyant la minuscule Laure entrer dans sa classe
avec cet air joyeux alors que sa fille avait encore
essuyé une larme en préparant ce matin son cartable,
elle se disait :

— Quand je pense que ce cul-terreux de Romain,
il a fait cette fille et encore, une fille ! Une moitié de
fille ! Qui a su lire et écrire à quatre ans et que la
mienne, alors que j'y passe la moitié de mes soirées,
elle sort à peine du B.A.-BA, ça me crispe !

Ce fut donc sans état d'âme et en croyant bien
faire qu'elle commença tout de suite à modérer l'enthousiasme de sa nièce par quelques menues bri-
mades proportionnées à l'âge. Et c'était un bel
apprentissage pour celle-ci que de découvrir peu à
peu l'énigme de l'être humain à travers l'institutrice.

— Dis, tante, pourquoi tu me mets avec ceux qui
ne savent pas lire ?

Laure est indignée. Sa tante lui a désigné sa place
au premier rang à côté des morveux qu'on mouche
encore.

— D'abord tu ne dois pas m'interroger ! Ensuite,
ici, je suis la maîtresse et tu dois me dire vous !

Dès la première récréation, la tante s'accroupit
devant Laure et lui dit :

— Tu sais, tu dois apprendre à te taire. Tu ne dois

pas montrer ton savoir ! Tu ne dois jamais lever le doigt quand j'interroge, sinon tu vas décourager tous ceux qui ne savent pas ! Tu comprends ?

Laure fait signe que oui mais non, elle ne comprend pas. Elle sent vaguement qu'il y a un piège mortel derrière ces paroles, mais entre l'expérience de la vie que pratique depuis longtemps l'institutrice et cette pauvre petite qui s'efforce au savoir, la partie n'est pas égale.

C'était dur de ne pas lever le doigt. Quand sa tante posait une question dont elle savait la réponse, Laure gardait ses mains dans le dos pour se maîtriser. Chaque fois, c'était une grande déception que de refréner son intelligence.

Tous les ans, à la rentrée, l'institutrice avait coutume d'interroger les élèves à brûle-pourpoint. L'année où Laure commença son éducation, sa tante pointa l'index sur la mappemonde qui trônait sur son bureau.

— Qu'est-ce que cet objet représente ? questionna-t-elle.

Son regard ne s'arrêtait pas sur Laure mais sur ceux du fond, ceux du certificat, lesquels ne s'étaient jamais inquiétés de savoir qu'ils vivaient sur la terre, qu'ils y tenaient rivés contre elle par une sorte d'opération du Saint-Esprit pourvu que cela ne leur interdise pas d'y être glorieux à l'extrême.

— Un globe terrestre ! cria Laure.

Elle n'avait pas pu se tenir. Elle avait eu peur que

quelqu'un le sache et réponde avant elle. Elle préférait braver sa tante que paraître ignorante à ce point.

On entendit un formidable claquement de pupitre. C'était la maîtresse qui avait soulevé et laissé tomber le couvercle de son bureau.

— Laure au piquet! ordonna-t-elle.

Son index accusateur désignait une place à côté du tableau.

— Qu'est-ce que c'est le piquet? demanda Laure, interdite.

La tante se leva, fit dresser sa nièce et l'accompagna jusqu'au tableau noir en lui tenant ferme une des deux tresses blondes, chef-d'œuvre tous les matins de sa chère tatie.

— Voilà! Tu restes là bien droite! Le nez contre le mur jusqu'à ce que je te dise de regagner ta place. C'est ça le piquet! Je t'avais prévenue, mademoiselle je sais tout!

Ces sortes d'injustices se renouvelèrent souvent mais ne rebutèrent jamais l'enfant. L'école était son phare, son orient malgré sa place parmi les petits qu'elle osait toujours contester. Elle voulait y aller. Elle exigeait d'y aller. Son père avait beau lui dire:

— Il neige! Il pleut à verse! Il fait un vent du diable! Tu vas prendre une tuile sur la tête!

Elle répondait:

— Non, non et non! Je veux y aller!

Elle tapait du pied sous la table et c'était une pitié

que de voir un si petit être imposer une volonté qui n'avait pas de quoi se faire obéir.

De guerre lasse pourtant, le père cédait. Il prenait la petite par la main et ils faisaient tous les deux les trois kilomètres et demi qui séparaient Marat de l'école.

Trois kilomètres cinq cents! Il n'était pas question de remonter à onze heures. Une autre tante vivait au village. Elle avait deux grands garçons qui végétaient lamentablement à l'école où rien ne les intéressait.

— Romain! Tu devrais me laisser ta fille, proposa la tante. Comme ça, je la nourrirais et en même temps, puisqu'elle a tant d'avance, elle fera un peu lire mes garçons qui n'apprennent rien! L'exemple peut être...

Ce n'était pas tant ce que mangeait Laure à l'estomac délicat qui coûtait tellement cher, seulement les morveux le prirent de haut avec leur institutrice improvisée et ne faisaient aucun progrès, par système, par orgueil mais aussi parce que ça froissait leur vanité qu'une fille en sache plus qu'eux. À la fin du trimestre, ce fut la plainte :

— Romain! Ta fille me coûte cher. Elle est *chichiou*. Elle n'aime pas les œufs, elle n'aime pas les poireaux. Elle n'aime pas ci, elle n'aime pas ça. Quand par hasard elle mange, on dirait qu'elle est sortie de la cuisse de Jupiter! Elle découpe la racine des carottes quand elles font le bâton! Bref, je peux plus la prendre pour rien tous les midis! Alors, voilà :

110

je garde ta fille, mais toi, à la ferme, tu m'engraisses un cochon !

Laure était présente durant cette conversation. Elle eut une peur bleue que son père refuse. Elle dit précipitamment :

— Et puis, moi, je te ferai la vaisselle !

La tante haussa les épaules.

— Qu'est-ce que tu veux faire la vaisselle ? Tu arrives même pas à la hauteur de l'évier !

— Tu me mettras un tabouret sous les pieds.

Ainsi fut fait. Après le repas et en attendant deux heures, Laure, de ses petites mains, avec un soin dévot, lavait la vaisselle de la famille.

Pourtant cette longue distance à parcourir tous les jours, par n'importe quel temps, c'était dur pour une fillette de cinq-six ans. Elle n'était pas toujours bien chaussée. Elle avait des ampoules aux pieds et des engelures aux doigts car la soude où baignait la vaisselle n'était pas non plus très favorable aux mains fragiles de l'enfant.

On sortait de classe à cinq heures. Il y eut un moment sournois du temps capricieux. En décembre, janvier, la nuit fut close vers cinq heures. Les montagnes paraissaient deux fois plus hautes que d'ordinaire. La nuit était rébarbative dès sa naissance.

Des élèves compatissants accompagnaient Laure jusqu'à mi-chemin de la ferme. La tante Aimée de son côté venait à sa rencontre avec une lanterne qu'elle agitait pour donner courage à la petite. Celle-ci tirait la langue, avançait doucement sur le sol glacé. Pour s'encourager, elle se récitait à haute voix ce qu'elle avait entendu l'institutrice ressasser inlassablement aux grands qui préparaient le certificat.

— Le participe passé conjugué avec avoir s'accorde en genre et en nombre avec son complément direct, s'il est placé avant, s'il est placé après ou s'il n'y en a pas, il ne s'accorde pas, mais il y a de nombreuses exceptions.

Ce dernier membre de phrase, Laure essayait de s'en bercer tandis que le froid mordait ses engelures aux genoux, sous ses jupes trop courtes. Quand elle voyait au tournant de la route la lanterne de la tante, elle faisait grand effort pour aller plus vite car elle songeait que sa chère tatie, tanquée sur la neige, était en train de se geler les pieds.

Tout cela n'était pas le plus tragique. Une bibliothèque sous vitrine contenait quelques livres. Il était interdit de les emporter à la maison, on ne pouvait les lire qu'après les cours du soir. Pour Laure qui devait faire tout ce chemin dans la nuit, c'était impossible. C'était ça le gros crève-cœur. Derrière la vitrine où elle collait son visage, elle pouvait voir les titres de ces ouvrages qui lui faisaient tant envie : *La Petite Fadette, Les Lettres de mon moulin, Le Tour du monde en quatre-vingts jours, Les Voyages de Gulliver, Gargantua, Don Quichotte, La Case de l'oncle Tom...*

Il aurait suffi d'ouvrir la porte vitrée, de souffler

sur les volumes pour leur ôter la poussière car nul ne les prenait jamais en main. La tentation s'emparait parfois de Laure, l'envie de se plonger dans l'un de ces ouvrages et de n'en plus sortir, mais elle pensait à sa tante qui l'attendait au détour du chemin, à l'inquiétude de la famille, à la question qu'on lui poserait : « Mais qu'est-ce que tu faisais ? » « Je lisais », cette réponse n'aurait pas paru plausible. Personne n'aurait compris.

Elle parcourait le chemin du retour ayant en tête les titres de ces livres ainsi que la règle du participe passé. Elle rejoignait Aimée et sa lanterne et celle-là la prenait sur ses épaules, la montait jusqu'à la ferme ainsi juchée. C'était le retour triomphal dans la cuisine chaude, l'heure du bain de pieds et de siège.

Le frère âgé de deux ans tétait encore sa mère. Il faisait ça debout, impatient, affairé, après quoi il absorbait encore une assiette de soupe. On le couchait tout de suite après. Ça l'assommait net toute cette nourriture qui faisait de l'énergie morte dans ce corps déjà robuste.

Le grand-père coupait le pain au tranchet. La grand-mère remplissait les assiettes avec du ragoût de pommes de terre à la sauge. Laure n'aimait pas le manger mais elle adorait le respirer. Les deux sœurs, jeunes filles enjouées, se racontaient les dernières histoires du village.

Laure oubliait tout de suite la dure montée à travers le malveillant hiver. La montagne et la nuit devenaient ce qu'elles étaient, la force des éléments que Laure percevait comme une musique.

Seulement après, quand elle était couchée dans la soupente, quand l'édredon jaune lui restituait toute sa chaleur et qu'elle s'endormait, les cauchemars s'entre-choquaient dans sa tête, se télescopaient avec une logique qui touchait au réel. C'étaient des cauchemars qui venaient d'ailleurs, de pays, de villes qui n'étaient pas d'ici, qui figuraient même sur des cartes postales qu'on recevait parfois. C'étaient des villes irréelles, des villes qui n'existaient nulle part sur la terre, des villes où tout le monde passait son chemin, sans un regard pour l'autre, sans un regard pour Laure perdue qui quémandait sa route. Et puis, soudain, tout basculait en un éboulement de rochers noirs, énormes et ronds, qui dévalaient le flanc de montagnes vertigineuses.

Alors, Laure se trouvait sur son séant, les yeux écarquillés. En bas, dans le corridor, la sourde horloge sonnait trois heures du matin. C'était toujours à trois heures du matin, entre les trois coups et la réplique, que Laure échappait à ses cauchemars. Souvent, elle résistait, se rendormait en claquant des dents, mais parfois aussi elle n'y pouvait tenir. Alors, dans la nuit noire, se guidant à tâtons contre les murs et comptant les portes, elle arrivait à celle d'Aimée où elle grattait. La tante n'avait jamais eu le sommeil tranquille, et maintenant moins encore. Elle sautait du lit, ouvrait l'huis doucement qui grinçait toujours un peu.

114

— Tu as encore rêvé!

— Oui, j'ai fait mon rêve.

— Le même rêve?

— Oui, toujours le même rêve!

Laure sautait dans les bras d'Aimée qui lui laissait la place chaude sous les draps où elle dormait jusque-là.

— T'en fais pas, disait-elle, tu risques rien. Je suis là. Rendors-toi.

Ça n'était pas facile. Pour une enfant comme Laure, le corps de sa tante à ses côtés parlait sans que celle-ci ouvrît la bouche. Laure sentait de tout son être que sa tante s'efforçait d'oublier en dormant, s'obligeait à dormir, à ne plus pleurer. Alors elle posait sa petite main timide sur le bras d'Aimée et elle chuchotait:

— Qu'est-ce qu'il te dit Séraphin?

— Rien. Dors!

— C'est pas vrai! Il te dit des choses.

— C'est des choses que les petites filles ne doivent pas savoir.

Aimée demeurait silencieuse pendant de longues minutes et soudain alors que Laure s'était endormie, elle lui répondait:

— Tu les sauras bien assez tôt!

Et ces mots contenaient des sanglots.

5

Maintenant, la petite avait sept ans et son cadet cinq. C'était un garçon robuste, aux courtes cuisses, qui préparait déjà des muscles de vainqueur.

Le sein de sa mère qu'il tétait encore à deux ans alors qu'il tenait déjà solidement sur ses jambes, il le défendait âprement, avec un air terrible, les prunelles guettant au bord des yeux si on ne viendrait pas le lui prendre.

Il tétait encore que déjà il crachait sur le passage de sa sœur, de loin. Du fond de l'ombre, quand on profitait des flammes du feu pour économiser la lumière, Rémi observait Laure sans sourire. Il avait l'œil froid des possesseurs en titre. C'est un œil qui ne trompe jamais ceux que l'humanité rend pessimistes et le grand-père Florian l'était en diable.

En silence, celui-ci se promenait dans la maison avec un gros tisonnier qui, le plus souvent, était encore chaud. Quand le garçon s'approchait sournoisement de Laure pour lui faire un croc-en-jambe, il levait ce tisonnier et le petit, le bras devant le visage, faisait le timide tant qu'il pouvait. Ces scènes étaient toujours muettes, personne dans la maison n'en avait conscience. À trois ans déjà, Rémi avait commencé, l'hiver, à mettre des boules de neige dans le cou de sa sœur pour la faire geler. On croit toujours que les monstres sont grands et gros et qu'ils sont hideux. Rémi avait un bon visage rond et rose, tel qu'on représente les chérubins ; mais le grand-père qui ne fréquentait pas le monde des raconteurs d'histoires et qui avait toujours eu affaire à la terre ingrate, savait très bien que les monstres peuvent être séduisants. Il avait appris à guetter l'humeur du gamin car ce n'était jamais spontanément que celui-ci cherchait noise à Laure. C'était toujours à la suite de mûres réflexions qui ridaient son jeune front.

« Il pense déjà à l'héritage », se disait le grand-père. Jusqu'à sa mort, il se tint en garde, le crochet du poêle à la main.

— Rémi, laisse ta sœur tranquille !

Cette injonction s'adresse au gros marmot de cinq ans qui vient de saisir, à pleines mains, les tresses de Laure pour la jeter au sol.

Le grand-père s'est aperçu le premier de cette sournoiserie. Le gamin n'a pas crié avant, n'a montré aucun signe d'énervement, d'excitation ni de colère. C'est froidement, délibérément qu'il a risqué ce geste, comme s'il y était poussé par un inconscient collectif qui règne depuis la création sur le monde des mâles.

Cette fois, il n'y parviendra pas, bien qu'il mesure déjà une demi-tête de plus que Laure.

— Comme un chat qui en rencontre un autre dans le couloir! grommelle le grand-père. Il est dix fois plus costaud que sa sœur mais il a vingt fois moins de cervelle et dans ce monde, maintenant, c'est le cerveau qui compte.

La grand-mère qui le croise au coin du corridor lui dit :

— Tu parles seul maintenant?

— Je parle à ma conscience!

C'est un homme d'âge et d'expérience le grand-père, et quelque part, en ce petit-fils, il se reconnaît au même âge. Il sait que déjà, dans cette intelligence à peine caillée comme le lait où l'on vient de jeter la présure, la volonté de ne jamais partager vient de se faire jour.

Le grand-père se dit qu'il faudra surveiller ça de près car il y tient à sa bergère. Hier encore, il en a parlé à Aimée.

— Tu crois qu'on pourrait pas commencer à lui apprendre? Le soir, en s'amusant, quand le troupeau descend de la montagne?

— Mais, père, elle n'a que sept ans! Et regardez comme elle est petite!

— Elle aura les chiens! risqua le grand-père. Les chiens connaissent le troupeau.

— Elle apprend bien à l'école, elle a bonne tête.

— Oh, je sais qu'elle apprend bien! Mais ça n'empêche pas, au contraire! Un berger qui a de la tête, il peut mener un troupeau dix fois plus grand que celui qui n'en a pas. Tu sais, ici, on a du large et avec un bon berger, on peut avoir un troupeau cinq fois plus grand. Et puis, finalement, un bon berger peut devenir un chef des bergers. Un de ceux-là que, finalement, ils finissent dans les bureaux et qui ne font plus rien. Il peut devenir conseiller général, un bon berger!

— Vous croyez que c'est une vie ça, père? Vous croyez qu'une fille n'a pas d'autre ambition?

Le grand-père regarde Aimée de travers. Depuis quelque temps, celle-là, elle lui échappe. Elle est rêveuse. Elle gouverne toujours aussi bien le troupeau mais ce n'est plus avec le sourire. Ses sourires, elle les réserve à Laure.

« Elle a envie d'un enfant, se dit le grand-père. Que Dieu garde qu'elle le fasse pas avec ce Piémontais! » Il avait bien vu que le bouscatier suivait des yeux sa fille pensivement. Allons, il fallait aviser. Heureusement, il y avait celui-là, ce marchand d'agneaux de Sisteron qui commençait tout doucement à faire fortune. Celui-là aussi quand Aimée accompagnait son père sur la foire, il la suivait rêveusement des yeux, et chaque fois que le père Chabassut avait quelques agneaux à vendre il lui faisait une bonne manière, c'est-à-dire qu'il arrondissait aux cent francs supérieurs le prix qu'il consentait aux autres éleveurs. Il avait bien dix ans de plus que sa fille mais baste! Lui, le grand-père, sa particulière de Laragne avait bien vingt ans de moins que lui et il fallait voir comme elle s'ébattait, un vrai plaisir!

Un jour, Florian se décida. Ce fut dans le brouhaha d'un bistrot de Laragne où il avait attiré le maquignon sous prétexte de faire une pache, c'est-à-dire une affaire de pouliche qui venait de naître chez lui et qui était en surnombre de ce qu'il pouvait nourrir.

Ce jour-là, au comptoir, tout en faisant tourner son mazagran de café bouillant, Florian dit au négociant, à brûle-pourpoint :

— Tu la veux ma fille?

L'autre eut un haut-le-corps.

— Laquelle?

Le grand-père haussa les épaules.

— Oh bien sûr, pas Juliette! Tu dirais un grenadier et elle sait faire que la cuisine. Non, je te parle d'Aimée, tu la veux?

— Plutôt deux fois qu'une! dit l'autre précipitamment.

Depuis longtemps, il avait envie d'arracher cette fille qui s'éreintait au travail aux griffes de ce paysan âpre au gain et qui ne comprenait rien à la vie ni aux femmes.

— Je te la donne! dit Florian.

— Vous me la donnez?

Il était ébloui le marchand d'agneaux. Il ne savait pas, cinq minutes auparavant, que ce jour serait le plus beau de sa vie.

— Je te la donne mais attention, sans rien, hé! J'ai rien! Je peux rien te donner.

— Vous croyez, dit l'autre, que ça suffit pas ce que vous me donnez là?

L'idée n'avait jamais traversé Florian que sa fille valût tant que ça. En revanche, il regretta tout de suite de n'avoir pas demandé deux cents francs de plus pour sa pouliche.

Le lendemain, il accompagna Aimée à la recherche du troupeau. C'était un soir béni où tout était calme. Ils restèrent tous les deux muets une grande demi-heure d'abord. La montée était rude. Il fallait réserver son souffle. Puis le père dit :

— Aimée, je te marie!

Il y eut un silence mais, cette fois, à souffle égal. Ils étaient au sommet de la montagne. Le troupeau était éparpillé entre les grands hêtres. On était chez soi, en pleine propriété. La fille et le père pouvaient y réfléchir sans hâte.

— Ah! dit la fille au bout d'un moment.

— Oh, dit le père, je sais bien! Il y a ce Séraphin, le bouscatier, qui te court après. Moi aussi, quand j'avais vingt ans, j'avais une pauvresse après qui je courais et puis j'ai rencontré ta mère, pauvre aussi et pas jolie elle, mais elle était robuste, l'autre c'était un fifi d'un sou! Jamais elle m'aurait fait sept enfants pour m'aider.

— Ah oui! dit Aimée. Ça vous avez bien besoin de nous tous pour vous aider! Mais nous, qui nous aidera?

— Tu me dis ça d'un drôle d'air?

— Vous trouvez? Vous savez, père, vous n'avez pas besoin de vous faire tant de souci. Jamais je n'aurais épousé Séraphin et lui non plus, il n'a jamais pensé m'épouser. Qu'est-ce que vous voulez que ça fasse un chemineau et une fille qui n'a rien? Il n'y a pas que vous qui êtes raisonnable, nous le sommes aussi!

Elle s'était éloignée pour cacher à son père qu'elle pleurait à chaudes larmes. Florian s'en était bien aperçu et il était bouleversé mais bien qu'elle lui présentât de nombreuses objections, sa raison lui commandait de dominer son émotion.

Le soir même, il appela Laure près de lui sur le banc de la cour où tout le monde avait l'habitude de reprendre haleine.

— Voilà, dit-il à Laure, je marie ta tante Aimée.

— Elle va partir?

— Oui. Oh pas loin, je la marie avec quelqu'un d'ici, que tu connais, Charles, le marchand de moutons.

— Il est vieux! s'exclama Laure.

— Mais non! Il a trente-cinq ans!

— Et alors, c'est pas vieux ça trente-cinq ans? Tatie n'en a que vingt-cinq!

Le grand-père tenait en main la grande longe avec laquelle il venait de gouverner les trois énormes percherons qui épouvantaient Laure par leur carrure. Ceux-ci avaient bien essayé, par amitié, de venir la flairer quand elle passait à leur portée dans la cour, mais ils avaient compris qu'ils lui faisaient peur, et depuis ils passaient au loin, sur la pointe des sabots, semblait-il.

— Tu comprends, dit Florian, tu as beau être haute comme trois pommes, tu es le seul homme de la famille! Alors, c'est à toi que je parle.

— Mon père..., dit Laure.

— Ton père, c'est un estassi! Ta mère est neurasthénique et ton frère, il mange, il boit, il dort! Un point c'est tout.

Il regarda sa petite-fille bien en face.

— Non, dit-il, comme hommes, on est seuls tous les deux ici! Alors tu vas aller dire au Piémontais que ma fille va être mariée et que lui, il doit se retirer.

— Mais si elle l'aime?

— Qu'est-ce que ça veut dire ça aimer : où tu as pris ça?

— Je l'ai lu dans un livre, dit-elle.

— À la maison, depuis que je suis petit, personne, tu entends bien? personne n'a jamais dit ce mot et je te défends de le prononcer!

— Alors..., dit la petite.

— Alors quoi?

— Alors tant pis! Tatie Aimée n'aura pas de bonheur.

— Le bonheur! s'exclama le grand-père. Encore un mot que tu as lu dans un livre alors que dans la vie, le plus important, c'est d'avoir de l'argent. Le bonheur, je te demande un peu! Le bonheur, acheva-t-il, c'est une distraction de riches.

Aimée était à la cuisine, elle écrivait quelque chose au bas bout de la table. Elle écrivait lentement, en s'arrêtant à chaque mot, on aurait dit qu'elle faisait un travail harassant, qu'elle gravissait le chemin des Herbes-Hautes où il y avait tant de muguet. On l'entendait souffler comme en un dur effort. Laure se pencha sur son épaule.

— À qui tu écris? dit-elle.

— À Séraphin, répondit Aimée, la voix étranglée.

La petite enfouit son visage dans la chevelure de sa tante qu'elle embrassa longuement. Elle posa les mains sur les bras robustes qui faisaient tant de travaux. Elle lut en même temps ce qu'Aimée écrivait :

« Monsieur, je suis bien navrée de devoir vous dire que nous devons cesser de nous voir à partir d'aujourd'hui. Mon père me marie avec un autre. Croyez que je regrette bien. Aimée. »

Toujours serrée entre les petits bras de sa nièce, elle relut ces quelques lignes, plia le billet en quatre et le tendit à Laure.

— Tiens, dit-elle, porte-lui ça à Séraphin.

Laure recula et se croisa les mains dans le dos pour refuser de prendre le papier.

— Non! Je veux pas! Je veux pas que tu partes!

— Tu auras ma chambre pour te consoler. C'est toi qui vas y coucher maintenant et je te laisserai ma photo.

— Je la fleurirai tous les jours!

Laure trépignait. Elle éclata en sanglots.

— Mais grosse bécasse! On se verra tout le temps! Je vais pas rester loin.

Aimée qui avait déjà le cœur si gros devait encore consoler la petite qui lui criait :

— Je perds tout en te perdant!

— Et moi, dit Aimée doucement, tu y penses à moi? Moi aussi, je perds tout.

Depuis qu'elle avait rencontré Séraphin, la première fois quand il serrait Laure contre sa poitrine en descendant de la forêt où il venait de l'arracher à la mort, elle le voyait comme un archange. Son imagination l'avait devancée sur cette vision, d'un bout à l'autre de la vie, avec l'amour, avec les enfants. Elle avait l'intuition qu'il était autre chose que ce qu'il laissait paraître. Elle avait eu quelques contacts dans les bals, mais jamais quelqu'un ne lui avait offert tant de respect. Il écartait les mains d'elle pour ne pas la toucher. Il avait l'air d'avoir peur à chaque instant qu'elle glisse vers un autre monde, qu'elle s'échappe, qu'elle s'envole, enfin qu'elle fasse l'une de ces choses inconsidérées, et il avait toujours le mouvement ouvert de ses grands bras pour lui signifier qu'elle était libre. C'était elle, volontairement, avec l'élan de la préférence, qui s'était jetée contre la poitrine de l'homme, la seule fois où il avait effleuré ses lèvres.

À la place, elle aurait ce brave garçon bien rasé, un peu court sur pattes, pourvu d'une tête ronde et rouge à oreilles décollées, et l'espérance d'une existence courte à cause d'un bourrelet couleur lie-de-vin qui s'entassait peu à peu sur son cou puissant.

Aimée fermement mit le billet entre les mains de Laure qui pleurait.

— Porte-lui ça à Séraphin et dis-lui... non, ne lui dis rien. Ce billet, pas plus !

— Mais où il est Séraphin ?

— La maison de l'oncle Richard, c'est en bas sur la route. Tu verras une ruine.

— Il habite dans une ruine ?

— Oui, ils sont cinq là-dedans. Oh, ils ont un peu arrangé...

La maison était moitié mur, moitié bois. Elle avait été construite pour les chevaux, mais dans la fenière on avait dressé quelques cloisons pour faire des chambres. L'oncle Richard exploitait la forêt avec ces hommes que la vie avait rejetés. Ils vivaient à l'ancienne, joyeusement, espérant que ça ne durerait pas toujours, espérant qu'ils s'en sortiraient. Ils faisaient soupe commune, pain commun. Ils étaient soudés comme les doigts de la main par la misère et le travail.

Laure gravit l'escalier de bois sans garde-fou qui montait au-dessus de l'écurie. Elle se trouva sur un plancher mal équarri qui craquait sous son poids léger. Elle appela :

— Séraphin !

Elle entendit qu'on essayait d'ouvrir une porte qui résistait et qu'à la fin on poussa à coups de pied.

— Qu'est-ce que tu lui veux à Séraphin ?

C'était un rouquin à favoris qui posait cette question depuis son immense hauteur. Il fit à Laure presque aussi peur que les percherons.

— J'ai une lettre ! dit Laure en montrant le papier.

— Ah ! Il est là-bas, au fond du couloir. Frappe fort ! Il doit dormir.

Mais à cet instant, quelqu'un dit :

— C'est toi Laure ? Viens !

C'était une autre porte qui venait de s'ouvrir et qu'un grand corps bouchait tout entière.

Laure tendit le papier.

— C'est ma tante, dit-elle, elle t'envoie ça.

— Entre ! dit Séraphin.

Il tenait un livre à la main. La pièce était bien rangée quoique sombre car l'unique fenêtre donnait sous l'avancée du toit qui faisait de l'ombre. Dans cette ombre, le visage tranquille de Séraphin baignait dans une sorte de lumière. Il y avait un lit petit et propre qui ne paraissait pas pouvoir contenir cette masse d'homme.

— Assieds-toi! dit-il.

Il déplia la page qu'il lut. Il regarda Laure. Il souriait mais sans gaieté.

— Tu sais, Laure, elle n'avait pas besoin de m'écrire ça. J'avais compris bien avant elle qu'on serait pas autorisés.

Laure n'était qu'une enfant. Avec Aimée, tout à l'heure, elle avait épuisé son pouvoir d'émotion. Ses yeux curieux ne regardaient plus Séraphin. Le drame qu'il vivait avec Aimée s'enfonçait dans le souvenir de la fillette et elle s'y résignait avec le renoncement de l'enfance, obligée, faute de force, à refuser tout secours aux adultes. Laure n'avait plus d'attention que pour le volume abandonné par Séraphin à côté de lui. C'était un livre gris. Il portait ces deux mots, l'un au-dessus de l'autre :

Virgile
Églogues

Séraphin suivit le regard de Laure. Il contempla longuement ce petit visage blond, ces yeux qui ne voyaient maintenant plus que la couverture du livre. Il absorbait dans son souvenir toute la fragilité de cet être jeté dans la vie avec cette petite tête, ces petits bras, ces petites jambes. Une pitié extraordinaire le soulevait tout entier et lui tirait des yeux les larmes que sa propre misère n'avait jamais réussi à faire couler.

— Tu le veux, dit-il, ce livre ?

Laure fit signe que oui en hochant la tête.

— Prends-le ! Et dis bien à Aimée que moi aussi, je regrette.

Laure s'en alla presque contente. La tristesse de Séraphin et les pleurs de la tante étaient passés au second plan de sa mémoire. *Le Tour de France par deux enfants,* elle l'avait oublié. C'était la propriété du grand-père. Maintenant, entre ses mains, elle tenait le premier livre qui lui appartînt vraiment. Elle l'avait placé entre son chandail et sa chemise et elle avait croisé les mains dessus pour qu'il ne tombe pas à terre. En arrivant à la maison, avant même d'avoir revu Aimée, elle monta à la soupente qui était encore sa chambre jusqu'aux noces de sa tante.

Elle contempla encore une fois la couverture avec ravissement : *Virgile, Églogues,* deux mots qu'elle ne devait jamais oublier de sa vie. Elle glissa le volume entre matelas et couverture.

Flavie, la grand-mère, gardait sur le cœur son impuissance à consoler sa fille quand Aimée en pleurs s'était effondrée contre son épaule.

Il y avait longtemps, pensant à Florian, qu'elle se disait :

— Un jour, je lui balancerai tout ça en pleine figure !

Ce jour était venu.

Il était trois heures du matin. Flavie se tournait et se retournait dans son lit, incapable de trouver le sommeil en dépit de ses muscles qui lui faisaient mal. Pourtant elle avait fait la lessive d'automne (seize draps) toute la journée, elle était fatiguée à mort mais la révolte la tenait éveillée. Quand elle entendit la pendule du corridor égrener trois heures, elle n'y put tenir. Florian ronflait à côté d'elle comme un bien-heureux. « Tant pis! se dit-elle. Y a pas que moi qui dois veiller! » Elle secouait son mari d'importance, à deux mains, à le jeter hors du lit, et en même temps elle lui clamait dans la figure :

— Mais tu n'as pas vergogne! Tu n'as pas ver-gogne! Avec ce que tu te permets! D'interdire à ta fille de se marier avec ce bouscatier!

— Quoi? Qué? Qu'est-ce que je me permets?

C'est dur d'être réveillé en sursaut par une ques-tion qui vise l'essentiel de ce qu'on veut cacher. On a beau être sur le qui-vive, on risque d'en dire plus qu'on ne voudrait.

— Oh, tu as parfaitement entendu! Laragne tous les quatre jours! Vous, les hommes, vous croyez tou-jours que ce que vous faites, c'est invisible! Mais c'est pas parce que je dis rien — ça m'arrange — que je suis complètement gégi! D'ailleurs, le bouscatier, tu peux la marier à qui tu voudras, si c'est de lui qu'elle a envie, un jour ou l'autre, mariée ou pas, c'est lui qu'elle viendra retrouver sur son grabat!

— Oh, alors! Si tu vois les choses comme ça!

— Justement, c'est comme ça qu'il faut voir les choses aujourd'hui !

Là-dessus, elle lui tourna le dos et, incontinent, elle se mit à ronfler. Elle était sûre en s'endormant que lui, allait rester éveillé.

Florian, en effet, se cala la tête sur l'oreiller et les mains sous le crâne pour réfléchir. Ce secret bien agréable qu'il cachait à toute la famille faisait la moitié du délice de la chose. Maintenant qu'il venait d'être éventé, celle de Laragne tous les quatre jours ne lui paraissait plus du même attrait.

Cette conversation nocturne eut, sur le grand-père, un effet prodigieux. Il commença à vieillir.

On prépara Laure pour cette grande circonstance : un mariage. Il fallut lui procurer des souliers vernis. L'Audibert, le marchand ambulant qui venait sur les foires, eut toutes les peines du monde pour trouver des chaussures de gala qui s'adaptent au pied menu de Laure. On acheta deux mètres d'organdi rose pour pouvoir couper là-dedans de quoi faire une robe. On ne faisait pas souvent des robes à Marat, aussi fallait-il prévoir grand pour faire petit. On avait choisi un *patron* pour habiller la fillette. Un *patron*, ce sont des carrés de papier découpés que celles qui ne savaient pas calculer utilisaient pour prendre les mesures d'un corps.

Flavie et Aimée mirent la petite au milieu de la cuisine, debout, comme un mannequin. Les deux femmes ne parlaient pas, elles avaient la bouche fermée sur leurs lèvres hérissées d'épingles. Pendant trois jours, aux heures après le travail, sous la lampe, la machine à coudre n'arrêta pas dans la cuisine de la ferme. Pour la robe de la mariée, c'était le marié lui-même qui l'avait commandée à Marseille. Il faudrait simplement faire des retouches. Laure regardait tout ce remue-ménage avec des yeux d'adulte. Elle avait fait tout ce qu'elle pouvait pour s'immiscer entre les fiancés quand ils étaient seuls tous les deux. Elle apparaissait soudain derrière le banc sous les tilleuls où ils se faisaient confidence. Le fiancé trouvait ça *agaçant*. Aimée prenait le parti de la petite.

— Elle a tellement l'habitude d'être avec moi!

Cependant, Laure commençait à apprivoiser cet homme solide, prévenant et parlant bas. Il avait beau s'inonder de patchouli quand il venait entretenir sa fiancée, une odeur de bestiaux persistait sur son cou puissant.

Le mariage eut lieu en juillet. La tante mariée au négociant en plantes aromatiques avait prêté sa grande maison. C'était le restaurant d'Eourres, le seul, qui avait préparé le repas. Laure se souvint toujours qu'il y avait des vol-au-vent financière. Ce *financière* la ravissait. Il y eut bal, musique, chants et déclamations. Tout ce monde paysan était transfiguré. Les rancœurs n'apparaissaient plus. D'étranges confidences chuchotées parmi le brouhaha infernal de la musique et de la vaisselle transportée furent enregistrées par Laure. Les dames radieuses autour d'elle qui étaient ses tantes ou ses cousines se disaient certaines choses en riant, en rougissant, en se cachant la bouche de leurs mains très propres, lesquelles parfois portaient quelque bague de prix. Il n'était pas besoin à Laure d'entendre leurs paroles. Elle savait d'instinct qu'elles parlaient de choses défendues.

Pour le grand-père et la grand-mère, on ne savait pas d'où sortaient ces costumes du temps jadis qui les paraient. Ils étaient tous deux d'une grande dignité.

Au retour à Marat de toute la famille, Rémi, le frère vêtu de velours noir orné d'un jabot de dentelle, était oisif et vacant et même un peu barbouillé car, à l'insu de tous, il avait bu un petit demi-verre de sauternes, la grande bouteille offerte par le frère du marié. Laure gambadait gaiement avec une cousine, d'un étage à l'autre. Rémi était nonchalamment appuyé à la rambarde du premier étage, l'œil vague lorsqu'il vit passer au-dessous de lui la chevelure d'or de sa sœur qui dévalait les marches. Il n'y put tenir. Il essaya d'empoigner cette toison avec l'espoir de soulever Laure de terre et de la jeter en bas de l'escalier. À ce moment le grand-père surgit le tisonnier à la main. Il l'abattit violemment sur le poignet du garçon qui n'eut pas le temps d'achever son geste. Le tisonnier laissa une marque rouge sur l'avant-bras de Rémi qui se mit à hurler. Tout le monde accourut, y compris Laure qui n'avait rien vu. Sa mère affolée pressa son fils bien-aimé contre son sein parfumé des relents de la noce.

— Qu'est-ce qu'il y a? Qu'est-ce qui s'est passé, mon chéri? Qu'est-ce qu'on t'a fait?

Le grand-père faillit répondre : « Il a voulu foutre sa sœur en bas de l'escalier. » Il rencontra le regard du môme qui se frottait le poignet.

— Rien, dit Rémi qui ravala ses larmes et sa douleur.

— Rien, dit Florian.

C'était une affaire entre hommes, entre propriétaires. Ça ne regardait personne. Vingt ans après, Rémi lisait encore sur la marque laissée par le tisonnier le souvenir de ce forfait. Ça ne lui faisait ni chaud ni froid.

Il était entendu que les mariés passeraient leur nuit de noces chez le frère aîné. C'était une imposante maison construite au dix-neuvième siècle quand les plantes aromatiques du pays avaient si grande réputation et qu'elles soignaient tous les maux. Cette maison embaumait la fleur de tilleul et de lavande sèche, de la cave au grenier.

Ce fut une nuit où deux âmes se frôlèrent, se suppliant en silence. Aucune parole ne passa les lèvres d'Aimée. La timidité, la distance, le malaise se disputaient ces deux êtres qui ne se connaissaient pas. Ce fut Charles qui parla. Il savait bien qu'Aimée l'avait pris mal volontiers.

— Rassure-toi, dit-il, ne retire pas ta chemise. Ce

soir nous sommes amis. Viens te mettre contre mon épaule que je te réchauffe. Tu trembles toute. N'aie pas peur !

Il lui fit un creux entre son thorax et son bras. Ses muscles gras quoique un peu mous faisaient un bon coussin.

Le lendemain de bonne heure, Laure fut là pour embrasser sa tante. Elle avait dévalé, depuis Marat, en toute hâte, pour savoir. Tous les chuchotements entendus la veille l'avaient alertée. Elle attendait plus de mal que de bien de cette nuit de noces et voulait absolument savoir quel était le nouveau visage d'Aimée. Quand elle la vit sortir de la maison en tailleur élégant et le sac blanc à la main, elle ne reconnut pas sa bergère chérie mais c'était seulement pour son élégance. Elle se précipita sur Aimée et l'enlaça à la taille autant qu'elle pouvait avec ses bras trop courts. Charles regardait Laure avec bienveillance.

— Alors, dit-il. Et moi ? On m'embrasse pas ?

— Tu peux l'embrasser, dit Aimée. Il est comme toi et moi.

Laure sauta au cou de Charles qui la souleva de terre. Il avait le regard triomphant d'un qui sait se conduire dans la vie et Laure lui fit un sourire de connivence. Il avait de vastes joues agréables à embrasser et qui sentaient bon.

La berline du frère négociant en plantes attendait les mariés devant la porte. C'était encore une céré-

136

monie. On leur ouvrait la portière de la voiture où ils s'asseyaient tous les deux.

— Je t'enverrai des cartes postales! dit Aimée.

La voiture démarrait. Le couple allait à Marseille prendre le train pour Venise.

Laure frappa à la vitre que sa tante abaissa.

— Tatie, puisque tu vas en Italie, demande un peu qui était Virgile. Ils doivent connaître là-bas.

Aimée ne sut jamais ce que Laure avait voulu dire. Elle n'avait jamais entendu parler de Virgile.

6

L'hiver cinquante-six commença comme un rêve. Noël dans l'église au sommet d'Eourres fut un enchantement. Un jeune curé plein de foi sacrée vint exprès de Séderon pour cette pauvre paroisse qui n'avait plus de desservant. Tout Eourres courbait la tête par cette nuit. Il n'y avait pas de mécréants. On vit même arriver les cinq Piémontais qui exploitaient la forêt et ils n'étaient pas les moins contrits. On se demandait d'ailleurs comment ils pouvaient tenir dans cette petite église, grands comme ils étaient.

On sortait en bras de chemise pour aller les uns chez les autres se souhaiter la bonne année et boire la goutte. Janvier fut d'une clémence de toute beauté. À faire sortir les pousses des fèves dans le potager de Marat. Les pâquerettes tapissaient la mauvaise herbe. Laure se mettait à croupetons pour les regarder avec ravissement. Les eaux libres chantaient. Dans la forêt, les bûcherons travaillaient torse nu comme en plein été. L'odeur des hêtres qu'on venait d'abattre atteignait le village. Le soleil de midi sautait entre les deux pyramides pendant une heure ou deux comme s'il y jouait au cerceau, alors les vieilles de notre pays sortaient les chaises des maisons pour le capter sur les tabliers noirs et se dire :

— C'est toujours ça de pris !

L'hiver attaqua la nature comme un tigre dans la nuit du premier au deux février. Ce fut une sensation abominable dès le sortir du sommeil. D'habitude, grâce aux édredons jaunes en duvet d'oie, c'était dur de se tirer du lit tellement on y était bien. Là, au contraire, on comprit tout de suite que si on ne bougeait pas, on était foutu. Ce fut le froid qui réveilla le silence. Le froid et le silence avaient arrêté le monde comme ils l'eussent fait d'une pendule. Le ruisseau ne cascadait plus de seuil en seuil au bout du bien. La fontaine ne coulait plus. On n'entendait même pas le bruit joyeux des étables en train de s'éveiller et les coqs étaient restés au perchoir, médusés.

Romain s'habilla en vitesse pour aller casser la glace du bassin. Il faudrait de l'eau pour faire la pâtée des porcs et du verrat et faire boire les chevaux. On mit deux lessiveuses à chauffer sur le fourneau. Il fallut rallumer la cheminée du grand corridor qui chauffait toute la maison mais qu'on n'utilisait que deux ou trois fois par hiver.

Le grand-père n'en croyait pas ses yeux. Il y avait quarante centimètres de neige mais ça ne tombait plus. Il regardait sa terre le grand-père et il ne la reconnaissait pas. Les arbres n'étaient plus que des tas. On avait oublié leur forme ancienne. Pour aller voir le thermomètre accroché à un clou contre le tilleul tout blanc, Florian dut se munir d'une pelle et se frayer chemin puis racler le tronc du tilleul.

— Il est cassé! dit-il en le secouant.

Non, il n'était pas cassé. Il marquait moins vingt-trois degrés centigrades.

C'était un objet publicitaire qui proclamait « Dubonnet » en très gros caractères. C'était absurde d'ailleurs parmi tout ce désastre blanc que cette fille rieuse en maillot de bain offrant l'apéritif à celui qui regardait le thermomètre. Le mercure était recroque-villé au fond du tube comme si lui aussi avait froid mais le plus terrible, c'était le silence.

Les trois chevaux étaient appuyés l'un contre l'autre et ils ne mangeaient pas. Les chiens étaient tous rentrés dans la bergerie en passant sous un battant vermoulu. Ils s'étaient mussés parmi les brebis indifférentes et lointaines qui continuaient tranquillement à ruminer.

À Séderon, le jeune curé allant dire sa première messe dut se frayer chemin à la pelle dans les quatre pans de neige gelée sur quoi soufflait un vent mordant qui vous ouvrait la peau des poignets en péné-trant sous les houppelandes. Entrant dans l'église et tendant machinalement la main vers le bénitier pour se signer, le desservant rencontra la glace froide qui avait solidifié l'eau bénite et fait éclater la pierre.

Avant de s'agenouiller devant le Christ, il pensa à tous ces paysans qui allaient devoir sortir pour gouverner les bêtes.

Une dévote parcheminée venue sur ses pantoufles depuis la maison contiguë ne le perdit pas de vue un seul instant tout en priant. Elle dit plus tard que le prêtre était tombé à genoux sur un prie-Dieu après la messe dite et qu'il y était resté une heure à implorer la clémence du ciel. Il en eut l'orteil de chaque pied gelé à moitié mais pas la dévote décharnée qui rentra chez elle tranquillement et sans autre émotion.

On entendait dire qu'en Provence c'était une tragédie, que tous les oliviers avaient éclaté, le tronc ouvert, écartelé, ce qui arrivait une fois par siècle. Il était inutile d'ouvrir les journaux quotidiens qui ne parlaient que de ça : « L'Europe grelotte », imprimaient-ils.

On sentit dans l'esprit et en pleine poitrine que l'équilibre de la planète ne tenait qu'à un fil. Il n'était nul besoin d'avoir accès à la science pour s'en persuader. Il n'était que de regarder le ciel. Il n'avait jamais été ainsi : ni bleu ni noir mais jaunâtre griffé de stries qui ressemblaient à des éclaircies et n'étaient que des crevasses abyssales dressées verticales à l'envers au-dessus de nos têtes.

— Couleur de pourri, disait le grand-père.

La vie du paysan pour dure qu'elle ait été jusque-là devint un travail forcé à perpétuité. Il fallut pendant trois semaines casser la glace sur les abreuvoirs

142

deux fois par jour. Les poules durent être nourries au grain dans les poulaillers car leur bec n'était pas fait pour entamer la terre par moins vingt-trois degrés. La vie des femmes ne fut pas meilleure. Il fallait courir de la cuisine au bûcher pour entretenir des feux d'enfer car tout devait être chauffé. On apportait sur les tables des oiseaux morts de froid qu'il fallait dégeler pour les plumer.

Nous savions, nous, quand on venait de gouverner les agneaux car c'était en plein agnelage, que le cul sur le poêle on avait besoin d'encore dix minutes de patience pour se dégourdir l'échine. Il n'aurait pas fallu beaucoup de degrés en moins pour nous changer en statue de gel.

Ceux qui étaient en contact direct avec la terre sans le truchement des villes protégées des éléments comme autrefois des bandits de grand chemin, ceux-là se persuadèrent qu'il n'y avait pas besoin de cataclysmes bruyants pour dépeupler la terre. Il suffisait de quelques degrés en moins. Seuls les chênes-verts demeurèrent tels qu'ils étaient. Il faisait nuit tout le jour sous leur couvert, car au sommet des houppiers la neige avait formé une carapace de glace opaque. Toute la sauvagine rampait au pied de ces yeuses pour avoir moins froid. Les sangliers eux-mêmes ne grognaient plus. Ils déterraient les racines des arbres pour se nourrir.

On continuait quand même à aller à l'école. On écrivait avec les mitaines aux doigts. La minuscule

Laure eut froid en dépit de tout jusque dans ses os. Ce n'était pas faute de remuer, de faire l'arbre droit et toutes les pirouettes que la fille du cirque lui avait enseignées durant son court passage à Eourres. Elle ne montait plus à la ferme. Elle restait chez sa tante cantinière où c'était bien chauffé et où maintenant elle faisait la dictée aux garçons et lavait la vaisselle deux fois par jour. Elle avait emporté avec elle le livre que Séraphin lui avait donné. Elle l'ouvrait parfois dévotement, en lisait quelques lignes, essayant de comprendre. C'était pourtant de la terre et des bois que ces pages parlaient mais avec de longues phrases où Laure se perdait. Elle se promit qu'au printemps elle reverrait Séraphin, pour qu'il lui explique.

Tous les jours, Romain venait voir sa fille chez sa sœur. Tous les jours, il lui parlait de Marat. Il s'était acheté des raquettes pour avancer sur la neige. Il tenait Laure au courant de ce qui se passait là-haut. Comme chez les hommes, la ferme froide s'était arrêtée de vivre.

— Et alors et le troupeau? demandait Laure inquiète.

— Ne t'en fais pas. On a eu quatorze agneaux, tout va bien.

— Et le grand-père?

— Il fait des éclanches pour les harnais. Il grogne tout le temps parce qu'il ne peut plus aller à Laragne. Il s'est mis dans la tête d'apprendre à lire à ton frère. Je te demande un peu!

— Et la grand-mère ?

Là Romain se taisait. Il ne pouvait pas expliquer. La grand-mère n'était plus énergique. On la voyait serrer le fourneau de près, elle qui ne s'écoutait jamais. Elle se blottissait les épaules dans ce méchant fichu noir qui lui servait depuis quarante ans contre les intempéries et qui aujourd'hui ne suffisait plus. Il lui semblait qu'une chape de glace lui encerclait le cœur, le comprimait de toutes les forces de la nature pour le faire cesser de battre. Parfois, elle ouvrait la bouche de douleur sur un cri qui ne sortait pas. On voulait la seconder en cuisine. Elle disait non non et non.

Ce fut l'année où l'on acheta le tracteur. C'était le grand-père qui l'avait voulu.

— Comme ça, dit-il à Romain, tu pourras travailler le champ de l'Aman et celui de la Chandeleur que même avec les trois chevaux, on arrive pas à les labourer tellement ils sont déclives. Tu sais ceux qui sont là-haut, à neuf cents mètres d'altitude, tout ronds si bien que quand tu es au milieu, tu vois pas le bout de chaque côté tellement ils sont en pente d'un côté et de l'autre ! Tu repiqueras de l'aspic qu'en ce moment ça se vend bien ! Ça te fera un ou deux bidons d'essence de lavande à porter à ton frère. Qui sait ? acheva-t-il rêveur, un jour tu pourras peut-être y planter des abricotiers. Il paraît qu'en bas, ils ont tous pété du froid qu'il a fait !

Le tracteur depuis longtemps commandé arriva à

Marat par ses propres moyens, un jour où il neigeait à nouveau. Le conducteur suivi d'une camionnette qui l'escortait, il fallut le descendre de son siège et l'installer devant la cheminée pour le dégeler. Il ne parla pas avant dix minutes. Il se contentait de se toucher parfois à travers sa veste de cuir, savoir s'il était en vie. Ensuite, avec l'escorteur on but force goutte à la santé de l'engin.

Comme une fleur insolite, il était tout rouge au milieu de la cour blanche. Il brillait arrogamment de toute sa suffisance moderne. Grâce à la cloison en planches mal clouées les chevaux vinrent jeter un œil sur lui. Ils ne savaient pas qu'il les condamnait à mort. Il traînait à sa suite une charrue à deux socs étincelants. Le tout paraissait effacer le passé d'un coup de torchon.

La grand-mère le regarda sans sourire à travers les vitres de la cuisine. Par ce tracteur, il lui sembla que le monde lui disait adieu.

Même Marlène vint contempler l'engin. Elle serrait contre elle la chair de sa chair, une belle petite de six mois dont elle disait avec orgueil :

— Celle-là, c'est l'enfant de l'amour !

Le grand-père n'en pouvait plus de vanité satisfaite. Il n'alla pas boire la goutte avec le livreur frigorifié. Il ne sentait pas le froid sous ses brodequins. Il ne se rassasiait pas de contempler cette mécanique qui portait avec orgueil la signature en gros caractères du fabricant. Il était le premier paysan du coin à posséder un tracteur.

Cette machine était le fruit d'un miracle. Depuis longtemps, Florian avait préparé la dot pour Aimée, prévoyant qu'elle serait difficile à placer car elle était mince et fine, et lui-même préférant les femmes bien en chair, il augurait que tous les gars du pays partageaient son goût.

Dès qu'il avait vu la mine émerveillée de Charles à l'idée d'épouser Aimée, la pensée de la déclarer sans dot avait traversé l'esprit de Florian. C'était à cette idée mirobolante qu'il devait le tracteur.

Laure, au premier jour de dégel, fit triomphalement le trajet d'Eourres à Marat debout à côté de son père car les tracteurs n'ont qu'un seul siège. Quand il vit sa sœur sur l'engin, Rémi trépigna d'une crise de nerfs à mourir de fureur. Il fallut très vite détrôner Laure de son perchoir et y installer le gros petit frère, lequel ne retrouva sa sérénité que lorsqu'il eut enfin le volant en main, entre les jambes de son père. Il était extasié comme devant un arbre de Noël. Un tracteur! Une mécanique! Quelque chose qui permettait de ne plus se servir de ses jambes. C'était le rêve de tous les bambins de son âge à l'école et il était le premier de la vallée à en posséder un. C'est à partir de cet événement que cet enfant devint beau. Il réclamait le tracteur à grands cris. Il fallait l'installer dessus. Il imitait le bruit du moteur, il s'efforçait de tourner le volant que Romain avait heureusement bloqué.

— Ça sera un gros travailleur! disait la grand-mère ravie.

C'était sa dernière joie. Le froid de l'hiver passé la serrait encore au milieu du corps comme une ceinture.

Le grand-père la regardait de coin, à la dérobée, inquiet de ce changement. Ça lui faisait beaucoup moins plaisir d'aller passer un moment chez sa particulière depuis qu'il savait Flavie au courant. Il lui semblait qu'elle le regardait d'un air narquois quand, chemise empesée et cravate au col, il attelait la jardinière. Et lorsque ensuite il faisait son affaire, il entendait toujours la voix de Flavie lui dire : « Grand bien te fasse! »

Il tenta même d'approcher sa femme une nuit. Un tel bond d'horreur la rejeta au bout du lit qu'il en resta cloué à sa place, les bras collés au corps, imaginant d'un coup ce qu'elle avait dû éprouver pendant tant d'années, le temps qu'elle avait mis à comprendre, celui qu'elle avait consacré à se résigner. Il n'y avait plus de confiance possible, les enfants mêmes qu'ils avaient faits ensemble avaient cessé d'être un lien. Seule la mort de l'un pourrait raviver chez l'autre les bons souvenirs. Aucun mot à ce sujet ne fut plus jamais prononcé mais Florian se sentit pénétré par la souffrance de sa femme qu'il n'avait jamais prise en compte. Là-dessus, sa maîtresse de Laragne lui apprit qu'elle avait un cancer de l'utérus.

On parla à voix basse de ce cancer qui frappait la particulière du grand-père que nul n'avait jamais vue sauf la cousine de Mison, laquelle avait révélé son existence à Flavie. Mais celle-là, se jugeant mal reçue lors de sa révélation, avait rompu toute relation avec la famille.

Ces mots furent prononcés devant Laure, qui les retint immédiatement comme elle avait retenu le globe terrestre qui lui avait valu sa première punition. Elle n'osa pas en demander le sens à sa mère, mais un jour où elle déjeunait chez sa tante cantinière elle n'y put tenir.

— Dis, tante, qu'est-ce que c'est un cancer de l'utérus ?

La tante se signa, elle qui n'était pas dévote. Elle prit Laure contre elle pour la bercer.

— Tais-toi ! dit-elle. Ne prononce jamais ce mot ! Tu risquerais d'attirer la chose sur la maison.

Elle caressait la tête de sa nièce comme pour la protéger d'un monstre.

La grand-mère tomba les armes à la main. Elle était en train d'essuyer un récipient pour faire une fricassée de morilles au lard lorsqu'un éblouissement soudain lui fit lâcher la queue de la poêle.

Elle ne voulut pas se coucher. Sur une chaise, devant la cheminée du corridor, elle resta là, les pieds en pantoufles allongés vers le foyer à regarder vaguement les flammes.

— Tu as prévenu le docteur ? demanda Romain à son père.

Celui-ci secoua la tête et dit :

— C'est pas la peine, la dernière fois où ça lui a pris, il m'a dit : « Prenez vos dispositions, la prochaine fois que ça lui prend, ça sera pas la peine de me déranger. »

Ce mensonge du grand-père était commode car on crut longtemps qu'un médecin entrant dans une maison apportait la mort avec lui.

On voulait la voir. On approchait le visage du sien. On lui souriait, on lui parlait comme à un enfant. Elle n'esquissait pas un geste, même pour Laure pourtant si fort sa bien-aimée.

Florian faisait le grand tour par la cuisine pour ne pas emprunter le passage devant la cheminée. Il ne voulait pas avoir à se souvenir de cette fin de vie. Elle s'éteignit vers minuit, en même temps que le dernier tison.

La longue théorie de la parentèle s'achemina vers Marat : la belle-sœur institutrice, raide comme en classe, son mari qui pleurait ; la tante cantinière avec Aimée qui vinrent habiller la défunte ; le frère qui pleurait aussi. Ils ne s'étaient pas vus depuis des mois bien qu'habitant le même village. Aimée s'écria :

— On n'a pas de cierges pour la veiller !

Il fallait descendre jusqu'à Laragne.

— J'y vais tout de suite! dit Florian.

Trente kilomètres, au grand air bercé par le trot du hongre ne lui paraissaient pas de trop pour le distraire de son chagrin.

— Non! dit Aimée. Romain va y aller avec le tracteur, ça prendra moins de temps. On peut pas laisser une morte sans cierges, et Charles, il est à Gap avec la voiture. Et Laure, vous avez pensé à Laure?

Non, on n'avait pas pensé à Laure. C'était le matin, elle se préparait dans sa chambre pour l'école. Aimée surgit en pleurs.

— Laure, tu ne verras plus ta grand-mère!

Lorsqu'elles redescendirent, les sœurs étaient en contemplation devant la chaîne d'or que la défunte possédait en propre et qu'elle n'avait jamais portée.

— Elle en a fait une part pour chacune de ses filles, dit l'institutrice.

— Non! Je vous ferai remarquer que les morceaux ne sont pas égaux! Il y en a un plus long que les autres!

C'était la sœur aînée qui parlait. Elle venait du Jabron. Ç'avait été la première mariée à un de Saint-Vincent qui faisait le voiturier (maintenant, il avait un car) entre Séderon et Buis-les-Baronnies. On se demandait d'ailleurs comment elle avait été prévenue si vite. On pensait qu'elle était partie avant le décès.

Dans les rêves de ses filles, la chaîne d'or de Flavie

avait pesé trois kilos alors qu'elle ne faisait que quatre cents grammes.

— Oui, dit Aimée, c'est celle de Laure. Ma mère m'a fait venir un jour dans sa chambre. Elle m'a dit : « Voilà, les quatre pareilles pour vous, les filles, et la plus longue pour Laure. »

— Qué Laure ? Elle n'a pas sept ans ! dit Marlène. Qu'est-ce que vous voulez qu'elle fasse d'un morceau de chaîne en or ? Moi, je suis sa mère, je la porterai en souvenir de sa grand-mère.

— Tu porteras rien du tout ! Et d'ailleurs tu nous as assez dit que pour toi elle était morte à la naissance ! Et maintenant tu t'aperçois qu'elle est en vie juste pour lui prendre sa chaîne ? Laure, prends cette chaîne et va la mettre tout de suite dans le tiroir de ta table de nuit. C'est à toi, tu entends ! Tu dois la donner à personne !

Aimée, qui venait de parler, regarda Marlène avec défi.

— Vous me faites rire ! dit celle de Saint-Vincent. C'est moi l'aînée, c'est moi qui décide !

Au bout de trois minutes autour de cette morte à peine refroidie, ce fut une cacophonie de voix criardes qui s'affrontaient et se disaient leurs quatre vérités avec beaucoup d'application.

Assis sur sa chaise, les pieds contre les barreaux et la tête entassée sur ses bras, Rémi, le gros petit, assistait à cette leçon de choses avec une indifférence affectée mais il s'en faisait un souvenir d'enfance pour plus tard.

Ce fut le grand-père armé de son tisonnier qui mit fin à la scène en en donnant un coup violent sur la table.

— Vous n'avez pas honte! cria-t-il. Elle vous entend peut-être encore!

Cette exclamation fit taire tout le monde. Une crainte universelle fait que les vivants espèrent ou appréhendent que les morts les entendent encore. Pour le grand-père, c'était une espérance. La parole de Laure qu'il avait défendu à celle-ci de répéter lui remonta à la gorge comme un sanglot. « Lui dire que je l'aimais... Jamais je n'ai prononcé ce mot pour elle. » Ce mot qu'il avait pourtant galvaudé tant et plus avec sa particulière, laquelle agonisait maintenant à la clinique et qu'il n'allait jamais plus voir, ce mot lui apparaissait comme une terre promise découverte trop tard.

Les femmes calmées se partagèrent le collier et Aimée monta vivement à la chambre de Laure pour le mettre où elle avait dit.

Le croque-mort arrivait depuis Séderon. Sa vue, chez les femmes, alourdit l'atmosphère. Elles se mirent à pleurer et à se lamenter comme si la mort avait eu besoin d'être soulignée pour être présente.

— Attends! dit Aimée. Qu'est-ce qu'on fait pour Laure? On la lui fait voir?

L'institutrice dit non par instinct, tout de suite,

153

craignant que Laure ne s'en fît une nouvelle prérogative : être la seule de sa classe à avoir vu un mort.

Marlène n'avait pas d'opinion. Elle avait du mal à encaisser l'histoire de la chaîne. Les autres étaient indifférentes. Aimée interrogea Laure du regard.

— Je veux la voir, dit Laure.

— Je t'accompagne, répondit Aimée.

— Non, dit Laure à voix haute et les yeux baissés, je veux la voir seule.

On la laissa partir médusés. Cette volonté incroyable chez cette minuscule fillette épouvantait, faisait taire les zizanies, et chacun rentrait en soi-même. Le croque-mort lui-même s'était interrompu de boire le verre de goutte qu'on venait de lui servir.

Laure parcourut le corridor qui conduisait à la chambre de la grand-mère en s'appuyant au mur. Ses jambes flageolaient. Elle avait conscience de vivre un de ces instants inoubliables où le destin vous met le nez dans votre néant. La porte de la chambre était grande ouverte, Laure n'avait jamais pénétré dans ce sanctuaire mystérieux et d'ailleurs c'était la première fois qu'elle en voyait la porte béante. Elle entra. La seule lumière de deux bougies, dressées sur chaque table de nuit en attendant les cierges, éclairait la pénombre car les volets étaient clos. Dans le lit, le cadavre était aplati comme si une meule l'avait laminé. Les soixante ans de travail et de maternités avaient dévoré les muscles au lieu de les développer. Seuls les pieds rigides faisaient une boursouflure sous la couverture bien tirée. On ne voyait que la tête, incroyablement livide et cernée par la mentonnière qui tenait la bouche fermée. Laure y vit un gros œuf de Pâques, étant donné qu'on n'avait pas trouvé autre chose qu'un ruban rose pour maintenir en place cette mâchoire inutile qui avait tendance à faire ouvrir la bouche sur un muet cri de surprise. Ce ruban, cette faveur, on n'avait pas eu le temps de le choisir. On avait pris le premier qui tombait sous la main.

Laure resta en curieuse contemplation devant sa grand-mère morte. Durant de longues minutes, aucune pitié, aucune compassion ne l'atteignit tant la curiosité intense lui faisait fixer ce visage de la mort enfin visible. Elle ne regrettait pas que cette vivante, si vivante mon Dieu, eût quitté la vie. Il lui semblait au contraire qu'elle avait eu raison de le faire.

Elle eut le temps de comprendre que, sous le bandeau, sa grand-mère morte conservait encore les vestiges des cheveux blonds de ses dix-sept ans qu'elle avait cachés toute sa vie en les tirant bien et en les couvrant de coiffures pratiques, de sorte que nul ne les avait jamais plus remarqués.

Le fossoyeur entra lourdement pour prendre les mesures. À cause de la goutte qu'il venait de boire, il sentait l'eau-de-vie à plein nez. Il prit Laure par la main pour l'écarter du lit.

— Tu vois, dit-il, un jour, moi aussi je serai comme ça!

Il lui lâcha la main pour la désigner tout entière de l'index qu'il agita.

— Et toi aussi! acheva-t-il.

7

Comme si l'on avait retiré un rouage d'une horloge, la mort de la grand-mère apporta le silence autour de la table et l'on s'aperçut alors que le grand-père seul ne faisait pas le poids.

C'était elle qui réduisait les grandes catastrophes du monde à l'échelle d'Eourres et même de Marat, jusqu'à les rendre supportables à la nichée. Elle pouvait reconstituer les bonheurs mis en miettes grâce à une potée fumante ou à l'aide d'une soupe d'épeautre. Un flan tremblotant, dégoulinant son caramel dans un plat de Moustiers sauvé des naufrages du temps, ramenait avec elle le ciel bleu, les jours de pluie. Grâce à ces menues astuces, elle conservait le sourire à tout son monde.

Le grand-père, dès lors, ne put plus raconter, aux repas, l'une de ces bonnes histoires qu'il enjolivait depuis trente ans. La présence critique de Flavie l'avait stimulé comme un aiguillon. Sans elle, son imagination vacillait.

Quelque chose végétait en lui qui ressemblait à du regret. Pour la Toussaint, il dit à ses enfants :

— Vous irez porter deux pots de chrysanthèmes, de ceux à grosses fleurs, des vraies, pas de ces petites fleurs minables qu'on achète pour se débarrasser de la corvée des morts, et d'ailleurs j'irai avec vous sur la tombe de ma femme.

C'était la première fois qu'il utilisait le mot « femme » dans ce sens et qu'il la faisait sienne. Il aurait voulu la serrer dans ses bras, lui demander pardon, lui dire toutes les bonnes paroles dont il l'avait privée, soi-disant par pudeur mais en réalité par orgueil de mâle dominant. Le rare était que, à côté de cette vénération nouvelle pour la compagne de sa vie et sans que l'une ne se superposât à l'autre ou tentât de l'effacer, son inqualifiable attitude envers sa bonne fortune de Laragne (qui venait de succomber au cancer) l'atteignit aussi de plein fouet en ces temps-là. Il l'avait abandonnée à son sort sans aucun remords, croyait-il, bien à l'abri derrière ses responsabilités de chef de famille dont il était seul à savoir qu'elles pouvaient être facilement transgressées, la famille tout entière étant à sa merci. Il avait maintenant deux mortes de poids qui le traînaient vers la tombe et ça se voyait sur sa figure.

Laure se sentait seule en contemplant la chaise de la tante Aimée, celle de la tante Juliette et maintenant celle de la grand-mère, qui faisait face à Florian comme si elle le jugeait. Aucun de ces sièges n'avait été retiré depuis la dispersion de la famille. Laure regardait le grand-père pensif trônant devant le fantôme de son épouse et cerné par cette couronne de chaises vides où sept de ses enfants avaient mangé la soupe quand il était tout-puissant. Elle croisait de temps à autre le regard de Florian qui le baissait aussitôt tant il craignait que la petite y lût son désespoir.

Flavie avait été l'horloge de la maison, mais quand la dernière fille Aimée, mariée, quitta la ferme, on s'aperçut tout de suite qu'on avait perdu un homme. Le grand-père, les jeudis et dimanches et pendant les vacances, décida d'apprendre à Laure à garder le troupeau. L'été, il y avait de quoi prendre le pays en grippe. Les brebis étaient dispersées sur un kilomètre. Il fallait crier, appeler, siffler, faire faire des tours aux chiens. Le grand-père et la petite-fille rentraient à la ferme fourbus. On avait des inquiétudes. On croyait qu'il manquait une bête ou un agneau.

Heureusement, les chèvres avaient une montre dans leurs pis. Lorsque ceux-ci étaient gonflés comme des outres, il leur fallait redescendre à la ferme pour se faire traire. Elles s'assemblaient toutes courantes le long du sentier où le troupeau était épars. Alors au bruit des clochettes, les brebis bêlaient, se souvenant soudain qu'il se faisait tard, et plus ou moins dans leur épaisse inconscience elles comprenaient qu'il fallait rentrer. Cependant parfois, l'une ou l'autre trop absorbée à tondre une clairière bien fraîche ignorait cet appel de clochettes et de chèvres béguetantes.

Il n'y a rien de plus bête qu'un mouton qui a perdu son troupeau. Si on ne le retrouve pas il errera jusqu'à la mort, incapable de reconnaître la bergerie, même s'il la surplombe de deux cents mètres. Ce n'est pas une sinécure que le métier de berger. Il fallait s'assurer avant de traverser le ruisseau que toutes les brebis avaient pu faire une station assez longue aux assaliers pour lécher le sel, contrôler s'il n'en manquait pas et surtout, surtout, s'il n'y en avait pas une de trop ramassée au troupeau d'un voisin, lequel aurait été prompt à vous accuser de vol.

Au bout de six mois, Laure allait toute seule au sommet du col rassembler le troupeau et le conduire dans la descente. Florian lui avait appris tous les secrets de son vaste bien, en grande partie stérile à cause des roubines qui le griffaient de place en place. Un jour, il vint garder avec une achade sur l'épaule et, quand le troupeau fut installé, il dit à Laure :

— Viens, je vais te montrer quelque chose !

Il se mit en marche à grands bras écartés vers la roubine qui bordait les hêtres. La végétation était si dense que pour l'atteindre on eût dit qu'il nageait. Laure avait peine à le suivre. Il fit halte au bord d'un talus abrupt. La marne noire vallonnée s'étendait à ses pieds, stérile, énigmatique, composée de cailloux microscopiques qui s'effondraient sous les pas.

En dépit de son âge, Florian avait sauté à pieds

joints sur la roubine depuis le rebord du talus. Le sol
se déroba sous ses pas. Tout un pan de marne glissa
sans bruit comme une avalanche noire le long de la
pente. La roubine qui faisait plus de cent mètres de
large n'était éclairée que par un seul pissenlit poussé
par miracle sur ce désert. Le grand-père reprit son
équilibre et planta son achade dans le sol.

— N'aie pas peur ! dit-il à Laure. Saute ! Je te
reçois.

Il ouvrit grands ses bras et reçut Laure contre sa
poitrine. C'était la première fois que, consciemment,
Laure se trouvait en contact avec le corps d'un
homme.

Il y avait eu Séraphin le jour où celui-ci l'avait
sauvée, mais elle était alors trop petite pour s'en souvenir.

— Viens ! dit Florian. Suis-moi.

Il avançait avec l'agilité de l'habitude sur ce terrain
friable.

— Attends ! dit-il. C'est ici.

À l'aide de son achade, il se mit à bêcher avec
ardeur. Il utilisait son instrument comme une pelle
pour rejeter la marne derrière lui à mesure qu'il
creusait.

— Fais-la descendre avec tes mains, dit-il. Tu verras, c'est pas sale et c'est pas lourd. Tu n'as qu'à pousser ! C'est comme du sable.

Laure obéit. Bien qu'on ne fût qu'en mars et que

161

la roubine fût orientée au nord, la marne était étrangement chaude.

Quand le grand-père eut creusé sur plus de cinquante centimètres dans la pente noire, l'achade fit entendre un son métallique.

— Ah, j'en tiens une! dit Florian.

Il enfonça le bras dans le sol jusqu'au-delà du coude, un bras puis l'autre. À genoux, il fouissait la terre comme un blaireau. Il poussa un cri de triomphe. Entre ses mains, il tenait une pierre ovale, grosse comme un melon.

— On dirait un gros œuf! dit Laure.

— C'en est un, dit Florian. Il a dix millions d'années. Soupèse et attends-toi à ce que ce soit lourd!

C'était un matin vers six heures. Le soleil attaquait un dièdre de la pyramide là-bas en face. Il faisait tiède sur la roubine. Laure avait classe à huit heures.

— Prends-la! dit Florian. Tu peux la porter?

— Oui..., répondit Laure avec hésitation.

La pierre ne pouvait pas se loger dans une seule de ses petites mains ni se glisser sous le bras. Elle allait devoir la tenir devant elle comme le saint sacrement.

— Attends, dit le grand-père.

Il avait toujours deux musettes croisées l'une sur l'autre contre ses flancs. Il en détacha une qu'il harnacha tant bien que mal sur le dos de la petite. Il répéta :

— Attends! Laisse-la à la remise, c'est pas fini, ce soir je te ferai voir!

L'œuf de pierre était rugueux comme une râpe à fromage. Il pesait anormalement lourd. Laure le déposa avec précaution sur l'établi dans la remise.

Elle si attentive d'ordinaire, les paroles de l'institutrice lui passèrent par-dessus la tête. Elle pensait à cet œuf qui avait dix millions d'années.

Serrée dans l'étau de la remise, la pierre oblongue arrachée à la roubine devint le centre du monde pour Laure. Tous les jours, elle venait voir les progrès que le grand-père avait faits pour la scier en deux à l'aide d'une rudimentaire scie à métaux. Il en faisait un centimètre par jour environ. Chaque fois qu'il avait un moment, il y revenait. Parfois, la lame se cassait en deux à force de chauffer.

— Tu comprends, disait le grand-père, là-dedans, il y a une poche d'air qui s'est formée il y a dix millions d'années! Je veux que tu la respires!

Et Laure rêvait de cet air vieux de dix millions d'années.

Des fillettes venaient pendant les vacances chez la tante aux bonnes herbes (c'est ainsi que l'appelait Laure), elles apportaient des poupées somptueuses, elles étaient vêtues « à la ville » comme on disait ici ; c'est-à-dire qu'elles ne sortaient pas dans les rues du village sans leur petit sac à main. Il y avait un garçon aussi, sûr de lui, avec un accent pointu et une voix déjà bien placée. Le père et la mère qui les accompagnaient, on voyait qu'ils aimaient leurs enfants et ne leur refusaient rien. C'étaient les patrons d'une grosse usine de produits aromatiques. Un couple idéal, c'est du moins ainsi que Laure les avait nommés. Cette opulente famille avait de quoi faire rêver une pauvre fille de paysans. Eh bien non, Laure ne rêvait pas de cela. Laure rêvait à l'œuf de pierre qui contenait un air vieux comme le monde. Elle retenait son souffle en regardant le grand-père qui travaillait au mystère de cet œuf, à la remise.

Un jour, c'était un dimanche matin, la porte de l'atelier fut obstruée par un grand corps qui resta quelques minutes à empêcher la lumière de passer et qui finalement dit bonjour d'une voix timide. C'était Séraphin. Depuis le mariage d'Aimée, il n'était plus redescendu de la forêt que pour dormir et manger dans la soupente aux chevaux. On ne l'avait plus revu à la ferme.

Il dit qu'il venait parce que le manche de sa cognée avait cédé dans un vieux hêtre mort qu'il abattait. Il savait que le grand-père en avait de bons qui séchaient depuis plus de cinquante ans au fond de l'ombre de la remise. Il demanda ce qu'on était en train de faire.

— Tu le vois, dit le grand-père, je scie une pierre pour la petite. Je sais qu'il y a de l'air dedans et je voudrais qu'elle le respire. Mais c'est dur !

— Ah çà ! dit Séraphin. Je comprends bien ce que vous voulez faire.

164

Il regarda les vieilles mains de Florian avec compassion.

— Si vous voulez, dit-il, je peux essayer.

— Tiens! dit le grand-père. Ne te gêne pas!

Trois dimanches de suite, Séraphin vint passer
l'après-midi dans la remise de Marat. Il crachait
régulièrement sur la lame pour la refroidir et la
rendre glissante.

Le grand-père le regardait faire. C'était l'été, Séraphin travaillait torse nu, le grand-père admirait ses
muscles longs animés d'une souplesse qui les faisait
coulisser sans effort.

« J'aurais peut-être mieux fait... », se disait-il. Il
pensait à Aimée, sa fille si absente maintenant.

Le troisième dimanche vers quatre heures, la lame
de la scie reparut de l'autre côté de la pierre bien
serrée dans son étau.

— Là! cria le grand-père. Laure! Respire! Ça va
pas durer longtemps!

Il essaya de hausser la petite jusqu'à la géode. Mais
il avait présumé de ses forces. Séraphin souleva Laure
et la pencha sur l'établi.

— Respire, dit-il. Dépêche-toi!

Laure mit le nez sur la pierre. Il s'en dégageait une
odeur, une odeur bizarre, une odeur qu'elle ne devait
jamais plus retrouver que dans son souvenir. « Une
odeur d'avant les hommes », se dit-elle.

— Retiens bien ça, Laure, dit Florian, tu verras
passer des millionnaires au loin dans ta vie mais

quelqu'un qui ait respiré un air vieux de dix millions d'années, tu seras seule au monde!

— Ça vient d'où? demanda Laure timidement.

— De quand la terre a refroidi, répondit Séraphin au bout d'un moment.

Il avait cherché dans son esprit comment il pourrait bien faire comprendre à cette fillette de huit ans ce qui s'était passé au fond de la nuit des temps et il n'avait trouvé que cette explication.

— Séraphin! commanda le grand-père, tiens voir la pierre qu'elle tombe pas.

Le bûcheron referma les doigts de ses grandes mains autour de la géode. Il s'accroupit devant Laure pour qu'elle vît bien et il ouvrit la pierre en deux d'un geste rapide. La remise était mal éclairée. Dans la pénombre, on capta quand même un peu de la lumière qui grouillait en s'affirmant au cœur du caillou. Séraphin tenait la pierre ouverte. Tous trois se précipitèrent dehors au grand jour. Laure poussa un cri de joie. Des pointes de diamant étincelantes accrochaient la lumière. Il y avait des éclats bleus, verts, rouges qui tenaient leur couleur du soleil qui les pénétrait de force. Laure, Florian et Séraphin s'étaient mis à genoux pour mieux contempler, mieux se rassasier. Ils ne se lassaient pas de présenter au soleil ces facettes nées dans la nuit totale voici dix millions d'années, pensaient-ils, et qui prenaient plaisir à se mirer dans des yeux humains.

Attiré par les exclamations, tout le reste de la

famille était sorti pour savoir ce qui se passait. Ils voyaient bien briller quelque chose entre les mains du bûcheron mais ma foi ça ne leur paraissait pas mériter tant d'attention. Ils n'avaient pas reçu la grâce de savoir contempler le monde. Romain allumait une cigarette. Le gros garçon de six ans avançait les doigts vers la géode pour essayer de la saccager, quant à Marlène qui tenait la dernière dans ses bras, elle demanda :

— Ça vaut quelque chose ça ?

— Rien ! répondit le grand-père.

Il ajouta sur un ton sarcastique :

— C'est tout juste bon à être regardé. Quand on sait voir ! acheva-t-il.

La première fois où, suivant bien les instructions du manuel, Romain abaissa la charrue couplée avec le tracteur vers la terre humide et que, remontant sur l'engin, il embraya lentement la première vitesse, il vit cette terre ingrate s'ouvrir docilement sous les couteaux étincelants des socs tout neufs et se mit à siffloter *Le Régiment de Sambre et Meuse.* La glèbe ronronnait sous la pression des socs, comme vaincue, comme consentante. Ça faisait un beau bruit.

Dans l'air flottait un parfum de victoire. C'était la première fois de son histoire que ce pré à moutons se transformait en terre arable. On avait essayé avec les trois chevaux, autrefois, jusqu'à lever le fouet au-dessus d'eux de déception et de fureur, mais jamais ils n'avaient pu vaincre la terrible pente de ce pré de la Chandeleur qui était un mamelon de calcaire blanc, juste ce qu'il fallait pour la lavande. La lavande, en ces années-là, était une terre promise pour ces paysans qui n'avaient connu jusque-là que la vie chiche.

Romain sur son tracteur se voyait déjà à la tête d'une exploitation — le mot courait dans les journaux ; il voulut ce jour-là achever le labour et ne céda qu'à la nuit close. Il essaya de raconter en rentrant l'effet que lui avait fait cette parcelle qui avait changé de couleur en un seul jour. Il dessina dans le rond de ses bras la grosseur des mottes que la charrue était capable de soulever.

— Demain, je herse ! dit-il.

On avait préparé bien à l'abri, près de la source et au frais, une pépinière de plançons d'aspic, et un matin de vacances Romain appela Laure.

— Laure ! Tu viens ? On va repiquer la lavande !

Repiquer la lavande ! C'est rester courbée tout le jour, à genoux, sur les sillons creusés par le tracteur. Planter de la lavande ! Voir devant soi cette glèbe plus riche de cailloux que de terre où le plantoir se heurte à la résistance compacte du sol à peine ramolli par la dernière ondée. On cherche en vain un peu d'humus. On a pitié de ces racines fragiles qui ne vont rien trouver ni à manger ni à boire sur cette terre blanche, livide, de pur calcaire stérile dont on sent qu'aucun fumier ne pourra l'amender, et d'ailleurs il ne le faut pas car la lavande n'aime que les sols arides. On en a même vu, seule plante à part le pissenlit, dans les marnes des roubines noires.

Pour une fois que le père est plein d'entrain, ce n'est pas le moment de faire la fine bouche. Depuis hier, il ne parle plus que de l'avenir tout éclairé par la lavande bien vendue. Dans trois ans... Dans trois ans! Cet enthousiasme, il a réussi à le faire partager à Laure à qui rien ne semble impossible.

— On y va! dit Laure avec ardeur.

Elle saute à l'arrière du tracteur, à côté des caissettes préparées pour la plantation. Elle tient en main une petite achade à un seul tranchant pour disposer la terre autour des plants.

Le reste de la famille, la mère avec la dernière sur les bras et le gros garçon dubitatif contemplent frileusement le départ du tracteur. Rémi regarde avec un peu d'envie sa sœur aux longs cheveux blonds flottant au vent, fièrement campée à l'arrière de la machine, mais depuis qu'il a compris que tracteur égale travail et qu'on ne travaille pas moins avec cet outil qu'avec les chevaux quoique différemment, l'engin lui inspire beaucoup moins de respect.

L'aïeul de loin contemple lui aussi le tracteur rouge et la petite fille pleine de courage qui s'en va cheveux flottants vers le travail harassant. Depuis qu'il avait extirpé la géode de sa roubine, il allait de mal en pis moralement. De l'écurie à la cuisine, du jardin au poulailler, partout il retrouvait l'ombre de Flavie qui le traversait, le bousculait, ne faisant aucune attention à lui, telle qu'elle était de son vivant, l'ayant rayé de son existence à cause de cette particulière de Laragne, devenue à son tour une ombre inconsistante. Celle de la grand-mère, en revanche, ne l'était pas et il était angoissant de constater que dans l'esprit du grand-père sa femme défunte n'avait pas pardonné, comme si la mort était simplement un autre endroit où l'on existe et où on conserve intactes les souffrances de la vie.

Florian dans sa solitude était comme un voiturier auquel les rênes échappent des mains. La mort de la grand-mère avait fermé la dernière page du livre. Il n'existait plus que par surcroît.

Il végéta une semaine pris d'un flux d'entrailles qui lui faisait se tenir le ventre à deux mains. On hésita quatre jours avant d'appeler le docteur. Quand celui-ci vint, il commanda tout de suite une ambulance. Le grand-père ne revint à Marat que les pieds devant.

Ce fut de nouveau la théorie de la parentèle qui encombra la cour car cette fois il n'y avait plus d'attelages, chacun rivalisait d'éclat à bord d'automobiles aux couleurs vives, sauf Aimée et son mari modestes qui vinrent en bétaillère.

Les forestiers n'avaient pas paru, par pudeur, à l'enterrement de la grand-mère. La mort d'une femme, d'après eux, réclamait de la décence et la voir morte, pensaient-ils, équivalait à la voir nue. Mais là, pour le patron, ils arrivèrent tous, casquette à la main, empruntés et rasés de frais. On avait repoussé la grande table contre le mur pour servir à boire et on avait installé la bière du défunt à terre, au milieu de la cuisine. Les forestiers déposèrent sur le cercueil une grande rame de buis.

Aimée et Séraphin ne s'étaient pas revus depuis ce billet qu'elle lui avait écrit. Quand ce fut le moment de serrer les mains, il lui dit à voix basse :

— Excusez-moi, je ne pouvais pas faire autrement que de venir.

— Vous êtes tout excusé, répondit-elle d'une voix neutre.

Casquette basse, Séraphin serra aussi la main à l'heureux élu de celle dont il avait une seule fois effleuré les lèvres.

Le fils aîné retint tout le monde après les obsèques. C'était lui que Marlène aurait voulu rencontrer au lieu de Romain, à la fontaine du Laurier.

— Voilà, dit-il, demain on va chez le notaire. On va tous signer. Le domaine reste à Romain, c'est lui qui le travaille, c'est lui qui le garde ! Je pense que vous êtes tous d'accord ? Nous, on a tous notre situation et les filles sont casées. Alors !

— Mais alors nous on aura rien ? objecta la sœur de Saint-Vincent.

— Vous savez tous que la ferme ne vaut pas grand-chose puisque vous y avez été élevés et que vous avez vécu de privations! Qu'est-ce que vous voulez avoir? Qu'est-ce que tu veux qu'on te donne?

— Tout de même, dit la sœur de Saint-Vincent, le tracteur...

— Le tracteur est pas fini de payer. Et Romain, il a trois enfants. Il faut bien qu'ils mangent. Alors tout le monde est d'accord! Toi, Romain, dimanche tu nous offres un bon gueuleton. Moi, j'apporterai le champagne et toi, tu te charges du vin, du bordeaux! précisa-t-il le doigt levé.

La sœur de Saint-Vincent fut la dernière à signer. Elle le fit avec un soupir, garda le porte-plume en suspens le temps d'un *Ave* et la main que son frère lui tendit, elle la serra mollement.

À ce fameux repas du dimanche suivant, on évoqua avec émotion le souvenir de la grand-mère, de son abnégation, de ses bonnes recettes. Le grand-père ne fut pas nommé. La famille gardait sur le cœur la particulière de Laragne. Les enfants ne pardonnent jamais aux pères qui vont coucher hors du nid. Ça risque de compliquer les héritages.

Comme tous les jours, ce soir-là, Laure fut chargée d'aller chercher l'eau à la source. Sur le chemin, elle entendit un pas lourd derrière elle qui bientôt la rattrapa. C'était Séraphin.

— Mais toi, au moins, tu le regrettes? Il t'a appris des choses, dit-il, parlant du grand-père.

— Oui, dit Laure. Mais qu'est-ce que ça veut dire : regretter ?

— Ça veut dire qu'il est mort et qu'il peut plus voir le jour. C'est pour ça qu'on regrette les morts. On les plaint. On voudrait leur donner un peu de ce qu'on voit. Quand il venait, ton grand-père, stérer avec nous, il apportait toujours la goutte. Moi, je ne bois pas mais c'est pour dire... C'était un brave homme.

Laure éclata en sanglots, se laissa aller contre le talus, abandonna sa cruche dans l'herbe.

— Oh oui ! Comme je voudrais partager mon jour avec lui !

Séraphin demeura debout et immobile. Il avait vu, tout le temps convenable qu'il avait veillé le cercueil du défunt, que Laure n'avait pas dit un mot et que sa petite bouche était restée close et plissée comme celle d'une vieille. Il s'était dit qu'il fallait lui ouvrir l'âme comme on poignarde un corps ; qu'il fallait qu'elle se vide de son chagrin.

Elle pleura pendant dix minutes toute seule, sans personne pour la bercer, devant ce colosse qui ne faisait que la regarder avec de bons yeux mais sans expression. Elle arrachait des poignées d'herbe avec ses petites mains.

Séraphin se pencha et ramassa la cruche.

— Viens, dit-il, il faut aller à l'eau. Ils vont te chercher.

— Ça ne te fait rien ma tante Aimée ?

173

— Je n'ai pas le droit que ça me fasse quelque chose. Je n'ai rien.

— Moi non plus, dit Laure. On m'a crue morte à ma naissance et ma mère ne m'aime pas.

Elle prononçait ces mots avec un rire dans la gorge comme si elle racontait l'histoire d'une autre.

— Je ne sais pas moi qui était ma mère, mais à l'orphelinat j'ai rencontré un prêtre qui m'a pris en compassion, il me disait : « Fais-toi curé! Tu seras tranquille. Tu vivras seul, mais tu vivras! » Il m'a appris le latin. C'est pour ça Virgile.

— Celui que tu m'as donné? C'est pas du latin mais je ne sais pas le lire. Tu sais, je suis née de rien.

— Ne cherche pas. Moi aussi, je suis né de rien. Nous avons la chance d'être sauvés, la chance, pas plus. On doit poser un doigt sur ses lèvres pour qu'elle parte pas, pour qu'elle ne nous entende pas respirer.

— Mais quelle chance? dit Laure.

— Comprendre! dit Séraphin. Tout le monde ne l'a pas. Chut!

La pénombre l'avait déjà absorbé qu'il gardait encore le doigt en travers des lèvres.

Comme les roues d'une horloge patiente, les choses du temps changeaient très vite autour de Laure. Des facettes inconnues de cette énigme apparaissaient à l'horizon comme planètes nouvelles. Au début, elles étaient anodines puis elles se révélaient menaçantes.

Les filles partaient de la maison. Il y avait une grande fête et le lendemain une place vide autour de la table. Mais cette fois-là, après le départ d'Aimée et la mort des grands-parents, les repas de famille où l'on conservait toujours le même nombre de chaises devinrent un désert.

À neuf ans, Laure avait déjà son autrefois : quand les chevaux hennissaient à l'écurie, quand on était sept ou huit autour de la table dans l'ordre indiqué par le patriarche, quand il y avait la présence tutélaire des grands-parents et des deux tantes, quand toutes les décisions venaient d'en haut, péremptoires mais salvatrices parce qu'on pouvait vivre sans drame à leur abri.

Maintenant, c'était une mère absente, inquiète pour son garçon et sa dernière fille qu'elle avait appelée l'enfant de l'amour. Elle s'était résignée à son état : faire la cuisine, le lavage, le repassage, coudre et rêver le temps qui restait. Ses rêves ne dépassaient pas ceux qu'avait vécus la vraie Marlène. Elle rêvait de Nice, de Monaco. Elle était lasse, dolente et sans entrain. Laure vivait en solitaire, avec les choses qui l'entouraient. Elle avait des rires éclatants. Même au plus fort du travail, elle n'avouait jamais sa fatigue car il n'y avait plus que deux hommes à la ferme : son père et elle.

Le père ne supportait pas son état de propriétaire :

les grands prés, les grands bois, les sources, la forêt, tous ces trois cent cinquante hectares dont la moitié au moins étaient des biens dérisoires. Tout ce qu'il n'avait pas voulu, cette possession qui lui était tombée dessus et l'écrasait.

Avant la mort du père, ça allait tout seul : « Fais ci, fais ça ! Tu as pensé à faire ça ? Qu'est-ce que tu attends, que ça te tombe tout rôti dans la gueule ? » Ah, que c'était bon l'ordre quotidien ! Et ces trois enfants ! Pour quoi faits ? Pour en faire quoi ? Et cette femme qui allait répétant : « Pourquoi tu te fais pas embaucher à l'usine comme ils font tous ? On te l'a proposé dix fois ! Non, tu préfères te crever quinze heures par jour juste pour avoir des dettes ! On vendrait ici et avec l'argent on se ferait faire une jolie villa avec des fleurs et des nains de jardin. » Et Laure qui, sitôt qu'ils étaient seuls, l'interrogeait anxieusement : « Tu vas pas faire ça, papa ? Ça serait ta mort ! »

Tiraillé entre tant d'imprévus, Romain prit l'habitude, chaque fois qu'il pensait à tout ça, de boire un bon coup de rouge pour se remettre, puis il en but deux puis trois... Ça le faisait flotter un peu au-dessus de sa sinistre réalité.

Cependant, depuis que Laure gardait le troupeau, une certaine considération l'entourait dans la famille, elle avait droit à la place du grand-père, avec la lampe à suspension juste devant le nez, entre son père et sa mère, les deux derniers relégués au loin, dans la pénombre, juste avant les chaises vides qu'on avait conservées et qui ne cessaient, par leur présence, de parler du passé. Depuis qu'elle travaillait dur avec son père, elle n'était plus délicate à table. Elle mangeait solidement le matin, comme lui. C'était le moment de bonheur. Tout le monde était encore couché. Ils partageaient le saucisson, le jambon, le fromage, le café toujours un peu bouilli, et ils riaient ensemble de bon cœur. Laure comprenait que son père s'appuyait sur elle comme sur un tuteur. Et c'était impressionnant cette masse d'homme attentivement penché vers sa minuscule fille pour entendre d'elle ce qu'il fallait faire pendant la journée.

Quant à Laure, elle glanait de petites satisfactions qu'elle aurait bien voulu faire partager mais il semblait qu'elle seule les goûtait. Aimée lui avait dit avant de partir : « Tu feras bien attention aux poiriers. Une fois par an, c'est un enchantement. »

Elle n'avait garde de les oublier. Toute l'année durant, ils étaient ses portiques, sa piste, son stade. Ils étaient chargés de cordes et d'une balançoire où Laure s'exerçait aux acrobaties. Elle avait toujours regretté de n'être pas partie vers le vaste monde avec la petite du cirque. Les poiriers où elle grimpait nourrissaient sa nostalgie.

Ces poiriers qu'elle considérait comme des agrès de haute voltige, Laure les célébrait une fois par an. C'était un mystère qu'il fallait guetter patiemment car la veille encore rien n'était perceptible. Laure était à l'espère comme un chasseur dans sa hutte, derrière les volets, et souvent de guerre lasse elle s'endormait avant l'heure. Alors, le bourdonnement d'innombrables abeilles la réveillait. Les poiriers étaient en fleur. C'était le seul luxe de ce paysage tragique où soudain éclatait en fanfare la beauté à l'état pur. Les douze poiriers blancs éclos le matin de la douceur de la nuit se dressaient héraldiques dans leur tenue de mariées. Ils faisaient la roue comme des paons et s'exhibaient sans vergogne. L'immensité était enclose dans leur port d'arbres modestes.

Laure oubliait tout le temps que sa mère ne l'aimait pas. Elle accourait vers celle-ci qui œuvrait en cuisine.

— Viens vite voir, maman! Comme les poiriers sont beaux ce matin!

— Qu'est-ce que je m'en fous de tes poiriers! grommelait la mère, préoccupée comme elle l'était toujours.

La petite joignait les mains, extasiée.

— On dirait des jets d'eau!

— Idiote! Tu n'en as jamais vu de jets d'eau!

Laure regardait interdite cette mère qui ne voyait pas les poiriers en fleur, qui ne savait pas en être consolée. Elle avait le cœur gonflé de pitié pour cette femme et elle savait que lui prendre la main ne servirait à rien et qu'aucun mot ne pourrait lui expliquer pourquoi la magnificence de ces poiriers était placée là tout exprès pour les pauvres femmes et que c'était une maladie de ne pas savoir les aimer.

8

Laure s'éveilla avec une sensation désagréable, une moiteur suspecte qui faisait ses jambes poisseuses à l'endroit où les cuisses se touchaient. Elle souleva ses draps et se regarda. Elle baignait dans le sang. Elle n'en avait jamais vu autant. Elle ne fit qu'un bond jusqu'à sa tante Juliette qui l'avait prise pour l'aider pendant les vacances d'hiver.

— Tante! Je perds tout mon sang!

Celle-là poussa un cri.

— Mon Dieu! Mais qu'est-ce qui t'arrive?

Elle se claqua dans les mains puis, diligemment, elle chercha l'origine de tout ce sang. Elle le trouva, médusée.

— Mais tu es réglée! C'est pas possible! Tu as dix ans!

— Qu'est-ce que ça veut dire réglée?

— Attends!

Elle se précipita vers le téléphone pour appeler le docteur Jouve à Séderon. C'était un homme de

soixante ans qui avait l'habitude de la façon extrava-
gante dont ses pratiques appréhendaient l'anatomie.
Il répondit qu'il était en consultation et qu'il viendrait dans l'après-midi.

La tante vivait dans les transes.

— Et si je me trompais? Et si ce n'était pas ça? Et
si la pauvre petite avait une hémorragie interne? Dix
ans! C'est pas possible!

Dix fois, elle obligea Laure à ouvrir les jambes.
Parfois le suintement paraissait s'arrêter, parfois il
s'accélérait. Le docteur arriva enfin pas du tout
anxieux.

— Ben oui quoi! dit-il. Elle est réglée, c'est tout.
Qu'est-ce qu'il y a d'extraordinaire?

— Mais elle a dix ans!

— Et alors? On a vu pire!

Il s'en alla mal content d'avoir été dérangé pour
rien.

Quand Romain vint reprendre sa fille chez sa
sœur, celle-ci embarrassée lui raconta la chose.

— Oïe qué! dit Romain incrédule. À dix ans?

La tante secoua la tête.

— Tu verras bien le mois prochain, mon beau!

L'effet de ce jaillissement vermeil fut prodigieux.
Laure devint femme en trois mois, elle grandit, elle
grossit, il lui poussa des seins et des fesses. À chaque
flux sanguin, chaque mois, correspondait le déploie-
ment irrésistible d'une beauté qui jusque-là n'était

180

même pas inscrite dans les traits mous de l'enfance et qui s'affirmait de jour en jour plus arrogante.

Le regard aigu de l'institutrice fut le premier à noter le changement.

— Laure! Boutonne ton corsage! Laure, tire ta jupe sur tes jambes!

Elle ne supportait pas que Laure fût plus belle, plus intelligente que sa propre fille. Cela lui apparaissait comme une frustration d'héritage, une injustice patrimoniale. Si elle eût été croyante, elle en aurait accusé le Seigneur. Ne l'étant pas, elle ne pouvait que crier son impuissance en son for intérieur. On n'accuse pas un hasard génétique.

Ceux qui connaissaient Laure et les détails de sa naissance furent estomaqués de la radicale façon dont la fillette fut projetée hors de l'enfance par ce prodige.

Ce fut l'été. Quand la famille de Paris arriva, dès juillet, chez la tante cantinière, ce fut parmi ces gens riches une extase sans borne. Les filles envièrent en prenant un air réservé, les parents, qui étaient heureux eux-mêmes et voulaient que tout le monde le soit, confondirent cette métamorphose incroyable avec un signe de bonheur précoce. Seul Pierre, le fils, le copain de tous les jeux, celui qui attendait avec impatience de retrouver, pendant les vacances, cette fillette qui savait tant de choses que lui ne savait pas et faisait partie d'un autre univers, lui seul fut interdit de crainte en découvrant devant lui ce nouveau

181

personnage aux yeux bleu-vert. Jusqu'ici, il n'avait vu que l'entraînante Laure, celle qui faisait des tours de cirque, celle qui lui faisait entendre la nuit le rire inextinguible du butor à la surface de la mare. Il n'était jamais rassasié de la voir vivre avec exubérance. En revanche, il ne comprenait pas qu'elle l'abandonne pour aller biner les lavandes, garder le troupeau. Son intelligence d'enfant de riche et de la ville ne concevait pas ces sortes d'occupations mais il était gentil, il avait des dents éclatantes, la raie sur le côté séparait ses cheveux et le plus beau rire du monde éclairait son insouciance.

Elle n'osait pas lui dire, lorsqu'ils cueillaient ensemble fraises des bois et framboises, que c'était pour aller ensuite les vendre au restaurant où elle récurait les casseroles afin de se faire un peu d'argent de poche.

Pierre prenait ses onze ans cet été-là quand il vit Laure devant lui après un an de séparation. Il se demanda ce qui était arrivé à son amie. Il ne comprit pas. Chaque fois qu'ils se retrouvaient, et c'était tous les jours, une interrogation étrange se levait dans sa conscience. Ils partaient toujours de même pour visiter l'élevage de têtards qu'elle avait entretenu, ils guettaient toujours ensemble derrière la haie de roseaux où tout d'un coup ils entendaient s'abattre sans bruit le héron qui venait gâter la mare à têtards. L'oiseau en faisait des ventrées terribles. Il était là, sur une patte, l'air comique, l'œil innocent mais impitoyable. Faute d'autre nourriture, il mettait à sac le nid de têtards si soigneusement entretenu par Laure tout au long du printemps.

— Le salaud! disait Pierre.

Il se montrait soudain au-dessus des roseaux. Il saisissait un caillou et le jetait contre l'oiseau qu'il ratait et qui le regardait, la tête un peu inclinée sur le côté, sans aucune crainte, simplement interdit par cette intrusion bizarre dans la vie de la nature. Laure chantait pouilles à Pierre car si elle aimait les têtards, elle aimait tout autant cet échassier mystérieux qui venait tous les ans enchanter la fontaine. Cependant un changement imperceptible s'était produit chez la fillette.

L'an dernier, c'était serrés l'un contre l'autre qu'ils regardaient ces merveilles : les têtards dont les pattes poussaient, le héron irréel, capable de tourner la tête comme on essore une serpillière et de dresser ou d'abaisser orgueilleusement le bec en une infinité d'attitudes différentes et toujours perché sur une seule patte comme si la seconde était inutile. Or, blottis l'un contre l'autre, ils ne l'étaient jamais plus. Un ordre inquiétant avait été signifié à Laure depuis l'intérieur d'elle-même qui la faisait s'éloigner du garçon sitôt que leurs deux corps se touchaient.

— Laure, disait Pierre, pourquoi tu ne fais plus l'arbre-droit? Pourquoi tu ne grimpes plus aux arbres? Pourquoi tu ne fais plus les pieds au mur?

Laure baissait la tête.

— Parce que! disait-elle péremptoire.

Elle aurait été bien en peine d'expliquer ses raisons puisqu'elles étaient un mystère pour elle-même, puisque personne n'avait pris la peine de lui dire, surtout pas l'institutrice, pourquoi en même temps que ce sang chaque mois, quelque chose d'aussi important que son changement d'aspect physique avait surgi brutalement à l'intérieur de son corps, quelque chose qui n'avait pas de matière, pas de nom, qui végétait comme une fumée dans le cerveau d'une fillette de dix ans.

Elle sentait bien qu'une force nouvelle la courbait sous une nouvelle loi mais toute seule, à Eourres, à Marat, où elle faisait presque fonction de chef de famille tant ses parents étaient sans volonté précise, sans orientation pour résister au monde de la terre, le maîtriser et le gouverner ; à Marat, au milieu de trois cent cinquante hectares, où seul le vent mugissant expliquait éternellement quelque chose que Laure ne pouvait pas entendre, qu'est-ce qu'une fille de dix ans pouvait apprendre d'elle-même, sans secours, sur les secrets de sa vie ?

Laure n'avait pas le temps de réfléchir l'été quand la lavande pressait et qu'il y avait un peu de monde au restaurant d'Eourres où on l'utilisait comme souillon pour faire la vaisselle. Jamais enfant de dix ans n'avait tant marché que Laure sur ses petites jambes. Il lui fallait, dès cinq heures et demie du matin, conduire le troupeau jusqu'au pied de la montagne que celui-ci allait escalader pour brouter tout le jour, ensuite gagner à pied le champ de lavande, y travailler jusqu'à midi, redescendre à Eourres au restaurant pour faire la plonge, revenir au champ de lavande jusqu'au coucher du soleil, puis desserrer les poignées de fleurs pour les étendre et les éparpiller sur une pente du champ réservé à cet effet, car la lavande pressée lors de la coupe à la faucille et laissée en tas perd immédiatement son pouvoir olfactif, l'essence n'a plus de parfum; c'étaient des allers-retours sans fin depuis les bourras où la plante était entassée jusqu'à l'emplacement propre où l'on étalait la récolte. Quand le travail était achevé, venait l'heure d'escalader la montagne jusqu'au col pour ramener le troupeau à la bergerie.

L'énergie de Laure était toujours intacte. Elle ouvrait l'œil au point du jour, c'était elle qui réveillait toute la famille. Parfois, quand elle se lavait à la fontaine, Pierre le Parisien était déjà là. Il l'accompagnait au-devant du troupeau, elle lui disait :

— Un jour, je te conduirai jusqu'à la roubine où j'ai trouvé la géode. On en déterrera une autre ensemble !

La journée sans Laure, Pierre la passait en s'ennuyant. Pour se distraire, il mettait en place des problèmes de géométrie où il excellait. Le soir, quand elle pouvait s'échapper, il les donnait à résoudre à Laure qui ne s'endormait pas avant d'avoir trouvé la solution. Il était plus fort qu'elle et n'avait que dédain pour le temps qu'elle mettait à résoudre l'énigme en suçant le bout du crayon. Il la brocardait sur sa lenteur. Un jour, excédée, elle lui dit :

— Et toi ? Est-ce que tu as lu les *Églogues* de Virgile ?

Il demeura coi. Il n'en était encore qu'à l'Orient et la Grèce, de Mallet-Isaac. Laure savourait sa victoire. Elle l'écrasa le lendemain en lui disant :

— Et tu sais ce que c'est que les trente-deux propositions d'Euclide ?

— N... non ! s'exclama le garçon.

— Moi non plus, avoua Laure, mais j'ai entendu ça hier soir au poste de TSF de mon père et je voudrais bien le savoir.

C'était août. La lavande était reine. Des rives de l'Ouvèze à Eygalayes et de Montguers à Chauvac, la montagne était bleue. À Marat, le champ de lavande était à trois kilomètres de la ferme, il faisait cinq hectares et ils n'étaient toujours que trois à la cueillette, Laure, son père et le grand Camusat. Ce Camusat était un escogriffe qui à force de couper de la lavande depuis sa sortie de l'Assistance y avait gagné un corps qui ressemblait à une faucille. Il était incroyablement grand et déjeté. Il vivait de rien, dans une cabane au flanc du col. Se nourrissait d'escargots et de lézards verts mais c'était le plus rapide des coupeurs de lavande. Il avait la tête d'un édenté et la bouche en forme de bec. Il était toujours, avec ses grandes jambes, sur deux raies à la fois. La faucille volait entre ses mains.

Ce jour-là, dans ce champ encaissé entre deux montagnes, il devait faire trente-trois degrés à l'ombre. Les trois coupeurs étaient en compétition, chacun sur une raie. Seul moyen d'échapper à la monotonie du travail. Tant qu'on pensait à se dépasser l'un l'autre, on ne sentait pas le soleil brûlant, la terre rêche, la sueur du voisin. Tant qu'on se sentait en compétition, on avait des âmes de sportifs, on pensait à la victoire, on oubliait qu'elle ne rapportait rien.

Il était quatre heures de l'après-midi. Marlène apparaissait là-bas, au bout du champ. Elle apportait à boire et à manger aux coupeurs, toujours suivie du gros garçon et de la dernière qui marchait péniblement en pleurnichant tellement il faisait chaud.

Laure était en tête. Elle dépassait souvent son père mais c'était la première fois qu'elle laissait le Camusat derrière elle. C'est un travail de forçat que couper la lavande à la serpe. Il détruit tout le bien-être du corps et vous oblige à penser à lui, depuis le pied toujours en porte à faux sur le talus de binage jusqu'au cou tordu parce qu'il faut regarder le travail de la faucille au ras de la main qui tient la touffe et le mouvement incessant du bras jusqu'à la sacquette qu'on porte en bandoulière et qui s'alourdit. Un corps de dix ans pas encore achevé y prépare pour toujours

187

celui qui fera souffrir soixante ans plus tard. La distension anormale des vertèbres, leur position en scolie volontaire pendant qu'elles continuent à grossir et à se développer, tout cela fait que la nuit n'est jamais assez longue pour remettre en place ce que le jour a martyrisé.

Laure accéléra le mouvement, pensant cette fois distancer le Camusat dont l'amour-propre était froissé. Elle sentait le souffle de l'homme lancé à ses trousses. Elle dut oublier une fraction de seconde le geste ou le regard qui ne doit jamais manquer. Soudain, la lame ne revint plus aussi rapidement sur la plante à couper et elle entendit un son métallique juste avant de ressentir la douleur. La lame de la serpe venait de heurter le tibia de la fillette et d'y retentir. De sa jambe nue, le sang jaillit tout de suite. Aussitôt, la douleur insupportable fit s'ameulonner Laure sur les lavandes. Romain et Camusat se précipitèrent pour la relever.

— Qu'est-ce qu'il y a? cria Marlène de loin.

— C'est Laure, elle s'est coupée!

La mère sans mot dire s'avança harassée par la chaleur. Elle tenait une bouteille d'eau et un verre en carton. Elle remplit le verre et le tendit à Laure.

— Tiens, bois un peu!

Laure fit signe que non. Sa bouche était le siège d'un dessèchement anormal. Elle ne savait pas ce que c'était que s'évanouir mais voyait au-dessus d'elle le ciel tournoyer à toute vitesse. Romain la prit à brasle-corps et la déposa sur un bourras attaché. Tout le monde fit silence une minute en regardant le sang s'épandre sur la jambe. Romain s'était accroupi devant sa fille pour examiner la blessure.

— C'est rien, dit-il, c'est rien du tout, c'est juste une éraflure. Donne-moi ton mouchoir, je vais te faire un pansement. Après, tu monteras vite au Deffends chercher le troupeau qu'il se fait tard!

— Je pourrai pas! pleurnicha la petite. Ça me fait trop mal et ça saigne trop!

En réalité, la faucille bien aiguisée avait pénétré en séton l'os du tibia et par deux fois.

— Mais non, tu vas voir, ça va passer! dit le père.

Il voulait que l'événement n'ait aucune importance, que ce soit juste une éraflure et que Laure se remette dans la raie comme il y avait cinq minutes.

— Mais pourquoi vous n'y envoyez pas Rémi chercher le troupeau?

— On peut pas. Tu sais bien qu'il n'est pas capable, il l'a jamais fait! Et nous, il faut qu'on finisse les raies, qu'on porte les bourras et qu'on éparpille après sinon la récolte du jour est fichue!

Il était à genoux devant Laure comme devant un dieu. Ses yeux l'imploraient.

— Marlène! appela-t-il. Donne-moi le torchon du goûter que je lui fasse un bon pansement.

Il s'appliquait à serrer la jambe malade dans ce linge de fortune. La petite serrait les lèvres, sans cri. Le grand Camusat regardait ça avec pitié. Il hochait

189

la tête. Il ne pouvait rien dire, et d'ailleurs son élocution était si limitée qu'il n'aurait pas pu exprimer ce qu'il pensait au fond de son épaisse cervelle et qui pourtant était très clair : « Vous n'avez pas honte ? » pensait le Camusat.

Laure regardait son frère dans les yeux. Il était plus grand qu'elle, bien plus fort. Celui-ci ne détournait pas son regard lequel était aussi implorant que celui des parents. Il avait été décidé une bonne fois pour toutes et lui-même n'en disconvenait pas que Rémi n'était pas capable : ni de couper la lavande, ni de mener le troupeau, ni de s'occuper de rien.

— Prends sur toi ! dit la mère.

Quand Laure se retrouva seule sur le sentier, à cent mètres du champ de lavandes, distance qu'il lui avait fallu cinq minutes pour couvrir et qu'elle vit la montagne à franchir devant elle jusqu'au col où elle devait récupérer le troupeau, elle tomba à genoux à l'intérieur d'elle-même car le faire physiquement lui aurait arraché des cris. Il lui semblait n'avoir plus qu'une seule jambe. La douleur maintenant s'était emparée solidement de l'autre et la cisaillait par secousses depuis la cheville jusqu'au milieu de la cuisse. C'était intenable dès que le pied se posait. Le sentier, la montagne étaient devenus des ennemis jurés et à vaincre coûte que coûte. Jamais l'hostilité de la nature ne s'était révélée aussi épouvantable aux sens d'un enfant. Laure s'arrêtait, s'affalait et pleurait de rage puis elle repartait pour dix mètres, trente mètres puis tous les dix pas. Parfois, prenant sur elle, elle accélérait. Elle faisait vingt pas avec la sensation effroyable de perdre sa jambe à chaque effort. Elle s'écroulait sur le talus en sanglotant. Les larmes ne cessèrent de couler pendant les deux heures qu'elle mit à escalader ce chemin qui d'ordinaire lui prenait à peine une heure. Les deux chiens qui lui avaient emboîté le pas et qui habituellement peinaient à la suivre, s'arrêtaient près d'elle coupés dans leur élan, la langue pendante, l'air interrogateur. Parfois, ils venaient lui donner quelques coups de tête pour l'inciter à se relever. Même son intelligence s'était inclinée. La douleur la faisait baver. Elle avait vu un jour cette bave sur les babines d'un cheval forcé auquel on demandait un trop gros effort mais ça avait été pendant cinq minutes, elle, ce serait des heures durant. Sans cesse, elle se retournait pour voir si tout de même ses parents ne s'étaient pas ravisés, si l'un au moins des membres de sa famille n'allait pas venir à son secours. Mais non. Elle les voyait au-dessous d'elle, en bas, en cet endroit paisible d'un champ de lavande à moitié récolté, tranquillement occupés à éparpiller les brassées en une allée bien rangée pour éviter que les fleurs ne moisissent avant d'être distillées.

La bave lui coulait lamentablement au coin de la bouche, son visage était crispé et méconnaissable, les tresses blondes mouillées de sueur, des larmes descendaient inutiles de ses yeux bleu-vert. Une pensée, une seule, s'installait en elle : « Si le troupeau est dispersé, je suis fichue. » Elle essayait de s'imaginer criant et pressant les chiens par tous les bois du Deffends, lesquels à eux seuls par vallons et bosses couvraient plus de cent hectares.

Soudain, sans crier gare, un nouveau compagnon vint pleurer misère. Son cœur se mit à battre dans sa gorge comme s'il ne lui appartenait pas, comme s'il était quelqu'un d'indépendant. Elle ne parvenait pas malgré toute la volonté qu'elle y mit à l'empêcher d'être ce choc sourd qui l'ébranlait. Alors la peur s'ajouta à la douleur. Elle le voyait littéralement, ce cœur devant elle, se gonflant et se dégonflant. Il accompagnait fidèlement sa souffrance. Le soleil qui jusque-là avait ajouté son fardeau à tant de misère commença à décliner à travers bois. Tout d'un coup, ce fut le col, et Laure vit devant elle toutes les brebis paisiblement occupées, immobiles et ruminantes, cernées par les chèvres debout qui les gourmandaient à coups de béguètements. Les chiens foncèrent pour resserrer les bêtes. En bon ordre, chèvres devant, toute la masse du troupeau s'ébranla en file vers le sentier.

Assise, haletante, le cœur calmé, Laure regardait les chiens faire leur travail, aidés des chèvres qui précédaient comme toujours et qui conduisaient peu à peu le troupeau vers la draille. Laure avait espéré sans raison que sitôt qu'elle aurait retrouvé les bêtes, sa souffrance s'atténuerait tout au moins. Or, elle était là, intacte et sans répit. « C'est comme si j'avais reçu un coup de scie sur l'os », se dit-elle. Elle se toucha le mollet, il était tellement enflé qu'elle ne parvenait pas à l'enfermer dans sa main.

Elle avait cru que le retour serait plus facile que l'aller. En réalité, elle gémit tout le long de la descente, tout son saoul, sans discontinuer, tant le tibia brutalement sollicité à chaque pas devait retenir le poids du corps. Laure avait l'habitude de faire cette descente à fond de train, coupant le lacet du sentier et collée au troupeau, le poussant devant elle. Aujourd'hui, le troupeau gagnait sur elle de minute en minute ; bientôt il ne resta devant elle qu'un agneau tardon de cinq kilos, malingre et chétif qui boitait comme elle et qui bêlait misère. Laure le prit dans ses bras sans cesser de râler, et c'est chargée de ce surcroît de détresse qu'elle atteignit le champ de lavande. Le troupeau avait depuis longtemps disparu, on n'entendait même plus son bruit de sonnailles. Du champ de lavande à la maison, il restait trois kilomètres à parcourir. Laure se coucha sur la terre chaude, l'agneau au creux de son bras. La nuit se précisait dans le vide du ciel. Une étoile apparaissait au clair-obscur du firmament. « Si Pierre était là, pensa Laure, je lui dirais que c'est Mars. » Elle avait cru pouvoir s'endormir mais la souffrance le lui interdisait. Elle se leva et se mit à claudiquer parmi les ornières du chemin de charrette. Elle alla jusqu'au premier tournant. Elle n'avait plus la force de hurler. Elle poussait un râle continu qu'aucun humain n'aurait pu identifier tant c'était plutôt le halètement d'une bête blessée. Mais qui donc avait mis tant de souffrance et tant de volonté inutile dans ce corps de dix ans ? Qui pouvait-on remercier ou maudire ?

Au tournant du chemin, elle s'affala encore une fois, tenant l'agneau dans ses bras car il faisait maintenant noir et, si elle relâchait la bête un seul instant, elle ne la verrait plus et celle-ci serait perdue.

Alors, sur le lacet de la draille qui descendait vers la ferme, elle vit deux phares qui surgissaient hors d'un virage. Le troupeau devait être arrivé au bercail guidé par les chèvres et comme il était sans la bergère, on était parti à sa recherche.

Laure fut saisie pour son père d'une douce gratitude. Tout ce qu'il l'avait obligée à faire disparut, s'effaça. Il allait venir, l'arracher à la nuit, à la solitude, peut-être à la souffrance. Cette souffrance qu'elle lui devait, jamais Laure ne songea à la lui reprocher. Il s'était souvenu d'elle. Il venait lui porter secours. Elle sentit une chaleur veloutée sur sa main. L'agneau lui aussi était pris de reconnaissance. Il lui léchait les doigts.

Laure souffrait jour et nuit. Elle n'était plus utile à rien. Elle ne pouvait même plus lire tant la douleur était forte, permanente, souveraine. Elle ne pouvait plus que regarder couler la fontaine. Ses parents indécis se demandèrent quoi faire pendant quinze jours. Ils changeaient la serviette suintante. Ils regardaient la blessure violacée. Ils hochaient la tête. Ils se regardaient, c'était tout. D'abord les lavandes pressaient. Tout le monde s'y était mis, même Marlène, même le gros garçon en rechignant.

La Blanche Philibert qui était allée chercher des œufs à la ferme rencontra la tante Aimée au lavoir et lui dit :

— Y a longtemps que tu as plus vu Laure?

— Oui, mais tu sais, c'est la lavande, elle doit couper.

— Justement, dit la Philibert, elle coupe plus. Elle est là, assise sur le banc à regarder la fontaine toute pâlotte, elle qui a de si belles couleurs d'habitude. Et elle parle pas et elle rit pas. Ah attends! Elle a un linge taché autour de la jambe.

— Un linge sale? Autour de la jambe! s'écria Aimée.

Elle ramassa en hâte le peu de lessive qu'elle était venue rincer et elle rentra chez elle se suspendre au téléphone. Charles, son mari, était à Sisteron pour ses affaires.

— Viens vite! La petite est pas bien!

Elle aurait pu appeler son frère ou sa belle-sœur. Elle n'y songea pas les sachant incapables. Elle arriva en trombe dans la bétaillère du mari, le soir même.

— Et alors? Qu'est-ce qui se passe?

La famille fourbue rentrait juste de la lavande. Laure, hagarde, était assise sur son banc devant la fontaine, à souffrir.

— Qu'est-ce qui t'arrive, ma belle biche? Mais qu'est-ce que tu as?

Aimée s'était mise à croupetons devant sa nièce.

— J'ai mal, dit Laure à voix basse.

— Fais-moi voir!

Aimée défit rapidement le mouchoir autour de la jambe et poussa un cri d'horreur.

— Mais elle a la gangrène! cria-t-elle. Vous pouviez pas lui mettre de l'eau-de-vie dessus quand ça lui est arrivé!

— On n'en a qu'une bouteille, dit Romain. On n'a pas osé...

— Mais enfin! Vous voyez pas dans quel état elle est? Vous voyez pas qu'on va finir par lui couper la jambe?

Laure éclata en sanglots.

— Attends! dit Aimée en entourant sa nièce de ses bras. C'est pas ce que j'ai voulu dire! On va te soigner avant.

Elle se tourna vers son frère et lui cria :

— Quand même! Vous êtes de braves estassis!

— Et qu'est-ce que tu veux! dit Romain. J'ai la lavande. J'ai le troupeau à mener depuis que Laure ne garde plus! Qu'est-ce que tu veux que je fasse?

— Vous devez bien avoir encore de la peau de serpent de mon pauvre père? Il s'en servait tant!

Tout à l'heure, quand elle avait parlé de ça avec Charles, celui-ci avait haussé les épaules.

— Ça lui fera comme si tu lui mettais un emplâtre sur une jambe de bois. Tu devrais plutôt essayer la poix que je mets sur les blessures des bêtes, sûr ça sent mauvais !

— Tu ne sais pas, toi ! Tu n'es pas d'Eourres ! mon grand-père, quand il s'était flanqué un coup de faucille, ça arrive tous les jours ici quand on coupe la lavande, il se soignait avec ça. Tu peux rire !

— Oui, dit Romain en hésitant. On n'y a pas touché. Elle doit être encore dans son armoire, dans des boîtes...

— Va la chercher. Et apporte-moi l'eau-de-vie ! Elle se tourna vers Laure.

— Tu vas voir, on va te soigner !

— Oui, mais quand je serai guérie ?

— Bientôt ! Tu verras !

— De la peau de serpent ! s'exclama Laure.

— Oui ! Le grand-père, il s'est soigné toute sa vie avec ça et regarde, il s'est fait vieux. Mais avant, on va te nettoyer, tu vas voir ! Tu vas un peu serrer les dents, mais ça nettoie !

Elle tenait en main la bouteille d'eau-de-vie et, quand elle eut mis la plaie à nu, elle fit étendre sa jambe à Laure et lui en versa sur le tibia une bonne rasade. Laure se mit à hurler. L'aigue ardente monta dans son corps comme une autre faucille. Elle sentit tout son être se recroqueviller sous l'agression terrifiante de l'alcool. L'air se mit à empester cet élixir de mort, cette matière qui ne supportait en elle aucune espèce de vie.

Romain redescendait de l'étage, serrant avec précaution contre lui une boîte ronde en aluminium. Aimée l'ouvrit. Il s'en échappa une longue lanière flexible comme du caoutchouc et qui brillait comme du plomb fondu.

— Comme elle est belle! s'exclama Laure. Ça va me guérir au moins?

— Oui, c'est radical!

C'était une dépouille de couleuvre. Les couleuvres, au printemps, abandonnent leur peau en haletant au long des chemins. Ça ne se fait pas d'un seul coup et c'est le moment où elles sont le plus vulnérables. Elles font ça en plusieurs fois, en se reposant après chaque effort, et finalement elles sortent de cette épreuve en faisant sécher au soleil cette belle peau vert clair qui est leur nouvelle parure. La dépouille ancienne est abandonnée, gardant encore la forme d'un serpent jusqu'à ce que le vent l'emporte et l'accroche à quelque buisson encore scintillante de vie.

Depuis la nuit des temps, les Chabassut et tant d'autres avaient recueilli précieusement ces dépouilles sur les vieux murs. Depuis la nuit des temps — et qui sait à la suite de quelles expériences? — ils considéraient la peau morte des serpents comme une panacée.

— J'ai trouvé aussi ça, dit triomphalement Romain en exhibant une bande Velpeau.

C'était dans une autre boîte d'aluminium, souvenir de l'armée, dénichée elle aussi dans l'armoire.

— Voilà! dit Aimée avec satisfaction.

Dubitative, elle regardait la jambe de Laure. Elle était maintenant proprement bandée et le bandage était retenu par une épingle de sûreté. Aimée dit à son frère :

— Voilà, tu lui renouvelleras la peau de serpent tous les deux jours et tu me tiendras au courant.

— Tatie, dit timidement Laure, moi je peux pas y aller mais tu pourrais pas demander à tatie Yvonne, l'institutrice, de me dire les résultats?

— Quel résultat? De quoi tu parles?

— J'ai passé l'examen des bourses au mois de mai et tatie Yvonne m'a pas encore dit le résultat.

Aimée était sidérée. Voilà à quoi pensait la petite au milieu de toutes ses souffrances : savoir si elle avait réussi l'examen des bourses.

— Depuis le mois de juillet! dit-elle. Elle t'a encore rien dit?

— Non, mais ma cousine, sa fille, l'a passé en même temps que moi.

— Ah, c'est ça! répondit Aimée.

La manière dont elle prononça ces mots disait assez en quelle estime elle tenait sa belle-sœur.

— T'en fais pas, dit la tante, je vais lui demander en rentrant.

Le lendemain, l'antique téléphone à manivelle sonna chez les Chabassut. Ce téléphone, c'était encore un service religieux à Marat. Le chef de famille seul, par accord tacite, avait le droit de le décrocher. Romain le fit nonchalamment. Laure était sur le banc, dolente et ayant mal.

— Elle a réussi ! cria Aimée à travers l'écouteur, si fort que Laure entendit ces mots.

Elle voulut sauter de joie. La douleur la fit crier. Depuis la veille, elle ne hurlait plus. Elle criait seulement. Elle se mit à pleurer. En septembre, elle allait pouvoir entrer en sixième au collège de Buis-les-Baronnies. Dans quel état serait-elle ? Une sourde inquiétude l'oppressait. Mais c'était la première fois de sa vie qu'elle connaissait la victoire.

9

Un soir, dans Laragne où elle faisait ses courses, Aimée vit Séraphin devant elle. Elle ouvrit la bouche sur un cri muet et porta la main à son cœur.

— N'ayez pas peur, dit-il, c'est pour la petite.

Elle protesta.

— Mais je n'ai pas peur!

— Voilà, répéta Séraphin, c'est pour la petite. Je l'ai rencontrée qui revenait de l'eau. Elle boitait. Elle m'a expliqué.

— Je l'ai soignée! dit Aimée.

— Je sais, elle me l'a dit, mais... Je ne sais pas si ça suffira.

Il sortit de sa contre-poche un petit sac de papier et le tendit à Aimée.

— Prenez ça! dit-il. Je viens de l'acheter chez le pharmacien. Vous savez nous, dans notre métier, des choses comme ça, ça arrive tout le temps. Alors là, on a toujours un tube avec nous.

— Qu'est-ce que c'est? dit Aimée.

— De la pénicilline. Vous verrez, c'est radical.

— Merci, dit Aimée. J'essayerai. Qu'est-ce que je vous dois ?

Séraphin haussa les épaules et détourna son regard.

— Qu'est-ce que vous voulez me devoir, vous ? dit-il. C'est pour la petite. Je voudrais pas...

— Oui, c'est vrai, vous lui avez déjà sauvé la vie une fois.

— Justement ! Ça servirait à rien si...

— Merci ! redit Aimée.

Elle cherchait en vain à rencontrer le regard de l'homme. Il s'efforçait de le lui cacher. Elle murmura car rien d'autre ne lui venait à l'esprit :

— Le bon Dieu vous le rende !

Séraphin eut un petit sourire.

— Oh, dit-il, il y a longtemps que c'est fait.

Il se détourna d'elle. Il s'en alla. Elle avait sorti du sachet le tube qu'elle examinait en silence.

Elle considérait le dos de l'homme qui s'éloignait. « Il ne se retournera donc jamais ? » se dit-elle. C'était le soir. On ne distinguait déjà plus bien les êtres dans la pénombre.

Ça y est ! C'est octobre. Avec la valise qui contient tout son avoir, Laure abandonne Marat à l'automne. Le seul luxe du pays s'exprime devant elle sans retenue : les nerpruns, les sumacs, les peupliers, les hêtres, tout ça paré de couleurs disposées avec un art infini par des mains sans matière. Les poiriers de Marat lui disent un adieu pathétique. Au printemps, ils étaient des jets d'eau, maintenant des feux d'artifice où le soleil met l'incendie.

Laure vient de monter dans la vieille Peugeot qui fait le ramassage des élèves. Ils sont quatre d'Eourres à descendre au Buis-les-Baronnies poursuivre leurs études, trois garçons et une fille. Pour résister à l'absence soudaine de la famille, les trois mâles se donnent courage en se racontant des horreurs. Assise à côté du chauffeur qui fume un affreux niñas, Laure fait l'inventaire mental de ce qu'elle emporte dans sa valise : deux chandails, une jupe, un collant contre le froid, une robe fabriquée par Marlène, quelques culottes et un soutien-gorge, une seule paire de chaussures, celle qu'elle a aux pieds, c'est ce qui a été le plus coûteux du trousseau, et aussi une douzaine de ces serviettes périodiques qui sont la servitude des filles contraintes si précocement tous les mois à l'appel de la nature. Laure a onze ans, elle entre en sixième. Grâce à sa bourse d'études, tous les livres, cahiers et matériel vont lui être fournis. Heureusement car elle n'a que deux billets dans son porte-monnaie. Loin de Marat, l'angoisse de ce peu d'argent possédé l'intimide vis-à-vis des autres et même du chauffeur qui pue l'ennui. Comment peut-on s'ennuyer ? Laure regarde de tous ses yeux, bien que d'Eourres au Buis il n'y ait rien à attendre de nouveau du paysage. Il semble que quelqu'un s'est ingénié dans ces montagnes à y pratiquer des nœuds inextricables, à y rendre l'existence des hommes à peu près impossible, mais Laure a le pouvoir d'être captivée par toute espèce de beauté et celle qui paraissait rejeter l'homme n'était pas la moins passionnante à ses yeux.

Depuis qu'Aimée l'avait traitée avec cette pommade dont elle ne lui avait pas dit qui la lui avait procurée, son tibia allait nettement mieux. La curiosité la tenait en éveil pour sa nouvelle vie. Elle guettait à travers la vitre l'apparition de cette ville cent fois imaginée.

Les montagnes avalèrent le soleil bien avant qu'il ne fît nuit. Ce fut sous un clair-obscur déjà troué par les réverbères que Buis apparut soudain. C'était un bourg qui n'était pas visible de loin.

Les quatre rescapés d'Eourres firent leur entrée au collège par nuit noire le deux octobre. Les lieux publics vers mille neuf cent soixante n'étaient pas encore éclairés *a giorno* comme aujourd'hui. Les ruelles étaient borgnes. Une atmosphère protestante régnait sur cette ville endormie où l'on n'entendait aucun bruit. Les arcades de la place firent beaucoup d'effet sur Laure. Elles étaient surbaissées, massives, écrasées par l'obscurité qui les comblait. Il n'y avait qu'un magasin au fond de ces voûtes qui luisait faiblement. Laure eut le temps d'en apercevoir la vitrine et de pouvoir juger que c'était une librairie, mais il y avait plus de crayons, de cahiers, de plumiers divers que de livres exposés.

Laure leva les yeux vers les étages. De hautes fenêtres n'étaient pas occultées, on ne devait jamais fermer leurs volets. Des familles vivaient là dont on voyait parfois, furtives, les silhouettes, qui zébraient soudain la lumière, parfois s'immobilisaient. Laure en aperçut une qui levait un index péremptoire comme celui de l'institutrice d'Eourres.

La place et l'église étaient encloses dans un fouillis de ruelles qui partaient en baïonnette depuis le parvis. Une fontaine adossée au mur de l'église était muette à jamais. On eût dit que cette ville s'était resserrée sur elle-même pour faire front au malheur, autrefois. On sentait toute une histoire, du moins Laure le sentit, derrière cette pénombre. Le jour devait la chasser joyeusement mais dès la nuit close elle reprenait possession des lieux, et c'était une histoire triste.

Le collège illuminé dressa sa masse moderne devant un quinconce de platanes qui perdaient leurs feuilles en silence car il n'y avait pas de vent.

Soudain, inexplicablement, au moment de franchir la grille, Laure eut le cœur serré en pensant à Marat. Ce n'était pas de l'avoir quitté et de rentrer dans le mystère d'un autre monde qui l'angoissait, c'était de les avoir tous laissés là-haut, sans directive. Les murs de la ferme qui sentaient le suint de toute éternité et la lumière chiche de la lampe à suspension lui revinrent à l'esprit avec toute la famille courbée dessous, en train de manger la soupe en mâchant bien comme l'avait préconisé le grand-père tout au long de sa vie. Elle se demandait comment son père allait se débrouiller tout seul sans son aide. Elle se souvenait de ce que disait le grand-père autrefois : « Moi et toi, on est les deux seuls hommes de la maison. » Elle pensait au troupeau. Elle pensait à Aimée. Jusqu'ici, tant qu'elle était dans la voiture, elle n'avait pas eu l'impression d'avoir quitté Marat. Ce fut seulement devant la grille du collège et lorsqu'elle entendit six heures sonner à un clocher inconnu que la sensation d'être seule au monde la submergea d'un coup. Elle regarda ses deux compagnons chargés chacun de grosses valises et qui ne paraissaient pas plus rassurés qu'elle-même.

Trois personnages attendaient sitôt la grille franchie. Deux d'entre eux étaient beaux : c'étaient un homme et une femme. La femme mit tout de suite sa main sur l'épaule de Laure qui ployait un peu sous le poids de sa valise et elle l'accompagna le long des corridors, de l'escalier jusqu'au dortoir, jusqu'au lit qui allait être le sien désormais. Elle lui parlait doucement sans cesser de sourire. Elle disait à Laure qu'ici elle ne serait pas malheureuse. Elle lui fit connaître les lavabos, les douches, les toilettes, toutes ces choses qui sont immédiatement nécessaires aux naufragés que sont les enfants projetés hors de la famille, de leurs aises, de leurs habitudes. Elles redescendirent ensemble vers une salle commune où il y avait des tables et des chaises et même un piano. Laure n'avait jamais vu de piano sauf en image. Elle y jeta un regard distrait car, contre le mur de cette salle égayée d'affiches aux couleurs vives, elle venait de découvrir un meuble à rayons plein de livres et il n'était pas comme celui de l'école d'Eourres défendu par deux portes à vitres fermées à clé. Ils étaient à portée de la main et il y en avait peut-être plusieurs centaines. Elle eut soudain conscience qu'elle allait vivre dans la familière présence de ces livres, qu'il n'y aurait plus trois kilomètres cinq cents entre elle et eux, comme à Eourres. Laure ouvrit la bouche pour la première fois.

— On peut les prendre? dit-elle.

Elle désignait les livres du doigt.

— Oui, dit la dame souriante, mais pas les emporter. Tu pourras lire ici tant que tu voudras!

— Tant que je voudrai! répéta Laure charmée.

Cette muraille de livres qui l'attendait lui faisait oublier Marat et Eourres. Ce monde nouveau qu'elle avait appréhendé se révélait avenant et plein d'espoir.

Dès que Laure arriva en classe le lendemain et qu'on lui assigna sa place, elle comprit qu'ici personne n'était venu pour passer le temps ni se résigner à tuer les heures ou à les subir à cause de la scolarité obligatoire. Tous ceux qui étaient là, Laure n'avait pas besoin de consulter la carte pour savoir qu'ils venaient de pays pleins de misère comme le sien. Dès que les élèves en blouse bleue se levèrent pour décliner leur nom et leurs origines devant les professeurs qui changeaient d'heure en heure, toute la géographie de la pauvreté se mit debout avec eux : Meyssonnier de Chauvac, Pourpre de Monguers, Crémat de Vercoiran, Philippe de La Penne-sur-Ouvèze, Testanière Odette et Alain, deux jumeaux de Pierrelongue, et les Colomb et les Michel et les Chaufran, tous de Plaisians, et les quatre Romans, homonymes, tous d'Eygaliers. Il y en avait trente-cinq ainsi fils et filles de tonneliers, paysans, bistrots, apiculteurs, braconniers, ouvriers agricoles, quelques enfants de facteurs, de cantonniers, d'employés municipaux. On avait déjà vu leurs noms sur les monuments aux morts des deux guerres. Ils étaient le tissu conjonctif de la nation ; quand ils auraient disparu, il n'y aurait plus de pays. La blouse bleue dont ils étaient affublés éteignait les particularités de chacun. Ces enfants à peine âgés de onze ans étaient habitués à faire petit, c'est-à-dire à user de tout : nourriture, vêtements, eau et savon, plaisirs et langage, avec parcimonie. Pour ce que rire est le propre de l'homme, il était d'autant plus rare chez chacun de ces écoliers. Les quelques-uns qui étaient aisés paraissaient encore plus pauvres que les autres de crainte qu'on s'aperçoive de leur richesse.

En récréation, ils jouaient aux billes ou à *rabi*

comme l'avaient fait leurs parents, mais en classe ils buvaient littéralement la parole des enseignants.

Tout de suite Laure entra en compétition avec un élève qui était de l'autre côté de la travée et faisait une demi-tête de plus qu'elle en hauteur. Il venait de Mévouillon. Rouquin jusqu'aux sourcils. Il portait un nom invraisemblable : Népomucène Chante-fleur. Un péché qu'un nom pareil sur un tel escogriffe. Il poussait tellement vite que de mois en mois les manches de ses blouses rétrécissaient à vue d'œil et dénudaient les poils roux de ses avant-bras presque jusqu'aux coudes. Il était imperturbable, muet et minutieux. À l'aide d'un canif de boy-scout que Laure lui enviait parce qu'il portait une croix rouge au-dessus de la lame, il appointait ses crayons comme si c'eût été des armes.

De l'autre côté de la travée, d'abord, il laissa tomber un regard indifférent sur cette fille aux tresses blondes qui dissimulait toujours un livre sur ses genoux au lieu d'écouter l'enseignant. Comment pouvait-elle ? Elle était d'Eourres, lui pensait à Mévouillon. Quand on est poussé au derrière par ce que représentent sur la terre des pays pareils, on n'a pas le loisir de s'intéresser à autre chose qu'au moyen de s'en sortir. On veut être le meilleur quand on pense à Mévouillon. Aussi le regard indifférent fit vite place au mépris.

La travée entre eux était étroite. Après chaque énoncé de problème et au moment de les résoudre, le Chantefleur se mettait sur le côté et tournait ostensiblement le dos à sa voisine en élargissant le coude pour lui masquer sa copie. Cette attitude insultante, il la conserva jusqu'au jour où, rendant les devoirs, après l'attente interminable des résultats médiocres, de six à quatorze, le prof, une femme, annonça :

— Chabassut Laure : 18/20 ; Chantefleur Népomucène : 19/20.

Ça tombait comme un verdict et c'était la même chose au tableau noir quand il s'agissait de mesurer la surface d'un parallélépipède ou d'une ellipse. De ce jour, après l'avoir d'abord toisée comme une chose sans importance, le rouquin regarda Laure d'un autre œil, mélange de considération et de condescendance polie. Il n'en parla pas davantage mais parfois, quand il était bien luné, il prêtait à Laure son canif pour tailler les crayons. Cependant Laure ne put jamais le dépasser. Il avait dix-neuf, elle avait dix-huit. Laure se consolait en se disant que c'était probablement l'écriture qui était en cause : elle écrivait à la diable et lui calligraphiait ses chiffres.

Le collège était un havre de paix. Tout y était paisiblement réglé et jamais Laure n'avait connu un tel ordre que ces heures fixes où il fallait manger, se laver, étudier et se coucher, mais surtout il y avait cette salle où trônait ce mur de livres. Les filles y jouaient à la belote le soir après l'étude, en attendant le repas.

Laure avait compris que personne ne lui disputerait la bibliothèque. L'état poussiéreux de la tranche des livres lui avait vite enseigné qu'à part elle, sur les cent vingt élèves tant filles que garçons, nul ici n'avait la curiosité d'ouvrir un volume. Sans doute jugeaient-ils tous que c'était bien assez d'avoir à lire les livres de classe. Elle avait vite compris aussi que l'interdiction d'emporter les ouvrages était symbolique. L'interdicteur utopique avait cru lorsqu'il avait établi ce règlement que les élèves allaient se jeter sur cette manne et la piller. Il n'avait pas prévu que Laure serait la seule reine de ce royaume sans sujet. Elle emportait les volumes partout. Elle en dissimulait tous les soirs un ou deux sous sa cape. Elle s'enfermait dans les cabinets pour lire après l'extinction des feux. Le matin, au point du jour, elle était la première à profiter de la clarté pour exercer son œil perçant à déchiffrer les lignes. La surveillante la laissait faire. Pour une fois qu'on en trouvait une qui lisait, ce n'était pas le moment de la décourager.

Laure prit bien les mesures du collège, son volume, sa sonorité, les creux qu'il recelait, la montée des deux escaliers, l'un qu'on empruntait chaque soir, l'autre de secours qu'on n'utilisait jamais. Ce dernier était éclairé comme tout le bâtiment et l'on pouvait utiliser les marches pour s'y isoler.

Dès le second jour, elle emporta après le repas le livre dont le titre lui avait sauté au visage lorsque, éperdue de curiosité, elle parcourait le dos des volumes qui comportait aussi le nom de l'auteur. Elle l'avait repéré dès la veille. Il avait bercé son sommeil par son mystère. Toute la nuit entrecoupée d'insomnie — le vent du nord faisait le loup en ronflant contre les volets du dortoir — Laure se demanda ce que c'était que ce Meaulnes dont elle ignorait tout. Était-ce une montagne ? Était-ce un fleuve ? Elle ouvrit le livre religieusement, avec une appréhension sacrée. Et elle lut :

« Il arriva chez nous un dimanche de novembre 1890. Je continue de dire "chez nous", bien que la maison ne nous appartienne plus.

« Nous avons quitté le pays depuis bientôt quinze ans et nous n'y reviendrons certainement jamais. »

Ce fut le même soir que l'épouse du directeur du collège en achevant sa toilette de nuit dit à son mari plongé dans *Le Monde* :

— Tu sais ce que la surveillante a trouvé en inspectant le bon ordre du dortoir des filles ?

— Non, dit-il, alarmé.

— *Églogues.*

Il ne comprit pas tout de suite et referma son journal.

— *Églogues...* de Virgile ?

— Exactement. C'était sur la tablette d'une élève de sixième, une certaine Laure Chabassut.

— Qu'est-ce qu'elle pouvait faire de ça ?

— Eh, le lire, probablement !

— Une fillette de onze ans qui lit Virgile ! C'est invraisemblable !

— Sans doute, dit l'épouse et elle récita : « Le vrai peut quelquefois n'être pas vraisemblable. »

— Mais elle ne peut rien y comprendre !

— Sans doute, mais c'est peut-être un secret. Je me suis bien gardée d'interroger l'élève.

— En tant que son professeur de français, tu aurais dû !

— On ne pénètre pas dans le mystère d'un cœur, mon cher ! On risque d'y faire des dégâts ! Et puis arrête de lire ton *Monde*, tu m'agaces !

Elle envoya dinguer le journal et à la place, le surplombant, elle lui mit ses seins sous le nez. Ils étaient jeunes, épris l'un de l'autre. Ils firent l'amour dans la sonorité du vent qui égrenait les *Églogues* de Virgile.

Désormais Laure ne vit plus le collège qu'à travers l'école communale où Augustin Meaulnes bâtissait ses rêves. Le préau notamment, pourtant banal et sans poussière, elle le transforma aisément en un refuge vétuste où il faisait bon lire les jours de pluie.

Elle était heureuse. Elle ne connaissait pas naturellement ce que ce mot représentait mais par rapport à sa vie à Marat, la sécurité du collège l'apaisait, la berçait. Elle oubliait peu à peu les contraintes du travail de bergère. Son aventure du dernier été, le coup de faucille et la douleur qu'il avait provoquée, elle n'en prenait conscience qu'en tâtant machinalement sa terrible blessure au tibia laquelle s'était transformée en un creux profond qu'elle garderait toute sa vie.

Le trimestre se passa comme un enchantement. Elle lut : *Le Grand Meaulnes, David Copperfield, La Case de l'oncle Tom, Typhon, Le Petit Chose, Le Mannequin d'osier, Salammbô, La Maison du chat qui pelote, Les Misérables, Don Quichotte, Vingt mille lieues sous les mers.* Le monde autour de Laure prenait des dimensions colossales.

Le grand Népomucène, le fort en maths qui n'ouvrait jamais un livre, la regardait de travers. Il sentait confusément que sa voisine de travée lui était supérieure par quelque endroit mais il se refusait à croire que ce fût à cause de cette bagatelle : elle lisait. Pourtant le professeur de français, la femme du directeur, l'avait bien souligné en la désignant du doigt devant toute la classe : « Elle a une supériorité sur vous : elle lit ! »

Cependant ce n'était pas tout d'une vie de pensionnaire. Il y avait les jeudis et les dimanches ponctués de promenades interminables dans la morne campagne hivernale. Jusqu'à Pierrelongue, on faisait huit à dix kilomètres entre l'aller et le retour. Un hiver précoce sévissait. Les chaussures étaient mauvaises. Laure attrapait des ampoules. Elle n'osait, par coquetterie, mettre des chaussettes de laine. Elle avait froid aux pieds jusqu'à minuit dans son lit. La literie était moderne. Il n'y avait pas d'édredon comme à Marat.

Il y eut une épidémie d'oreillons en novembre. Chez l'un des garçons, la maladie dégénéra en mastoïdite. Avant qu'on l'évacue sur l'hôpital, on l'entendait depuis le dortoir des filles gémir lamentablement. La voisine de Laure attrapa la coqueluche. Elle faisait le coq toute la nuit.

Noël arriva. Il tombait en pleine semaine de sorte que les vacances dureraient douze jours. La voiture de ramassage accueillit Laure et les autres pensionnaires, et parmi eux le rouquin fort en maths.

— Je sais pas si on passera le col, dit le chauffeur.

Il avait des pelles à neige sur la toiture et des équipements autour des roues qui ressemblaient à des chaînes de puits. Les montagnes de la Drôme, sévères d'ordinaire, prenaient avec la neige toute leur valeur hostile. Les cinq collégiens étaient comme des oisillons dans un nid : cois et immobiles. Le chauffeur mâchait son mégot avec un air d'avoir mangé du verjus jusqu'à plus faim. Chaque tournant avalé le rendait un peu plus amer.

On arriva à Saint-Auban-sur-Ouvèze où le conducteur resserra les chaînes.

Le rouquin assura sa gibecière aux épaules et ouvrit le coffre pour prendre sa valise.

— Je descends ici, dit-il.

— Où tu vas ? demanda le chauffeur.

— À Mévouillon, répondit le garçon.

Ça voulait dire qu'il lui restait dix kilomètres à parcourir.

— Mon frère devait venir me chercher avec le tracteur, dit-il, mais avec le froid qu'il fait, je préfère marcher.

C'était une excuse de politesse. Tout le monde savait qu'à Mévouillon, il n'y avait pas un seul tracteur. Le rouquin s'en alla sur la route blanche où sa chevelure imitait une étrange fleur flamboyante. Il ne se retourna pas. Il ne prononça pas d'autres paroles. On ne se serrait pas la main à cette époque entre enfants des Baronnies. On ne se disait pas au revoir. On ne se souhaitait pas non plus bon Noël parce qu'on ne savait pas s'il serait bon. On s'en allait comme ça dans le jour torve qui allait durer une ou deux heures encore, sans lumière et sans joie.

On n'était plus que quatre, outre le chauffeur dont le visage maussade exprimait clairement l'appréhension devant ce col qui promettait le pire. Le vent balayait la neige en poudre pour l'entasser en congères sur le bas-côté. Personne ne dit plus un mot. On respirait à peine, on mesurait du regard l'épaisseur de neige qui recouvrait les talus débordant jusqu'au milieu de la chaussée. Chaque virage en épingle à cheveux était serré sur l'extrême gauche et à chacun on était soulagé quand il était franchi.

On alla ainsi l'espoir au cœur jusqu'à vingt mètres du sommet, et là on vit que ce n'était plus une route. Seulement l'arrondi de la montagne rendu à sa nature. Oh ce n'était pas très long mais, entre deux talus, une congère comblait le col jusqu'à effacer la chaussée.

Il n'y avait rien d'autre à faire que de tirer les pelles hors de leurs amarres. Le chauffeur qui faisait le trajet trois fois par semaine avait plus d'un tour dans son sac. Du coffre de la voiture il tira trois bidons d'essence et des journaux à profusion qu'il répandit. Il arrosa le papier avec l'essence et y mit le feu.

— Allez les gamins! cria-t-il. Allez-y avec les pelles pendant qu'elle est encore molle! On doit y arriver!

Il commença à pelleter avec ardeur. Les gamins s'y mirent aussi, électrisés par l'idée que s'ils n'arrivaient pas à trouer cette maudite congère, ils risquaient de ne pas rentrer chez eux pour Noël. Laure s'empara d'un outil à son tour. C'était une achade à biner les lavandes. Avec ça, elle fit des ravages dans la neige en tirant sur le manche comme on tire une charrue. Il fallut quand même une bonne heure en joignant leurs efforts pour pratiquer une trouée où la voiture pût passer.

Quand ce fut fait, la nuit menaçait dans les fonds des Baronnies. Les pionniers poussèrent la voiture de l'autre côté de la congère. Alors seulement ils regardèrent autour d'eux. À perte de vue s'étendait à la ronde un hiver sans couleur qui ne laissait pas d'espoir.

Un seul houx vert et rouge faisait fête au bord de la route. Les trois garçons auraient voulu en rapporter au moins une branche chez eux mais l'hiver mordait trop fort. Les canifs n'y firent rien. Ils glissaient sur le bois gelé. Le houx tenait à garder ses branches. Les piquants trouaient les mitaines et s'attaquaient aux doigts. Les drôles renoncèrent.

Laure avait l'impression que ses pieds allaient se détacher du corps. Ce n'était plus le froid, c'était une horrible sensation d'absence comme si ses jambes s'arrêtaient aux genoux. Elle s'avança néanmoins jusqu'au bord du talus. Elle voulait voir sa ferme par ce temps. Les montagnes étaient froissées comme si une main gigantesque les avait serrées dans sa poigne avant de les relâcher. « Ça a dû se passer comme ça, songea Laure, quand elles ont refroidi. » Son immense curiosité devant la nature ne faiblissait pas et elle ne cessait jamais d'être joyeuse.

— Tu vas geler ! cria le chauffeur.

Tous les quatre étaient déjà dans la voiture, recroquevillés, bossus à force de se musser sur eux-mêmes.

La descente fut aventureuse. Laure eut encore le temps de voir le champ de lavande nouveau qui avait maintenant deux ans. Les plantes faisaient une bosse sous la neige. Laure eut espoir. Elle imagina la lavande fleurie et elle, au milieu, avançant furieusement à coups de serpe. Elle se tâta la jambe. En dépit de la sensation de froid, la blessure ancienne était bien là, formant un creux en croissant de lune sur le tibia.

Quand la voiture s'arrêta à l'embranchement du

chemin de Marat, Laure vit son père posté au croisement qui attendait. Il restait encore deux kilomètres
à faire avant le havre. Laure embrassa son père. Une
odeur d'alcool qu'elle ne reconnaissait pas encore
flottait autour de sa barbe mal faite. Ils se mirent en
marche sans mot dire vers la ferme, lui portant sa
valise, et elle avec son cartable suivant péniblement
dans la trace qu'il avait faite.

— Le verrat est mort! dit Romain. On n'a même
pas pu le saigner!

Ce furent les seules paroles qu'il prononça et
Laure ne répondit même pas. Le froid était le seul
compagnon de chacun dans la nuit qui s'avançait. Le
père et la fille refermèrent la porte sur eux exténués.

Rien n'avait changé à Marat. La mère dit :

— Ah, vous êtes là?

Elle embrassa Laure sans la serrer contre elle, de
loin, distraitement. Le gros garçon alla s'abscondre
dans la resserre pour ne pas s'attendrir mal à propos.
Seule la cadette enlaça sa sœur, elle voulait respirer
l'odeur d'ailleurs que celle-ci portait sur elle. Elle ne
s'attarda pas. Elle était très occupée dans l'évier à
faire quelque chose furtivement. Laure s'avança vers
elle. Sa petite sœur était en train de finir ce que si
souvent elle avait fait avant elle : jeter une partie de
la bouteille de vin pour la remplacer par de l'eau.
Laure lui retint la main. Il ne fallait pas trop en enle-
ver sinon le père s'en apercevrait et irait chercher une
autre bouteille.

219

— Tu sais, dit la mère, ça nous coûte cher ta pension !

Laure tombait des nues. Elle croyait que la bourse obtenue couvrait tous les frais, mais il y avait la pension à payer en partie.

— Mais non ! dit la mère. C'est noté sur la facture : il y a dix pour cent à notre charge. C'est lourd, très lourd ! répéta-t-elle. Et pour ce à quoi ça sert ?

— Oh, dit le père, ça servira peut-être un jour...

— Oh oui ! Toi tu es toujours optimiste ! Avec le besoin qu'elle fait ici ! Et ce qu'elle nous manque !

Laure ne dormit pas de la nuit, hantée par l'idée que ses parents allaient peut-être la retirer de l'école. Cette pensée s'accompagnait d'un nœud sur l'estomac comme si elle allait vomir. La nuit autour d'elle était pleine de rumeurs. C'était un redoux qui faisait fondre la neige comme il s'en produit parfois pour Noël quand le vent du sud s'en mêle.

Au matin, les gouttières coulaient à plein et tous les arbres se redressaient du côté du sud. En ouvrant ses volets, Laure vit des grives en vol qui traversaient le ciel comme des balles de fusil. La grive a un cri discret, à croire qu'elle sait qu'elle est comestible. Laure ne comprit pas tout de suite l'idée qui la traversait.

— Les lèques ! s'écria-t-elle.

Elle ne fit qu'un bond jusqu'à la remise. Elle se répétait à voix haute :

— Les lèques, les lèques !

Elle fouillait les tiroirs des deux établis. Dans le

dernier, elle trouva ce qu'elle cherchait. Il était plein à ras bord de petites baguettes d'amelanchier artistement taillées. C'était avec ça qu'on fabriquait des lèques. La lèque est un piège gratuit. N'importe quel mort de faim peut en fabriquer dans nos pays à pierres plates. Il suffit de deux petites dalles, l'une horizontale, l'autre au-dessus en biais, à peine soutenue par trois bâtons d'amelanchier bien disposés en croix en équilibre instable. On éparpille sur la pierre horizontale trois ou quatre petits grains de genièvre dont deux rouges si possible pour attirer l'œil. Certains même agrémentent le piège avec un brin d'aiguille de genévrier. La grive affamée s'abat sur le piège, bouscule les bâtons et tombe assommée par la pierre plate en équilibre. C'est avec ça que le grand-père Chabassut tous les hivers assurait sa subsistance ; cent fois Laure l'avait accompagné dans la chasse à la lèque. Il lui avait appris le travail. Laure était devenue experte en lèques dès sa plus tendre enfance. Il fallait braver le froid car on est à genoux sur le roc comme pour une prière pendant des heures en des dizaines de stations. On a les doigts gourds, les genoux gelés, on tremble. Il faut maîtriser le tremblement car la lèque, c'est de la géométrie dans l'espace : si les trois baguettes sont trop solidement entées, la dalle résiste à la poussée de l'oiseau qui emportera l'appât sans être immobilisé. Il faut que l'équilibre soit absolument instable. C'est d'ailleurs pourquoi le grand-père amenait Laure à la chasse aux lèques. C'était parce que la main de la gamine ne tremblait jamais.

Laure disparut dès le matin avec sa besace en bandoulière remplie de bâtonnets. En une matinée sur les pentes à éboulis de pierres plates, elle réussit à disposer trente lèques dans les règles de l'art. Quand elle revint à l'heure des relèves, elle enfouit dans la gibecière quatorze grives et six chachas.

Elle ne fit qu'un bond jusque chez sa tante, l'institutrice.

— Tante! Je sais que vous avez du monde demain. Vous ne voulez pas m'acheter des grives?

— Fais voir!

La tante institutrice ne pardonnait toujours pas à Laure d'être plus en avance que sa propre fille. Elle fit la grimace devant la provende.

— Je t'en donne six francs pièce, dit-elle, mais pas plus pour les chachas!

— Ah non! dit Laure. Elles valent huit francs pièce et les chachas douze!

— Voï! Mais tu nous assassines! Ça vaut pas la peine de faire partie de la famille!

Aimée assistait à la scène. Elle était venue aider à faire des ravioles pour le gros souper.

— Tu n'as pas vergogne? dit-elle à sa belle-sœur. Tu sais ce que ça représente comme sacrifice de se lever à six heures du matin en hiver pour aller relever des lèques avant que le renard passe manger les grives et remonter les pièges après? Tu as déjà monté des lèques, toi? À la lueur d'une lampe électrique! Et couché sur le côté dans la neige qui fond au risque d'attraper la crève? Mon pauvre père, s'il était perclus de rhumatismes, c'était à force d'avoir remonté des lèques dans la neige et le froid.

Pendant tout ce discours, l'institutrice n'avait jamais cessé de secouer la tête.

— Quand même huit francs! Dix francs!

— Tu n'en veux pas?

Aimée avait raflé les quatorze grives et les six chachas.

— Tu n'en veux pas? Laure, je te les prends toutes. Charles ira les vendre à Laragne! Quand les amateurs sauront qu'elles viennent des bois de Marat, ils lui en donneront quinze francs, c'est le meilleur genièvre de toute la montagne!

Laure éblouie vit arriver sa tante le surlendemain avec quatorze billets bleus qu'elle lui glissa en catimini.

Quand, le trois janvier, la voiture du ramassage vint la chercher, elle étala devant Marlène médusée onze billets sur la table de la cuisine.

— Voilà! dit-elle. C'est pour payer le trimestre de ma pension. Je garde le reste pour moi.

Le roi n'était pas son cousin.

10

Dès le second trimestre de l'année, Laure se heurta à la mort. Ce fut une pensionnaire de sa classe qui attrapa la rougeole et que des complications imprévues emportèrent en huit jours. Ce n'était pas la première mort rencontrée puisqu'il y avait déjà eu celles de la grand-mère et du grand-père. Mais c'étaient des morts familières, de longue date prévues, subies avec résignation et Laure avait à peine sept ans.

Aujourd'hui c'était différent, on eût dit que ça n'était pas la même mort qui frappait les vieillards et les enfants, que l'une était moins insolite que l'autre. Laure ne l'avait jamais subie en pleine conscience. On avait annoncé en classe la rougeole de la petite, on l'avait évacuée chez elle auprès de sa famille, de là, on avait appris l'aggravation puis le décès. Les élèves avaient courbé l'échine. Ils avaient senti obscurément que la mort veillait inlassablement, qu'elle était éparse et frappait au hasard.

Laure croisa dans l'escalier la mère en grand deuil

qui venait chercher les affaires de sa fille. Sa robe teinte à la hâte laissait deviner sa couleur d'origine et ce deuil en était d'autant plus navrant.

Ce fut à cette occasion que Laure rencontra une sœur de misère. C'était une pupille de l'assistance adoptée par une sage-femme sans enfant qui la faisait éduquer au collège. Elle n'avait pas les facilités de Laure bien qu'elle eût un an de plus. Elle apprenait péniblement, avec application. Elles firent connaissance à l'occasion de ce décès. Quand la mère en deuil vint chercher les affaires de sa fille, elles furent les seules élèves qui osèrent l'accompagner au dortoir et elles s'offrirent à faire la valise de la morte car elles jugèrent que la pauvre femme n'en aurait pas le courage. Elles découvrirent sur l'oreiller un petit ours en peluche qui avait été blanc mais qui était devenu d'une vilaine couleur isabelle à force d'avoir été pressé contre une poitrine peureuse de vivre. Les deux élèves d'un commun accord jetèrent le jouet à la poubelle pour le soustraire aux yeux de la mère. Elles savaient instinctivement que ce vestige, plus que les vêtements, accroîtrait sa douleur.

Après le départ de la mère, les deux sœurs en pauvreté contemplèrent le lit vide qu'on allait bientôt emporter pour le désinfecter. Elles firent effort pour se remémorer le visage de la morte. Rien d'elle ne surnageait dans leur mémoire. Elles se regardèrent désappointées mais qui peut se souvenir d'une morte de douze ans ?

Elles redescendirent ensemble en silence vers la cour où venait de sonner le retour en classe. Elles ne trouvaient rien à se dire au sujet de cette mort mais désormais on les vit ensemble. Laure aidait Émilie, la fille adoptive, à résoudre ses problèmes, elle lui expliquait patiemment les embûches des analyses grammaticales, elle lui corrigeait ses fautes d'orthographe, elle l'incitait à lire, mais Émilie n'y avait aucun goût. Celle-ci avait découvert que Laure était déjà réglée alors qu'elle, quoique plus âgée, ne l'était pas encore. Comme elle rentrait tous les samedis chez sa mère adoptive, elle emportait les serviettes de son amie et les rapportait propres. Laure lui en avait une reconnaissance infinie car ce sont là choses terribles pour une pensionnaire pauvre dans un dortoir des sixièmes où personne d'autre encore n'est nubile. C'était à ajouter à la peur permanente d'imaginer que ses parents ne pourraient plus payer ce dixième de la pension auquel ils étaient astreints.

La découverte consciente de la mort s'accompagna en ce temps par celle de la tragédie. Laure dénicha dans la bibliothèque, entre deux gros livres, un petit volume verdâtre orné d'un visage d'homme d'autrefois, à barbe pointue et agrémenté d'une collerette qui offrait sa tête seule comme si elle était coupée. Elle lut le titre. C'était *Le Cid*. Elle y passa la nuit. La mort était devenue aimable. La tragédie où elle était sous-jacente tout au long lui conférait un aspect noble et propre qui lui ôtait tout son dard.

Laure au matin était devenue héroïque. Jusqu'en classe de maths, elle marmonnait :

Je suis jeune il est vrai mais aux âmes bien nées
La valeur n'attend pas le nombre des années.

Elle était prête à tous les combats sauf à celui qu'elle allait devoir livrer.

Il y avait au collège un externe dont les filles parlaient avec convoitise et qui les subjuguait toutes. C'était le fils d'une commerçante du bourg à qui sa mère avait appris à s'aimer en priorité sans jamais tenir compte d'autrui. Il portait un blouson clouté comme la selle d'un cheval de concours, orné dans le dos d'un aigle héraldique aux ailes déployées et l'air très méchant. Son pantalon de cuir lui collait aux cuisses dessinant ses avantages et il s'achevait aux mollets par des lanières qui lui battaient les chevilles. Il était chaussé de bottes noires à hauts talons très pointus. Ainsi costumé, il donnait à penser qu'il était fort, violent et irrésistible. Toutes les filles le croyaient.

Il s'était mis en tête de séduire Laure afin de l'humilier. Ce cancre ne supportait pas qu'une fille se hissât à la première place et par surcroît, la tête toujours plongée dans un livre, elle ne le regardât jamais.

Il avait quinze ans et végétait en cinquième sans apprendre quoi que ce fût.

Un jour, il coinça Laure dans l'escalier des dortoirs. Il se mit bien devant elle en lui barrant le passage, le bras haut levé, comme il avait vu faire au cinéma.

— Tu veux que je te défasse tes tresses ? dit-il.

— Non, répondit Laure en essayant de passer.

— Pourquoi tu ne veux pas ? Toutes les autres me courent après !

C'était vrai. Dès qu'elles pouvaient échapper aux surveillantes, les jours de pluie, quand tout était sombre, les filles en sarrau entouraient le charmeur. En catimini, il parvenait même à en embrasser quelques-unes à bouche que veux-tu.

Laure éclata de rire.

— Ce sont tes yeux ! dit-elle. Ils me donnent le vertige.

Elle riait aux éclats.

— Ça c'est une bonne chose, dit-il, ça prouve que je te fais de l'effet.

— Mais non ! dit Laure. Ils louchent tes yeux ! J'ai l'impression que je vais tomber dedans.

C'était vrai. La convoitise érotique le rendait bigle comme un loup. Chaque fois qu'il avait envie d'une fille, il louchait éperdument.

Laure lui échappa vivement sans cesser de rire. Elle l'entendait dans son dos qui l'insultait et proférait des menaces.

Cette rencontre de l'imbécillité fut la première amère expérience que fit Laure de la nature masculine. Le garçon vexé ne la lâcha plus. Il se moquait des robes cousues par Marlène dès qu'il rencontrait la fillette seule. Il la suivait. Il lui faisait des crocs-en-jambe en montant l'escalier. Il lui susurrait tout ce que le contact des autres hommes lui avait appris à dire d'infamant à une femme.

Laure devait l'éviter, le fuir, en récréation, à la sortie de l'étude où, n'ayant rien à faire, il venait la guetter. Il surgissait à l'improviste, lui barrait le passage. Avantageux, le ventre en avant, il se dandinait devant elle en remuant les fesses, toujours affublé de ce blouson clouté d'un aigle dont il avait deux exemplaires, l'un doré et l'autre aux reflets d'argent.

C'était une tache dans l'univers merveilleux que Laure vivait au collège. Un jour, en maths, elle n'eut que seize sur vingt alors que d'ordinaire c'était dix-huit. Le rouquin rival, son compagnon de travée, la regarda attentivement. Il s'aperçut qu'elle ne riait plus.

Le bellâtre qui surveillait Laure avait bien compris l'amitié qui la liait à Émilie. Elles étaient toujours à tête touchante en étude. Émilie était plus grande que Laure mais Laure éclatait de lumière. Émilie était terne, un peu homme, ce qui donna une idée à l'olibrius costumé en Américain. Il inventa que Laure et son amie avaient des relations entre elles et il s'arrangea pour que le bruit en courût dans tout le collège.

Les filles par prudence évitèrent désormais de fréquenter Laure. Seule Émilie fit front un moment. Elles supportaient ensemble les lazzi dont l'olibrius ne manquait jamais de les abreuver en chaque occasion.

Un jour, passant en courant à côté de Laure, il lui jeta :

— Alors, la gouine, ça marche les amours ?

À cet instant Laure vit une silhouette se glisser derrière le drôle et quelqu'un l'agripper par le col en lui retournant le blouson sur la tête. C'était Népomucène Chantefleur, le rival de Laure en maths. Il mesurait une tête de plus que l'insulteur. Il était maigre et nerveux. Il se mit sans un mot à taper à coups redoublés sur l'agresseur avec, semblait-il, une méthodique façon de frapper. À un moment on le vit saisir à pleines mains les bourses de sa victime et les serrer vigoureusement à la façon d'un joueur de rugby. L'autre hurlait à l'assassin. On faisait cercle. On comptait les coups. On jubilait. Deux ou trois filles même, qui avaient été abandonnées pour d'autres par le séducteur, y allaient de quelques talonnades pendant que l'autre était à terre. Quatre professeurs dans un coin de la cour discutaient gravement de leur carrière en affectant soigneusement de ne rien voir, de ne rien entendre. Laure suivait de loin médusée. L'escogriffe était debout, les poings faits attendant manifestement que l'autre l'attaque pour achever de le corriger. Mais l'insulteur ne demanda pas son reste, il détala par la grille ouverte en proférant des menaces. De noir qu'il avait été, il était maintenant tout gris et la poussière de la cour avait effacé l'aigle du blouson.

L'escogriffe qui soufflait encore de fureur revint vers Laure, la dépassa sans la regarder et prononça ces paroles :

— S'il recommence, tu me le dis, et cette fois je le tue !

— Il est amoureux de toi ! dit Émilie qui rentrait en classe avec sa compagne.

— Ne l'insulte pas ! répondit Laure.

Elle n'avait trouvé que ces mots à répondre car elle était sûre que l'escogriffe avait volé dans les plumes au bellâtre par honte de son espèce, pour l'humiliation d'être de la même race que cet être sans cervelle. L'amour, elle en était certaine, n'avait rien à faire là au milieu.

« Je suis une proie », se dit Laure.

Elle était dans la voiture qui la ramenait à Eourres comme tous les trimestres. Ce matin, au miroir incliné qui était à la sortie des douches au collège, elle s'était heurtée à son reflet. Toutes les autres pensionnaires avaient déjà fui l'établissement. C'était la première fois que Laure se mirait dans une glace. À Marat, celle qui ornait la chambre d'Aimée était petite ; on ne se voyait même pas jusqu'à la poitrine.

Le regard que jetait Laure sur son image était sans tendresse et sans admiration. Ses nattes tombantes, sa chute de reins, l'abondante toison blonde et tissée à maillage serré qui protégeait son bas-ventre, la fermeté des globes de sa poitrine, ses yeux bleus et jusqu'à sa bouche et au galbe de ses jambes bombées, tout cela lui inspirait cette réflexion :

— Je suis une proie! répéta-t-elle à voix haute.

Ses compagnons la dévisagèrent sévèrement ; le chauffeur lui-même en ôta son mégot de la bouche.

— Qu'est-ce que tu as dit?

— Rien, dit Laure. Je réfléchissais.

On arrivait à l'embranchement de Mévouillon. Le long Népomucène endossait sa gibecière et empoignait sa valise cabossée. Il avait encore grandi pendant l'année scolaire et, si possible, il avait encore maigri. Il n'avait pas jeté un regard de plus à Laure qu'à ses voisins. Il dit :

— Salut la compagnie.

Laure fut la seule à lui répondre. Elle ne savait pas qu'elle le voyait pour la dernière fois.

C'était l'été. Laure arrivant à Marat jeta sur la table son dernier bulletin trimestriel. Déplacé d'un côté de l'autre quand on nettoyait la toile cirée, il y resta trois jours sans que personne ne s'en soucie. Au bout de ce temps seulement, voyant ce bout de papier, Romain le déplia. Il ne comprenait pas grand-chose aux notes mais il lut le commentaire du directeur : « Élève douée et appliquée, d'une intelligence au-dessus de la moyenne. » Il montra le bulletin à Marlène qui hocha la tête en soupirant. À quoi ça pouvait bien servir tout ça pour une bergère ? Car Laure tout de suite s'était remise à la tête du troupeau. Tout pressait : les foins, le tilleul si vite fané, la lavande qui commençait à fleurir. Les patronnes du restaurant aussi attendaient Laure avec impatience car les touristes commençaient à affluer depuis que la lavande fleurissait. Elles ne trouvaient personne qui acceptât le salaire de misère qu'elles offraient pour faire la plonge. Laure recommença le harassant parcours de trois kilomètres qui séparait Eourres de la ferme. Elle ne se plaignait jamais, s'appliquant à faire toujours plus vite. Elle avait si peur qu'on la retire de l'école avant le brevet l'an prochain si elle n'apportait pas quelque argent à la maison.

Les enfants de Paris étaient arrivés chez la tante cantinière. Pierre, le compagnon de jeux, ne comprenait pas pourquoi Laure n'était pas plus disponible pour l'accompagner partout. Il frayait avec les cousins, enfants de la tante et de l'institutrice. Ils jouaient aux Sioux dans le jardin sous les noyers. Ils avaient monté là une tente qu'ils appelaient un wigwam et où ils se réunissaient en secret pour des conciliabules à voix basse. En réalité, ils passaient ces précieux instants à comparer la grosseur de leurs sexes dont ils étaient fort préoccupés.

Laure avait bien envie de recommencer les escapades avec Pierre et elle lui cachait autant que possible ses contraintes de travail qui l'empêchaient d'être libre comme autrefois. Parfois, il l'accompagnait à la recherche du troupeau et ils recommençaient en toute innocence la quête des fossiles, les observations sur les mœurs des têtards, du héron immobile derrière les roseaux et toutes ces choses délicieuses qui font qu'on voudrait retarder le moment où l'enfance sera perdue. Mais rien n'y faisait et les deux amis savaient bien que leurs jeunes années s'enfuyaient au fond du temps, se cristallisaient en souvenir, les laissant aux prises avec d'autres émotions. La vie durcissait autour de Laure comme un volcan en fusion se refroidit et se fige. La vie devenait opaque, impénétrable tant elle se compliquait. Il y avait le père qui buvait de plus en plus et qu'il fallait surveiller. Il y avait le restaurant où il fallait sommer la patronne de vous donner votre dû, chose que celle-ci oubliait régulièrement à chaque fin de semaine. Il y avait le troupeau qui s'égaillait de plus en plus loin dans la montagne parce que l'herbe, à cause de la sécheresse, devenait rare. Et il y avait maintenant cette sensation nouvelle, cette sensation qui pointait en elle comme une plante qui se développe et qui la gênait et qui parfois obscurcissait son entendement. Une réaction que Laure ne s'expliquait encore que par fragments et qui faisait que si elle avait toujours envie de jouer avec Pierre, une invincible crainte l'éloignait de lui et la paralysait d'une terreur irraisonnée.

Pour Pierre et les cousins de Laure, le wigwam était devenu un sanctuaire secret où se célébraient debout d'étranges messes sur l'interrogation muette des sexes érigés. Les deux campagnards de cousins étaient tout perplexes que celui du Parisien fût plus développé que le leur, bien que celui-ci fût plus jeune et qu'il parlât pointu, ce qui, selon eux, lui conférait une sorte d'infériorité dans ce domaine. Ils pensaient que seule la campagne donnait de l'expérience à ce sujet.

Quand on est de la campagne, la nature qu'elle soit animale ou humaine ne vous semble pas très différente. Les cousins avaient assisté à des copulations toute leur enfance. Ils avaient vu le coq sauter mille fois sur la poule ébahie et s'ébrouer ensuite sans un regard pour la couveuse ; de même la chèvre et le bouc ne cessaient pas durant le même exercice d'avoir l'air rêveur ; de même les brebis indifférentes n'arrêtaient pas de brouter pour si peu ; il n'était pas jusqu'au verrat de deux cents kilos qui ne sautât maladroitement sur la truie, laquelle faisait aussi ses deux quintaux. Pour eux, c'était un peu plus compliqué car le verrat n'y voyait goutte durant cet exercice, gêné qu'il était par sa propre masse et celle de sa partenaire. Impatient, le groin en l'air et tout occupé à geindre son désir, il était en grand danger de répandre sa semence dans l'air. Or c'était cher une saillie de verrat et ça n'arrivait pas tous les jours. Alors le père s'emparait du dard tire-bouchonné qui était le sexe de l'animal et il le juxtaposait sur l'orifice de la truie devant toute la famille qui en jubilait d'aise.

Cette supériorité dans l'expérience aurait dû, d'après les cousins, se manifester chez eux par une différence notable de leurs avantages comparés à ceux du Parisien, or il n'en était rien. Ils en étaient tout désappointés et les concours se multipliaient sous l'abri du wigwam.

Ce fut au cours de l'une de ces expériences que Laure vint en coup de vent voir les garçons. Elle voulait rassurer Pierre, lui dire que ce n'était pas sa faute si elle le voyait moins ; qu'il y avait la lavande, la patronne du restaurant, le troupeau à ramener tous les soirs au bercail, enfin tout ce qui faisait sa vie. Et il y avait les choses qu'elle ne pouvait pas lui dire : la patronne qui oubliait systématiquement de la payer, le père qui buvait. Tout à l'heure encore, passant devant le bistrot, elle avait vu le tracteur arrêté et son père au comptoir avec deux autres de ses collègues qui se la contaient au plus juste le verre en main. Elle était rentrée tout hérissée de colère, elle avait houspillé tout le monde. La lavande pressait. Là-haut dans le nouveau champ qu'on fauchait pour la première fois, il n'y avait que le grand Camusat et Marlène et le petit gros rechignant qui faisait une demi-allée pendant que les autres en faisaient trois. C'était tout cela que Laure voulait raconter à Pierre pour s'excuser. Elle n'avait jamais vu le wigwam. Elle était curieuse de le visiter. Elle demanda à y entrer.

Elle était toujours si légèrement vêtue que la moiteur qu'elle exsudait lui dessinait le corps. Les garçons en avaient la gorge sèche. Ils la regardèrent désemparés d'admiration qui s'introduisait sous la tente en se penchant en avant. Ils s'y glissèrent à sa suite. On ne pouvait pas tenir à quatre là-dedans sans se toucher. Il faisait une chaleur écrasante.

Laure ne sut jamais lequel des trois mâles présents lui avait enserré les seins, lequel avait porté la main à son bas-ventre, lequel avait voulu l'embrasser dans le cou. Une seule pensée la foudroya :

— Mon Dieu! Que je ne fasse pas comme ma mère!

Tant de fois Marlène avec rancœur avait raconté devant Laure comment elle l'avait engendrée à dix-sept ans, et Laure n'en avait encore que treize! Elle aussi avait vu à l'œuvre le verrat, le bouc, le bélier et le coq. Il n'était pas question pour elle de considérer les trois garçons autrement que comme des reproducteurs. Et elle savait aussi, Marlène et Aimée le lui avaient assez rabâché, ce qu'elle risquait depuis qu'elle était réglée.

Elle avait un avantage sur eux tous. Ils ne voyaient dans l'aventure qu'un épisode rigolo alors qu'elle était prête à y laisser sa vie s'il le fallait. Non, ils ne la toucheraient pas! Non, ils ne la pénétreraient pas!

238

Elle savait pouvoir compter sur la souffrance si souvent endurée et dont elle avait l'habitude. Eux, ils ne savaient sûrement pas souffrir, d'abord parce que c'étaient des hommes, ensuite parce qu'ils avaient été jusqu'ici soigneusement préservés de la douleur. Elle donna un violent coup de pied au pilier du wigwam qui s'écroula. Ils essayaient de la saisir, de l'immobiliser. S'ils réussissaient à lui encercler les jambes, elle était fichue. Eux, ils étaient maladroits dans leurs attaques, gênés parce que trop impatients, ricanant et embarrassés dans leurs shorts dont ils voulaient se défaire et surtout se bousculant parce que chacun voulait être le premier sur la fillette. Alors elle se souvint de Népomucène et de la manière dont il avait mis le bellâtre hors de combat. Tandis qu'ils s'efforçaient de l'enlacer, de la faire choir, elle plongea les mains en avant vers le bas-ventre d'un des garçons et projeta violemment son genou vers l'entrejambe d'un autre qu'elle manqua. Elle se souvint encore d'autre chose. Elle pointa deux doigts raides vers les yeux du plus proche visage comme si elle voulait le transpercer. Les cris qu'on entendit étaient presque inhumains. Il restait Pierre qui lui tapait dessus d'une main et de l'autre sortait sa verge. Alors, Laure se laissa aller à genoux comme si elle succombait et elle mordit sauvagement cette chair érigée qui la défiait. Rampant sous la tente à demi démolie, elle fit trente mètres courbée en avant. Ils avaient essayé de la déculotter et maintenant sa culotte autour des genoux gênait sa course. Elle s'en défit aussi vite qu'elle put. Pierre tentait de la poursuivre, les mains pressées sur sa verge, mais la douleur le fit s'agenouiller. Laure avait bien calculé, il ne savait pas résister à la souffrance pour atteindre son but. De loin, elle l'entendit crier :

— Qu'est-ce que tu crois? Tu n'es qu'une paysanne!

Il y avait dans cette apostrophe mille ans de mépris qu'aucune révolution n'avait jamais pu rédimer. Laure la reçut en pleine figure pour toujours. Elle était déjà loin et ne songeait qu'à une chose : c'était l'heure du troupeau à rassembler, c'était l'heure d'escalader la montagne jusqu'au col après avoir réveillé les chiens qui dormaient à l'ombre sous les tilleuls. Ce fut seulement lorsqu'elle descendit la pente et qu'elle entendit les sonnailles qu'elle commença à réfléchir. Elle venait d'être confrontée à la menace de tout perdre : sa joie de vivre, sa confiance en la nature, ses aspirations, son avenir et jusqu'à son amour pour l'humanité.

« Maintenant, se dit-elle, si tu ne veux pas finir comme ta mère, tu as besoin de bien te garder. »

Elle se disait ces mots dans cet ordre, bien rangés, elle les voyait toujours devant elle en s'endormant, comme paroles d'Évangile, en se réveillant, titillée par le terrible appel de sa condition de femme, exigeant d'elle qu'elle plie, qu'elle s'humilie, qu'elle soit broyée sous sa loi pour la seule aberration de continuer l'espèce. L'espèce! L'olibrius du collège de Buis, les deux cousins incultes qui ne sauraient jamais qui étaient Corneille ni Alain-Fournier, qui n'iraient jamais guetter le héron à la fontaine ou alors ce serait pour le tuer à coups de fusil, le mettre à cuire et ensuite le jeter parce qu'il ne serait pas comestible. L'espèce! Pierre, Pierre! Qui représentait la douceur, la lumière, avec qui elle avait tant partagé et qui venait de biffer le rêve, les souvenirs, dans la fragile espérance de Laure.

Quand l'homme, d'ordinaire si dissimulé, dévoile ainsi le bout de l'oreille de l'âne, c'est que son sexe le gêne et lui tient lieu de cerveau. C'est à cet instant de sa croissance qu'il faut le saisir comme avec un appareil photographique et que le scientifique peut le prendre en flagrant délit d'inévolution de l'espèce.

Ce fut cette révélation que reçut Laure à treize ans comme le dernier message de l'enfance désabusée. Elle vit Pierre dépouillé de son déguisement : la raie sur le côté, la peau naturellement parfumée, l'accent pointu, les yeux bleus limpides et rieurs, la propreté de son visage bien lavé, ses ongles soignés et jusqu'à cette médaille de premier communiant suspendue au cou, où la croix chrétienne était en or. Nul autre que Laure n'en fut témoin, c'était simplement une blessure de plus après celle du tibia toujours présente.

Il fallait ramener le troupeau, jeter une partie du litre dans l'évier pour ajouter de l'eau au vin du père, résoudre le problème de géométrie que le professeur avait demandé pour la rentrée et qui était facultatif tant il était ardu. La vie courante quoi. Il n'y avait pas de place là-dedans pour une première déception d'amour. Pourtant, tout en ramenant le troupeau, la bergère marchait tête basse et sans rien voir. La honte la soulevait encore.

Dans la montagne prospéraient de plus en plus d'ajoncs nains au ras du sol, agrémentés de trompeuses fleurettes roses qui dissimulaient des épines acérées. Laure leur donnait des coups de pied au passage, à travers ses espadrilles. Elle s'enfonça un dard juste sous l'ongle de l'orteil. Elle serra les dents. Non, elle ne pleurerait pas ! Non, elle ne crierait pas ! Même seule, même sans témoin, et pourtant soudain elle éclata en sanglots. Un souvenir insupportable venait de la traverser. Un jour, sur le même sentier, il était arrivé la même chose à Pierre et lui il pleurait et tournait en rond. Alors Laure l'avait fait asseoir, elle s'était agenouillée devant lui et pour calmer la douleur elle lui avait sucé l'orteil.

Pierre... les instants vécus ensemble se révélaient dérisoires dans leur pureté. À la lumière de son dernier acte, le garçon les avait abolis d'un seul coup.

Les livres que Laure avait déjà lus lui avaient appris en partie ce que c'était qu'une âme, assez pour qu'elle sache en avoir une. Elle était outrée que, pour les hommes, la chair soit un rempart infranchissable devant l'âme et qu'à travers son corps Pierre ne pût pas la voir. Le cœur courroucé, depuis deux nuits, elle ne dormait pas malgré le travail de la lavande, de la plonge au restaurant, de la recherche du troupeau éparpillé sur les trois cents hectares de bois et de montagne comme tous les étés. Elle revoyait les visages des trois gosses convulsés de convoitise, laids tous les trois de la même laideur.

Elle n'avait ni remords ni regrets de les avoir mis à mal. La défense était proportionnée à l'attaque. De quel droit, inexpérimenté comme il était, Pierre lui aurait-il planté un enfant dans le ventre sur ordre de la nature pour anéantir tout son avenir ? Elle était sûre que si elle avait eu un couteau à cet instant, elle l'aurait poignardé.

Elle pensa au *Cid* : « Va, je ne te hais point. » Elle était bien bonne, Chimène. Elle, Laure, elle haïssait en toute quiétude, sans mesure et sans rémission. Sa première communion était loin derrière elle. Elle était sûre d'elle, sûre d'avoir raison, sûre que Dieu ne pouvait pas être contre les victimes de l'injustice et sûre, hélas, que par son essence même Il ne pouvait réprimer et qu'il fallait s'en charger pour Lui.

Elle n'avait que treize ans cependant et soudain un détail bien précis s'imposa à son esprit qui lui fit plaquer sa main devant la bouche et oublier tout le reste. Elle avait perdu sa culotte dans la bagarre ! C'était une culotte endentelée, cadeau de sa tante Aimée. C'était la première fois de sa vie qu'elle portait de la dentelle. Elle s'imagina redescendre jus-

qu'au wigwam pour reprendre sa culotte aux garçons. Cette pensée lui arracha un rire inextinguible.
Elle se tapait sur les cuisses de joie.

C'était une fille qui pouvait rire et pleurer à la fois
de son malheur. Ce sens du comique miraculeux qui
lui était échu à la naissance, elle ne le tenait de personne et c'était son hermétique secret. Les enfants ne
rient pas d'eux-mêmes. Ils sont armés pour être suf-
fisants et croire pouvoir défier le destin. Laure avait
l'humilité du rire. Sa joie de vivre était indomptable.

Le surlendemain, alors qu'elle était allée à la
source comme tous les soirs d'été, elle rencontra
Séraphin. Elle contemplait les têtards qui devenaient
péniblement grenouilles sous la fontaine, dans la
mare aux capillaires. Il se mira brusquement à côté
d'elle dans le reflet de l'eau. Il souriait. Elle fut ten-
tée de lui sauter au cou et de tout lui raconter mais
la barrière infranchissable se dressait entre eux. Il
était un homme, elle était une femme. Avec lui
comme avec les autres, elle devait se méfier, ne jamais
baisser sa garde. Il lui dit :

— On s'est plus vus depuis longtemps. Ta jambe
va mieux ?

— Oh, c'est fini, dit Laure, mais regarde, ça m'a
laissé une grosse cicatrice !

Elle désignait la marque sur son tibia. C'était un

creux comme une virgule profonde qui témoignait pour toujours de la souffrance endurée.

— C'est malheureux, dit Séraphin. J'aurais dû prendre de tes nouvelles mais je suis parti. Je suis allé enterrer mon père à Novare.

Laure n'était pas en âge où l'on peut se pencher sur le mal d'autrui. Il n'y avait rien à dire. Il ne s'attendait pas à l'entendre.

— Ça a bien changé, dit-il, Novare.

— Ici aussi, répondit Laure.

Elle revoyait le wigwam et les trois garçons déchaînés.

— Mais toi tu es toujours la même! dit-il en souriant.

— Oh! dit Laure. Oh...

Elle hochait longuement la tête. Il la regarda en dessous, sans sourire cette fois.

— Comment va-t-elle? interrogea-t-il.

Il n'avait pas besoin de prononcer le nom. Ils savaient tous les deux qu'il s'agissait d'Aimée.

— Oh bien! répondit Laure. Ah! Elle attend un bébé.

— Tant mieux, dit Séraphin.

Il tourna le dos. Laure le contemplait s'en aller. « Il a un pas d'arbre », songea-t-elle. Et en même temps, elle imagina sa mère qui lui dirait : « Idiote, tu as déjà vu des arbres marcher? » C'est ainsi que les gens qui ne réfléchissent pas détruisent la vision des enfants. Comment faire comprendre en quelques mots pourquoi Séraphin, quittant Laure, avait l'allure d'un arbre en marche ? Elle l'avait toujours assimilé aux grands bois : lors de leur première rencontre à la fontaine, elle avait remarqué qu'il sentait la forêt.

Il revint sur ses pas. Il avait un pli au front. Réfléchissant, il lui dit :

— Tu sais, il y a de la musique ce soir à l'église. Je voudrais que tu...

— J'ai pas de sous ! dit Laure vivement.

— Je t'invite. C'est à dix heures. Tu crois que tu pourras venir ?

— Je viendrai, répondit-elle dans un sourire.

À dix heures, quand la nuit serait close, elle aurait rentré le troupeau et elle n'avait plus de jeux avec ceux du village depuis l'affaire du wigwam.

Séraphin était en retard. Il n'y avait qu'un réverbère lointain qui éclairait l'entrée du sanctuaire et la lune qui montait là-bas au-dessus du col. Laure s'avança timidement vers le parfum étrange parce que hétéroclite qui s'échappait de la petite foule rassemblée et qui attendait. La porte du sanctuaire était encore fermée. Il y avait autour de Laure des gens importants qui venaient d'ailleurs, des hommes avec des cheveux longs, des cheveux en couronne, des calvities artistement camouflées, des lunettes, des vêtements riches mais qui avaient l'air pauvre (les vrais pauvres reconnaissent tout de suite ces sortes de vêtements). Les femmes portaient aux doigts et aux oreilles des bijoux qui scintillaient au clair de lune. Ils avaient l'air sûrs d'eux, de leur bonne fortune, de leur bonne éducation, de leur bonne volonté. Ils discutaient à voix haute de choses que Laure ne comprenait pas.

Eourres, ce soir-là, était devenu l'un de ces lieux où l'on se transporte parce que c'est pittoresque, parce que l'on se demande comment des gens peuvent vivre là, parce que demain on pourra dire aux amis : « Comment ? Vous ne connaissez pas Eourres ? »

Le côtoiement de ces êtres parfumés désorientait Laure et elle se demandait ce qu'il pourrait bien y avoir de commun entre ces gens et Séraphin à la lourde démarche. Justement, il arrivait. Il escaladait la mauvaise calade qui débouchait juste devant le modeste porche, et c'était vrai qu'il marchait comme un arbre.

Derrière lui quatre personnages vêtus de sombre, trois hommes et une femme encombrés d'étuis qui contenaient leurs instruments se frayaient chemin parmi la petite foule. Ils souriaient au passage à des amis ou à des parents.

— C'est un quatuor ! dit Séraphin à voix basse.

Il évoluait autour de lui et de Laure une femme en noir en tenue légère qui faisait tout ce qu'elle pouvait pour être le plus près possible du bûcheron. Laure voyait Séraphin pour la première fois de profil et elle était intimidée par sa beauté.

— Viens, dit Séraphin, on va s'asseoir.

Il tenait deux billets entre ses doigts qu'il venait d'acheter à l'entrée de l'église à quelqu'un assis devant une table.

— Viens, répéta-t-il, n'aie pas peur. On a payé.

Les stalles étaient encore à moitié vides. Les musiciens sortaient leurs instruments de la boîte.

— Tu vois, dit Séraphin. Ça c'est deux violons, ça c'est un alto.

— Qu'est-ce que c'est un alto?

— C'est un violon plus gros que les autres.

— Et le gros là, avec une flèche en bas?

— C'est un violoncelle, tu verras. Ça te crève le cœur.

— Qu'est-ce qu'ils vont jouer?

— Je t'ai fait commencer par le plus haut. C'est Jean-Sébastien Bach. Tu verras dans ta vie quand tu compareras! Rappelle-toi bien! Jean-Sébastien Bach!

— Jean-Sébastien Bach, répéta Laure docilement.

Séraphin s'était installé largement, les coudes écartés. La dame en noir qui paraissait fragile était venue se placer dans la même travée mais Séraphin occupait un tel volume qu'elle n'osa pas se rapprocher de lui. En revanche, les sièges étaient tellement incommodes qu'il avait installé Laure en travers sur un grand espace où il n'y avait pas d'accoudoir. Il avait ôté sa veste de velours et il l'avait mise à tapons pour que la fillette puisse y reposer sa tête. Elle pouvait aussi allonger les jambes librement. Jamais Laure ne s'était sentie autant protégée. Pour la première fois de sa vie quelqu'un d'autre prenait soin d'elle, elle n'était plus aux aguets, elle n'était plus sur le qui-vive. Elle regardait autour d'elle ces quelque cinquante personnes et cette dame en noir dont elle distinguait le visage derrière l'épaule de Séraphin. Elle ne comprenait pas très bien ce qui pouvait les réunir dans ce soudain silence, mais quand tout se tut et que la musique fut souveraine, Laure s'aperçut en regardant autour d'elle que ces visages d'inconnus se ressemblaient tous dans leur parfaite immobilité. Les préoccupations de chacun s'étaient effacées derrière une expression unanime où se lisait l'humilité. Par cette musique c'était le secret du pardon qui se manifestait. Laure constata tout de suite qu'elle-même était agenouillée dans son for intérieur. Elle regardait l'ogive de l'église qui menaçait ruine mais sans la voir. Elle ne voyait pas non plus les musiciens perdus dans l'ombre, seulement éclairés par la lampe de leur pupitre. À travers une distance infinie qui n'était que l'intervalle d'un appui-bras, elle percevait comme un battement sourd la respiration retenue de Séraphin. La tête de celui-ci était penchée en avant et ses doigts de bûcheron s'étalaient à plat sur ses cuisses. Laure eut la sensation qu'il était à côté d'elle sans en avoir conscience, qu'il l'avait oubliée. Il lui vint envie de lui dire merci. Alors timidement elle posa sa petite main sur celle du colosse et elle la laissa là, légère, sans appuyer, et elle écouta.

Ils venaient l'un et l'autre d'être admis au royaume d'une foi dont ils n'avaient jamais eu conscience qu'elle existât et dans cette certitude où la musique de Bach les entraînait sans qu'il fût possible d'émettre le moindre doute, ils s'unissaient bien mieux que par la chair, lui enfermé dans son secret avec ses gros souliers de bûcheron, elle dans sa robe de cotonnade, encore secouée par ce qu'elle venait de vivre.

Ce fut dans cet état que Romain la découvrit. C'était l'œuvre de Marlène qui ne s'occupait jamais d'où se trouvait sa fille mais qui précisément ce soir-là s'avisa de son absence.

— Quand même cette petite. Il est près de dix heures. Il faudrait un peu savoir où elle est !

Quand il eut entendu la chose cinq fois, Romain de guerre lasse prit le tracteur et descendit jusqu'au bourg.

Il vit de la lumière du côté de l'église. Il y alla. La porte était grande ouverte. Deux ou trois vieilles qui n'avaient pas les moyens de s'offrir un billet occupaient les marches le menton sur la main. La musique régnait sur la nuit par le truchement de quatre instruments.

À part les flonflons des bals publics, c'était la

première fois de sa vie que Romain ouïssait de la musique. Il distingua bien sa fille assise sagement là-bas au milieu avec ses tresses bien partagées sur sa nuque et qu'elle refaisait tous les matins. Il vit Séraphin à ses côtés et que Laure posait sa main sur le bras du bûcheron mais il n'en prit pas conscience. Il était ébahi par ce qu'il entendait. Il était un peu aviné quand il était arrivé mais à mesure que la musique s'imposait à lui il redevenait lucide. Il s'assit à l'extrême bord d'une chaise et il resta là, la bouche ouverte, à écouter.

On ne pouvait pas inventer cet homme. Il avait été abasourdi dès sa naissance par le pays où il allait exister. Il vivait au milieu de cet étrange paysage fait de montagnes baroques, imbriquées l'une dans l'autre, illogiques, où les géologues s'évertuaient à trouver une banale cohérence pour rassurer.

On ne savait pas s'il avait un jour levé les yeux vers les étoiles, on ignorait s'il savait ce que c'était que sa terre ingrate. Le beau jour, il avait dix ans, où son père Florian lui avait fait faire le tour complet des trois cent cinquante hectares, il avait été anéanti par leur pauvreté. Il n'en parlait jamais. Pas plus qu'il ne commentait les orages ni la mort, il ne soulignait jamais le temps qu'il faisait. Il invectivait les uns et les autres, leur montrait le poing quand il se savait seul, mais avait-il envisagé un seul instant de quelle nuit des temps ils avaient jadis surgi pour l'accabler ?

Et c'était cet homme-là qui écoutait Bach sans

broncher. Soudain, par cette musique il prenait la mesure de tout ce qu'il avait ignoré jusque-là. Il se tenait exactement dans la même position que Séraphin : tête basse et les mains sur les cuisses.

Il laissa passer les applaudissements sans réagir ni bouger. La petite foule qui s'écoulait autour de lui, il n'en eut pas conscience.

— Papa ! s'exclama Laure.

Elle était devant lui. Elle pleurait, ce qui lui arrivait rarement. Il vit Séraphin aussi, indécis et qui ne savait pas s'il devait sourire. Romain essaya de rassembler quelques idées. Après tout Laure avait bien eu sa main appuyée sur celle du bûcheron et Romain avait bien imaginé qu'elle y était restée posée durant toute la musique. Ce fut la première idée à laquelle il s'accrocha. Il dit à Séraphin :

— Qu'est-ce que vous faisiez avec ma fille à la main ?

— On écoutait, répondit Séraphin. Ça vous plairait d'avoir une fille demoiselle ?

— Sûr que...

— Avec le temps, dit Séraphin, c'est ça qu'elle apprenait en écoutant, elle le deviendra.

Romain haussa les épaules.

— Demoiselle ! dit-il. Elle aura jamais les moyens de l'être !

— Elle les prendra, dit Séraphin. Demoiselle, ce n'est pas ce que vous croyez ! C'est pas ce que croit le monde !

Ils descendaient tous les trois, Laure au milieu, la calade tortueuse au sommet de laquelle était rehaussée l'église.

— Oh regarde papa! dit soudain Laure. Tu vois ces étoiles là-devant? C'est la Grande Ourse!

— La Grande Ourse! répéta Romain.

Séraphin le retint par le bras et le fit se tourner vers lui.

— Regarde-moi, dit-il. Non, pas comme ça, pas en baissant la tête! Regarde-moi bien en face : que nos yeux se rencontrent. Je vais te dire : j'avais une fille, comme elle! C'était à Novare, pendant la guerre. C'était l'Italie. On n'avait rien. Ma femme n'avait plus de lait pour la nourrir, les seins vides! ajouta-t-il. Elle est morte de faim.

Il avait tendu devant lui ses mains ouvertes et les avait arrondies en forme de coupe pour contenir ces seins vides dont il venait de parler.

On avait récolté pour la première fois la lavande du champ nouveau labouré par le tracteur. La variété avait bien donné. La plante avait rendu tous les efforts qu'on lui avait consentis et les pluies arrivées à point (ce qui était rare) avaient renforcé en leur temps les racines dans la chiche terre qui leur convenait. Tous les paysans des Baronnies se félicitaient aux alambics communaux des qualités de la récolte et de la quantité d'essence.

Romain avait fait le premier bidon de sa vie. C'était dix fois plus que n'en produisait l'aïeul quand on en était encore à faucher l'aspic sauvage qui est si dur à couper, si difficile à rassembler sous la main et si décourageant par le peu qu'il produit d'essence.

C'était le jour d'aller porter le bidon à vendre chez l'oncle qui faisait le ramassage pour les parents de Pierre. Pour célébrer la récolte où elle avait tant participé (pour la première fois elle avait battu le grand Camusat à la cueillette), Laure en avait mis une goutte sur son doigt qu'elle avait pressé contre son nez entre les narines. Depuis elle respirait cette odeur si fine, si timide, qui n'appartenait qu'aux lavandes des Baronnies. Elle était capable de distinguer cette marque de son pays entre toutes les fragrances venues d'ailleurs qu'on lui proposait. La fragrance des lavandes des Baronnies n'est aussi particulière, aussi humaine que parce qu'elle est le fruit de la douleur. Nulle part ailleurs les champs ne sont aussi abrupts, la terre qu'on touche à tout propos si irritante, si rêche dans son aridité. Nulle part ailleurs les cueilleurs de lavande n'ont d'aussi pauvres mains.

Laure avait l'esprit serein. Elle caressait le bidon froid en se disant qu'il contenait de quoi payer pour toute l'année ses études au collège de Buis-les-Baronnies.

Il faut trois ans depuis le repiquage de la plante pour que la lavande produise. Quand Romain arriva avec son bidon chez le frère négociant, il croyait *avoir monarque*, comme on dit chez nous; c'est-à-dire qu'il croyait qu'on allait le payer comme trois ans auparavant, mais à la mine contrite de son frère il comprit tout de suite qu'il avait perdu.

On avait planté dix hectares de lavande et tout d'un coup ça ne se vendait plus. Les spécialistes étaient venus trois ans auparavant dire : « Plantez de la lavande dans ces champs où vous faites pâturer et qui ne rapportent rien! » Toute la vallée s'y était mise. Mais il y avait des spécialistes dans tous les pays. Il semblait que le monde entier, du bout de l'Asie jusqu'au sud de l'Amérique et du septentrion au cap de Bonne-Espérance, s'était mis à faire de la lavande. Et comme tous les acheteurs se foutaient éperdument que les producteurs des Baronnies vivent ou crèvent, ceux-ci s'étaient précipités vers les essences les moins chères, c'est-à-dire toutes celles du monde entier, sauf celles des Baronnies.

Le frère toujours compréhensif fit une avance chiche à Romain de quoi payer l'avant-dernière traite du tracteur. Au prix d'il y avait trois ans, il aurait eu de quoi acheter un plus gros engin. Au lieu de cela il n'y avait que de quoi payer le vin qu'il s'était mis à boire. Romain tenta de parlementer et même de se révolter un peu.

— Mais tu m'avais dit... Mais c'est toi qui as fait acheter le tracteur au grand-père et vendre les chevaux et maintenant tu viens me dire...

L'aîné de Romain écarta de grands bras de souffrance et il dit :

— Qu'est-ce que tu veux, mon pauvre Romain ? Le monde change !

Le produit était devenu si commun et cultivé ailleurs à si bas prix que le consommateur ne prenait même plus la peine de mettre son nez dessus pour séparer le bon grain de l'ivraie. Il suffisait qu'il y eût sur le flacon « Essence de lavande surfine ». Qu'elle soit turque, chilienne ou chinoise peu importait, on ne faisait pas la différence et celle des Baronnies était trop exceptionnelle pour attirer les nez d'aujourd'hui qui réclamaient des odeurs fortes afin de lutter contre la puanteur de l'atmosphère.

Le retour à Marat après cette déception fut lugubre. Tout le monde avait rêvé sur ce bidon d'essence de lavande.

— Oh ! dit Marlène lorsqu'elle sut. Oh ! Que ça ? Et on a encore à payer le tracteur ! Et Rémi a besoin d'une bonne paire de chaussures pour aller au ski avec l'école. Et il a aussi besoin de changer ses skis. Et comment on va faire ?

Romain écarta les bras comme l'avait fait son frère. Il était dépassé. Il ne savait pas.

— Et puis, continua Marlène, on va plus pouvoir continuer à payer les études de la petite.

À ces mots, Laure ne fit qu'un bond jusqu'à sa chambre. Elle ouvrit le tiroir de la table de nuit. Elle redescendit en courant et jeta sur la toile cirée la chaîne d'or reçue en partage.

— Pèse-la! dit-elle.

— Tu es folle! dit Marlène. C'est un souvenir de ta grand-mère.

— Pèse-la je te dis!

Romain avait déjà décroché la balance de son clou sous la cheminée. Il posa le bijou sur le plateau où on avait pesé Laure quand elle était née.

— Cent quarante grammes, annonça-t-il.

— Vends-la! dit Laure. Ça payera peut-être la dernière traite du tracteur. Et puis les vacances sont pas finies! Je vais m'embaucher au restaurant de Séderon. Ils m'ont vue faire la plonge à Eourres. Ils me réclament. Et là je serai payée. Je vous enverrai l'argent.

Marlène pendant tout ce temps hochait la tête avec doute.

— Tu es trop jeune, ils te prendront pas.

— Je fais plus que mon âge. Ils ont trop besoin. Ça fait trois serveuses qu'ils ont en un mois. Et puis, renchérit Laure, à Noël j'irai monter des lèques. Et je ne vendrai plus les grives à Eourres qu'ils m'ont estampée! Je les vendrai à ceux de Séderon.

Elle était prête à tomber à genoux pour qu'on ne l'enlève pas de l'école.

— Ils me logent et ils me nourrissent!

Romain fit le tour de la table. Il risqua un geste

qu'il n'avait jamais osé. Il prit Laure sous son bras. Il l'embrassa sur le front.

— T'en fais pas, dit-il. Je suis là. Tu y retourneras à ton école, même si je dois vendre la ferme, même si je dois aller travailler à l'usine.

11

C'était l'année du brevet. Laure était exténuée. Elle avait fait ce qu'elle avait dit. Elle avait quitté Eourres bien avant la fin des vacances pour s'embaucher à ce restaurant de Séderon où elle servait les touristes. Les patrons étaient bons. Ils reconnaissaient les travailleurs et Laure ne ménageait pas sa peine. Elle toucha un salaire et tous les pourboires des clients satisfaits.

Elle était un peu plus sereine en arrivant au collège mais ça ne dura pas. Dès la première récréation, elle vit devant elle l'olibrius à l'aigle clouté sur le blouson.

— Ton amoureux est mort! lui annonça-t-il. J'ai pas fini de te poursuivre. Tu seras à moi comme toutes les autres! Y a pas de raison!

La nouvelle était vraie. Le pauvre Népomucène avait attrapé la typhoïde en buvant l'eau d'un puits désaffecté. La maladie avait dégénéré en méningite. La souffrance était telle qu'une nuit l'enfant était sorti de la maison et était allé se jeter dans le puits où il avait bu cette eau empoisonnée.

Quand Laure revint à l'école il y avait deux mois que le fort en maths reposait parmi ses ancêtres au cimetière de Mévouillon. À Émilie qui lui racontait le suicide du garçon, Laure dit :

— Il a bien fait, pour ce qui l'attendait sur cette terre !

— C'est toi qui dis ça ? s'exclama Émilie. Toi qui ris, toi qui es si joyeuse !

— Justement ! J'en ai assez d'être joyeuse ! Pour ce que ça m'apporte !

Elle revoyait le rouquin de dos s'en allant vers Mévouillon avec son cartable et sa valise. Elle n'avait pas besoin de connaître les détails de sa pauvre vie. Elle n'avait qu'à songer à la sienne propre pour la recréer. Le mort avait suivi le même parcours qu'elle-même. Il avait serré les dents sur la pauvreté. Il s'était dit qu'il s'en sortirait coûte que coûte. Le hasard lui avait fait le don de comprendre les maths. Il entretenait ce don comme on défend contre le vent la flamme d'une bougie. Laure le revoyait : coupant son pain menu pour l'économiser, mangeant la moitié d'une pomme pour garder l'autre avec soin au fond de son pupitre jusqu'au soir. Il avait entendu dire que les fruits stimulaient les fonctions intellectuelles.

— Et pour quoi ? se dit Laure, pour se trouver transformé en pourriture au fond d'un cercueil.

Il y avait de quoi ne pas comprendre. Laure se souvint de Séraphin lui disant : « Comprendre, nous, nous comprenons. » Elle pensait à sa mère qui répétait « À quoi je sers sur cette terre ? » chaque fois qu'elle lavait une bassine de linge. Qui sait comment était la mère du rouquin qu'elle ne connaîtrait jamais ?

Cette mort assombrit Laure pendant quelque temps. On ne l'entendait plus rire. On ne la voyait plus faire des acrobaties aux agrès du préau, mais l'oubli impitoyable a été donné en partage aux enfants de treize ans. Ils peuvent traverser sans dommage tous les événements qui ne les atteignent pas eux-mêmes, ils ont le privilège d'enfouir au fond de leur mémoire jusqu'à la vieillesse la puissance des tragédies. Le rouquin végéta dans l'esprit de Laure jusqu'à ce que le temps l'ait éliminé, jusqu'à ce qu'il ne fût plus qu'un paragraphe de sa vie.

C'était l'année du brevet, Laure concentrait son attention là-dessus. Elle s'était même arrêtée de lire. Elle était désormais première. Le rouquin en mourant lui avait cédé la place.

Elle aidait Émilie tant qu'elle pouvait à assimiler les cours. Jamais elle n'avait aussi bien compris ce que signifiait une intelligence limitée. Elle mesurait son impuissance à hausser celle de son amie à la hauteur de la sienne propre. Et c'était terrible de prendre acte de cette différence : ne pas pouvoir transmettre à autrui la force de son esprit comme on peut lui donner son sang s'il en a besoin. Laure enregistrait comme un échec cette impuissance.

L'autre ombre au tableau, c'était cet externe stupide qui s'obstinait à vouloir la séduire à coups d'insultes comme il voyait faire au cinéma que sa mère lui payait toutes les semaines. Il n'en était pas encore à vouloir gifler celle qui lui résistait mais son air dominateur disait qu'il en avait bien envie. S'il hésitait, c'était par peur. Il avait très bien compris que Laure était une lutteuse, qu'elle avait vaincu des choses plus fortes que lui-même et que, si elle était attaquée, elle aurait de quoi se défendre. Chaque fois qu'il l'insultait, c'était à la dérobée, en fuyant devant elle.

— Je le tuerai ! grinça Laure entre ses dents devant Émilie. J'en ai assez d'être une proie !

— Tu n'as pas le droit ! Seul Dieu a le droit de punir.

Cette réflexion d'Émilie plongea Laure dans la stupeur. C'était la première fois qu'Émilie évoquait Dieu devant elle. Elle s'était bien aperçue que son amie portait une grosse croix sous sa blouse autour de son cou, qu'elle allait à la messe tous les dimanches, mais elle avait évité de lui en parler jamais, pensant que c'était par reconnaissance envers sa bienfaitrice catholique pratiquante.

— Dieu ! s'exclama Laure.

Elle recula d'un pas.

— Tu crois en Dieu ? dit-elle.

— Pourquoi ? Toi non ?

— Mais comment veux-tu ? répondit Laure. Tu vois pas ce que nous endurons ?

— Je vois autre chose.

— Mais quoi autre chose ?

— La grande lumière où nous baignons.

— Mais il faut que nous luttions comme des damnées pour nous en sortir ! Toi, moi ! Moi, je travaille comme une noire pour tenir mes parents à flot et qu'ils me lèvent pas de l'école. Toi, tu as du mal à te faire une idée du monde ! Tu en es à peine à le déchiffrer. Tu parles de Dieu mais tu ne t'intéresses même pas à sa création ! Tu ne lis pas ! Tu n'as aucune idée des étoiles ni du temps ! Sais-tu ce que c'est que le temps ?

Elle secouait Émilie comme un prunier.

— Mais si Dieu existait, tu crois qu'il nous aurait laissé mourir aussi Népomucène ? Tu crois qu'il nous laisserait traiter de gouines par un idiot ? Tu crois pas qu'il l'aurait déjà anéanti ?

— Tu n'as pas confiance ! Il faut avoir confiance, répondit Émilie. Demain, c'est jeudi ! J'irai prier pour toi !

— Oui ! Ben fais-le aussi un peu pour toi parce que faible en maths et pareil en français comme tu es, tu risques pas d'aller bien loin !

C'était la première cruauté que Laure proférait de sa vie. C'était la première brouille entre les deux amies. La réticence s'installa entre elles, le sourire cessa d'être radieux quand elles se rencontraient. Ce que l'adversité n'avait pas réussi à faire, la foi s'en chargeait. Émilie avait la foi. C'était un roc inébranlable. Laure était en révolte contre la condition humaine. Entre elles, par ces convictions, il n'y avait pas de compréhension possible. Mais pour l'extérieur, c'était toujours le même dévouement et la même réciproque dans les services rendus.

Les événements essentiels ne s'annoncent jamais, soudain ils sont là devant vous comme s'ils avaient toujours existé.

Laure était désormais sans protection contre le garçon à l'aigle. Il était toujours là devant elle, formant le mot « gouine » sur ses lèvres charnues. Pour Laure, il était la vivante preuve de l'absurdité du monde, témoin indubitable que l'espèce n'avait aucune utilité, qu'elle n'avait aucune qualité pour prétendre se perpétuer.

Il était l'obsession de Laure, son cauchemar. Elle avait oublié Népomucène Chantefleur mais cet être dont elle ignorait même le nom, son visage l'obsédait dans ses insomnies, avec son strabisme, son air mauvais. Laure avait toujours su ce que c'était que l'amour, avec l'enfant à l'aigle, elle apprit à haïr solidement. Elle se réveillait au petit matin en serrant le cou de son tortionnaire. Sitôt qu'elle descendait dans la cour pour la première récréation, il était là, jouant autour d'elle au toréador, virevoltant avec défi, offrant le simulacre de son sexe qu'il tenait toujours prêt.

Or un matin où elle se promenait dans la cour avec Émilie en lui faisant réciter l'imparfait du subjonctif d'un verbe irrégulier, celle-ci fit remarquer à Laure :

— Il manque quelque chose aujourd'hui au collège.

— Quoi?

— Je sais pas, c'est bien calme, dit Émilie dubitative.

Laure fut soudain attentive. Ce qui manquait, c'était le joyeux brouhaha des filles coquettes, leurs conciliabules à rires étouffés, les jeux bruyants. On eût dit que sur tout le collège une chape de plomb s'était abattue. C'était presque le silence religieux. Il y avait même deux ou trois élèves qui s'essuyaient les yeux.

— Il n'est pas là! dit Laure brusquement.

— Non. Il n'est pas là. Il n'est pas venu te tourner autour. Attends, je vais un peu aux nouvelles, voir les externes.

Laure vit disparaître Émilie sous le préau où des groupes de collégiennes étaient peureusement serrés dans la pénombre. L'absence d'Émilie ne dura pas longtemps et pourtant elle parut interminable à Laure. Émilie se détachait du groupe. Elle revenait vers son amie mais lentement, comptant ses pas, tête basse et donnant des coups de pied aux cailloux.

— Alors ? dit Laure. Tu accouches ! Qu'est-ce qu'il y a ?

Émilie secoua la tête.

— Dis tout ! s'exclama Laure alarmée. Dis-moi tout !

— Je sais pas comment te dire ça..., murmura Émilie. Je sais pas vraiment comment te l'annoncer.

— Encore un malheur ? interrogea Laure.

— Pas pour toi ! Mais tu dois pas te réjouir. Dieu interdit qu'on se réjouisse du malheur des autres.

— Qu'est-ce que tu veux qui me réjouisse en ce moment ?

— Eh ben tu sais, celui que tu appelles l'olibrius, celui qui nous traite de gouines, il était avec un copain qui venait d'avoir son permis de conduire et qui lui a passé le volant. Ils ont eu un accident. Ils se sont emplafonnés contre un marronnier. Le copain est mort et lui il est à l'hôpital.

— Il en sortira, soupira Laure.

Émilie secoua la tête.

— Attends, les copines disent qu'il ne marchera jamais plus, d'après les docteurs.

— Jamais plus ?

— Non, la moelle épinière est atteinte.

— Jamais plus ! s'écria Laure.

Un frisson lui parcourut l'échine. Ainsi le sort ne s'occupait pas que des justes. Le malheur n'était pas

266

l'apanage des déshérités, les orgueilleux aussi éco-paient. Laure était le théâtre d'un grand débat. Elle regarda son amie au fond des yeux. Elle avait besoin d'exprimer ce qu'elle pensait, de l'étaler, de s'en jus-tifier. Elle venait d'imaginer un scénario foudroyant : elle arrivait au chevet de l'estropié pour lui avouer que si elle lui avait résisté c'était parce qu'elle l'ai-mait, lui montrer ses seins, lui faire sentir tous les bonheurs que le sort lui avait retirés. Elle n'avait aucune envie de lui pardonner. Le fait qu'il soit désormais dans un fauteuil roulant n'impliquait pas qu'il eût changé d'âme.

— Je sais ce que tu penses, dit-elle à Émilie. Tu es partagée. Tu t'imagines que ce malheur qui est une chance pour moi va m'incliner à croire que la Provi-dence s'est occupée de moi. Et en même temps tu as honte de cette pensée qui est le contraire de ta foi. Eh bien, tu te trompes ! Si je croyais en ton Dieu, je ne l'insulterais pas en l'imaginant occupé de ces petitesses !

L'allégement de son cœur fut immédiat. Elle avait eu si peur que l'agression journalière du garçon n'in-fluât sur ses résultats et qu'obsédée par lui elle échouât au brevet. Maintenant elle pouvait consa-crer son énergie uniquement au travail. Il n'y avait eu qu'un seul énergumène. Les autres garçons ne fai-saient pas attention à elle. Ils étaient bien trop occu-pés à tenter comme elle d'échapper à la misère par le savoir. Le collège de Buis pouvait s'enorgueillir du silence qui régnait en étude et des résultats obtenus. C'est que la cruelle nécessité poussait tous ces enfants. Ils ne voulaient surtout pas être des forçats de la terre comme leurs parents. Seuls resteraient ceux à qui la nature avait refusé le don de l'étude. Ils ne savaient pas encore, ils ne sauraient jamais que le bonheur était du côté de ceux qui échoueraient et qu'eux-mêmes peineraient cinquante ans ailleurs à se souvenir du pays et à tenter d'y revenir.

Laure pouvait profiter en toute quiétude des beaux soirs et des beaux matins. Elle avait oublié le matamore comme elle avait oublié son rival en maths. Elle était dorénavant l'objet de la sollicitude des professeurs. Une fois, le directeur la convoqua pour lui demander ce qu'elle comptait faire plus tard. Avec les résultats qu'elle obtenait, elle pouvait prétendre à continuer ses études.

— Oh, dit Laure, si déjà je pouvais faire l'école normale pour être institutrice, ça me suffirait.

— Tu pourrais faire beaucoup mieux.

— Mes parents n'ont pas d'argent, dit Laure. Et puis je veux rester ici.

— Es-ce que tu as conscience que tu habites un pays terrible ? Tous tes camarades veulent en partir !

— Moi non, répondit Laure. Il me suffit.

Le directeur regardait cette adolescente dont il connaissait l'histoire. Il avait conscience de se trouver devant un être plus vieux que son âge, mûri par la pauvreté et qui avait déjà embrassé le reste du monde sans avoir besoin d'y aller voir.

Laure était pleine d'une tendresse fraternelle pour les Baronnies. Et cela lui aurait semblé une trahison si elle avait dû les quitter.

La ville des Baronnies était riche en recoins de mystère, en sources de souvenirs non vécus. Et ceux qui n'existaient pas, Laure était capable de les inventer.

Une vieille porte dans un vieux mur de jardin qu'un vieil homme avait cadenassée avec soin pour la dernière fois, avant d'aller mourir à l'hôpital, et Laure inventait à partir de cette vie une autre réalité. Elle reconstituait en archéologue jusqu'aux premiers vagissements de cet inconnu.

La fontaine muette, le portail fermé de l'église, une épicerie aux abois où l'on avait posé les scellés sur la devanture, un berceau mis au rancart devant une poubelle, toutes ces choses tristes étaient prétextes à ouvrir l'imagination. Laure l'interprétait et sa mémoire l'enregistrait. Elle vivait la vie des autres comme les peintres font des croquis pour leur œuvre future. Le tempo de la nostalgie l'habitait comme une musique. Mais ce n'était pas sa propre nostalgie, c'était celle du pays tout entier.

Novembre vint. Dans le ciel de Buis, en se promenant le dimanche, Laure guettait anxieusement, plus haut que le clocher, l'arrivée des grives fusant en petits groupes dans le ciel. Elle comptait sur leur grand nombre pour assurer sa future rentrée scolaire.

Elle savait qu'à partir de la quatrième les livres ne lui seraient plus fournis gratuitement. Il fallait donc se constituer un pécule pour les achats.

Maintenant, délivrée de son tortionnaire, elle pouvait se consacrer au travail. Elle pouvait aussi profiter de l'atmosphère du collège qu'elle aimait tant et où *Le Grand Meaulnes* l'avait initiée, naguère. Les soirs d'hiver régnaient sous le préau.

La Noël vint, c'était un mercredi. Laure dès le dimanche matin de son arrivée prit le chemin de la montagne. Les grives sifflaient autour d'elle. Il faisait juste le froid qu'il fallait. Le col avait rébarbative allure. Au loin, sur des centaines de kilomètres de ciel, celui-ci crachait des volutes noires silencieuses qui menaçaient tempête.

La veille, il n'y avait pas eu ripaille chez les Chabassut. La famille était réduite à elle-même, le père, la mère et les trois enfants, pas plus. L'esclandre qui avait eu lieu l'an passé, à cette tablée de Noël, avait guéri la famille d'inviter Romain et sa progéniture.

L'an passé, Romain avait pris une cuite mémorable avec ses amis d'enfance et de bistrot. Il était arrivé chez l'oncle pourvoyeur en retard et en pleine crise, muet et les yeux vitreux. Au milieu du repas, il s'était effondré le nez sur le civet de lièvre et n'avait plus bougé. On l'avait cru mort. Il avait fallu trois hommes pour le ramener à Marat et le jeter tout habillé sur son lit alors qu'il reprenait à peine conscience.

Aussi Noël se passait-il cette année en famille réduite et en silence, à attendre le bruit du tracteur dans la neige conduit par le père sortant du bistrot plus ou moins ivre.

C'était un homme qui malgré sa femme et ses trois enfants était écrasé par la solitude. Quand il était en train de biner la lavande, de mener le troupeau ou penché vers l'arrière de son tracteur à tourner les foins, il avait l'impression que la montagne le happait, le digérait, l'assimilait, en faisait sa créature et son esprit. De peur de passer pour un fou, il n'osait pas l'invectiver comme ses voisins qui ne s'en privaient pas. Il se mit à la fuir. Le tracteur et les vapeurs de l'alcool lui servaient à ça.

Laure alla se coucher de bonne heure. Il avait encore neigé légèrement le matin et elle était partie dresser une seconde génération de lèques le jour de Noël. C'était interdit par temps de neige mais les gardes aux longues-vues qui avaient surpris cette fillette préparer ses pièges sans gant naturellement, et à genoux dans la neige alors qu'il faisait huit degrés en dessous de zéro, n'avaient pas eu le courage de les détruire comme la loi le leur prescrivait. Ils s'étaient aperçus que Laure les épiait, toute prête à aller remonter les pièges sitôt qu'ils les auraient éparpillés. Les gardes n'en croyaient pas leurs yeux. Même les hommes mûrs ne se livraient plus à ce sport d'enfer. Seuls quelques vieillards obstinés s'évertuaient encore à dresser ce triangle de leurs mains tremblantes. Parfois on en relevait un mort de froid. Mais une fillette! Ça n'était pas possible. Les deux gardes eurent ce même réflexe : ils allèrent faire la chasse aux lèques du côté de Sérène.

Le silence était le compagnon de Laure mais parfois un grondement qui secouait la neige des branches se faisait entendre. C'était une harde de sangliers qui cherchait fortune sous les arbres de la hêtraie. Ce grondement impressionnant les précédait toujours.

Elle connaissait bien ce bruit, elle l'avait entendu autrefois, debout entre les jambes du grand-père, à côté du fusil dressé vers le ciel, à portée de la main, *à l'espère*, comme on disait, prêt à tirer quand la harde passerait à portée.

— Mais petite, lui disait-il, ne te trouve jamais sur le parcours d'une harde! Ça emporte tout! C'est comme un torrent! Ça fonce et ça pousse! Si tu es au milieu, adieu pays!

Et il faisait le geste de balancer la vie par-dessus son épaule.

Ça, c'était autrefois. Maintenant c'était pire. Des sangliers, il en arrivait du monde entier par wagons, par camions. Les peuples étaient en train de manger leur capital pour avoir des automobiles, des postes de télévision, des salles de bains. Les sangliers congelés vivants ou morts, raides comme la justice, tous ceux qui avaient eu l'idée mirifique d'en élever tombaient en faillite. On ne mangeait d'ailleurs plus de sanglier

272

car ils n'avaient plus de goût. Les éleveurs triomphants avant d'être aux abois avaient fait un croisement mirifique entre les truies et les sangliers. Ça avait donné une nouvelle race. On appelait ça les cochongliers. Ils étaient rendus à la nature quand l'élevage n'existait plus.

Ce matin-là, la terre entière et le ciel bas menaçaient ruine. Laure avait l'impression, tant ils étaient lourds, que les nuages s'entendaient rouler au ras des montagnes. Elle avait déjà perçu ce frôlement, gigantesque dans son esprit, lorsque à dix ans elle faisait ces terribles cauchemars et où tatie Aimée l'accueillait dans son lit pour la rassurer.

Laure avait peur. Elle venait de ramasser sa quarantième grive sur les lèques et de refaire derrière elle soigneusement les pièges détruits par les oiseaux en mourant. La grande roubine des Essarts se profilait sur sa gauche comme une énorme balafre noire coupant la forêt. Les hêtres montraient leurs troncs brillants, seule lumière venue du ciel. Les couverts étaient denses, jamais faucardés. Les troncs huchaient depuis un fouillis inextricable qui moutonnait escaladant la montagne, à hauteur d'homme. Les hêtres dépassaient de là tels des soldats en ordre de bataille. On voyait très loin à travers eux. On apercevait les peloux du sommet où la prairie remplace les arbres.

Laure vit la houle au lointain avant d'entendre le bruit car une harde de sangliers lancée à fond de

273

train fait tout de suite penser, même si on ne l'a jamais vue, à la houle de l'océan quand la vague va se renverser, mais contrairement à la houle c'est par le bas que l'énergie s'échappe.

Le sanglier pousse du groin et des défenses, à dix, à cinquante sans aucun discernement, ne comptant que sur sa force multipliée par le nombre, il ne songe pas à contourner l'obstacle, il le fait voler en éclats.

Quand une harde dévale une pente abrupte en forêt, elle laboure la terre, elle défonce le taillis, elle arrache les amélanchiers, les buis, les embruniers, les églantiers morts inextricables les uns des autres, les branches cassées aux arbres par le vent. Elle pousse tout ça devant elle pour ouvrir la marche aux marcassins qui suivent. Les hures grouillantes de poils rébarbatifs agglomèrent la masse couleur de suie et soudain la harde fait éclater le mur de débris concassés qui cède brusquement comme un barrage qui s'effondre.

« Et alors, avait dit le grand-père, adieu pays! »

Laure entendit au fond des bois le bruit d'une cavalcade guerrière. Ce bruit pleuvait à travers les arbres. On ne savait pas le localiser. Il croissait de seconde en seconde. C'était un trottinement implacable qui parlait d'éboulement, d'effondrement, de panique à écraser les vivants. Il n'y avait pas sur toute la montagne d'autre bruit que celui-ci.

Laure regarda autour d'elle. La roubine à sa gauche prolongeait sa tranchée noire mamelonnée jusqu'au ruisseau au fond du vallon où elle s'amalgamait avec un lit de sable rose aplati là par des pluies anciennes. Il y avait trois mètres à pic entre la terre de la forêt et la surface des marnes.

Le bruit devenait aigu autour de Laure. Il était scandé par des craquements soudains comme si des poutres cédaient sous quelque poids. C'était aussi, ce bruit, pelletée après pelletée, celui d'une tombe qu'on creuserait en haletant, à la hâte comme quelqu'un qui serait pressé d'agrandir la fosse.

L'orée du bois se creusa comme une digue qui cède, déversant d'abord des buissons arrachés, des troncs pourris enchevêtrés. Laure vit sur sa droite qui fonçait vers elle en tranchant de faucille une masse, une masse grognante qui se déployait à travers la pente.

— Les sangliers! cria-t-elle.

Ça n'était plus une harde, c'était un troupeau aveugle comme un troupeau de moutons. Ils avaient dû s'agglomérer au fond de la montagne, poussés les uns vers les autres par la faim. C'était une masse compacte qui fonçait vers la vallée. Ils étaient vingt, trente, on ne savait pas. Ils dévalaient à travers les arbres, jetés d'un bout à l'autre de la forêt, imprévisibles dans leurs zigzags incohérents. Le mouvement en éclairs ondulés se déplaçait comme la brise sur un champ de blé. Ils étaient boueux à ne plus savoir leur couleur. Derrière eux, ils laissaient une place nette d'herbe et de broussailles où le sol apparaissait nu, glissant et sans protection. Des marcassins rayés de jaune, en troupe et le groin tout neuf trottinaient, glissaient, tombaient sur la trace du troupeau.

Pour éviter la harde qui allait surgir elle ne savait d'où, Laure balança sur la roubine le sac qui contenait les grives et sauta sans hésiter les trois mètres qui l'en séparaient.

Elle entendit un claquement sec dans son pied avant de ressentir la douleur qui lui fit serrer les dents. Elle ne cria pas. Elle savait par expérience qu'il ne faut jamais crier. Les bêtes de la forêt comme les paysans savent cela depuis toujours. Les cris peuvent attirer l'ennemi quelconque qui vous cherche pour vous achever. Les gens de la terre n'attendent jamais de secours des cris qu'ils pourraient pousser.

Laure essaya de se relever. Le pied était inutilisable du côté où se lisait sur le tibia le coup de faucille jadis enduré. Elle voulut se redresser. La douleur la fit retomber. Au loin l'avalanche de pierres et la cavalcade des sangliers qui fonçaient droit devant, s'atténuaient, s'estompaient, se taisaient enfin. Il ne restait plus à Laure qui tenait sa jambe blessée qu'à essayer de marcher. Mais la douleur, quand elle appuya le pied par terre la fit défaillir. Elle chercha autour d'elle un appui. Une grosse racine pendait verticalement dans le vide au bord de la roubine abrupte et dardant vers la terre où se replanter. Laure l'agrippa, essaya de l'arracher ou de la couper en la tordant mais la racine était trop solide.

Le talus était farci de petites dalles calcaires aux angles tranchants. Laure se traîna jusqu'à elles sur les genoux. La pierre était gelée dans sa gangue avec d'autres cailloux moins engagés, Laure frappa autour et finit par la déliter. À genoux toujours et avec ce mal lancinant dans la cheville, elle réussit au bout de dix minutes à couper ce bâton improvisé. Elle enfila à l'épaule son sac en bandoulière et commença à cloche-pied à dévaler la roubine. En chemin, elle rencontra deux bâtons plus solides et c'est sur une jambe et deux béquilles bricolées qu'elle atteignit Marat. C'était le soir. Tout le monde s'était déjà remisé autour de la table. Romain lisait le journal, Marlène écrasait la soupe, les deux marmots jouaient à la bataille en s'injuriant. Personne ne s'inquiétait de Laure. On avait l'habitude de la laisser libre. On savait qu'elle était aux lèques et que ça rapportait un peu d'argent.

Il y avait des manches de fourches à la remise. Laure en choisit deux. C'était plus pratique, plus solide, que des branches. Elle reprit son sac de grives. Sur une jambe toujours, elle descendit jusqu'à Eourres chez la tante Aimée.

— Mon Dieu! Qu'est-ce qui t'arrive encore?

— Rien, dit Laure. Je me suis un peu tordu la cheville.

Elle souffrait le martyre mais il lui fallait sourire.

— Oh c'est rien, répéta-t-elle. Je mettrai une bande en rentrant. Tu as toujours ton acheteur ?

— Sûr que pour la Noël !

— J'en ai quatre-vingt-deux, dit Laure, soixante-quatre grives et dix-huit chachas.

— Mon Dieu, s'exclama Aimée en claquant des mains, j'en connais qui vont être contents !

— Tu pourrais pas..., dit Laure, gênée.

— Quoi ? Tu veux un peu d'argent ?

— C'est pour faire un cadeau à mes parents.

— Bien sûr ! Tout de suite, combien tu veux ? Combien il te faut ?

— Quatre cents francs, répondit Laure, tu peux ?

Sans mot dire, Aimée alla vers le dessus de cheminée, y prit son porte-monnaie et tendit quatre billets à Laure.

— Mais tu peux marcher ? interrogea-t-elle avec inquiétude. Charles va rentrer. Tu ne veux pas qu'il te raccompagne ?

— Mais non, ça va aller ! Pour une entorse, tu sais.

Elle fit un pauvre sourire à sa tante.

— J'en ai vu d'autres !

La remontée sur Marat fut dure. Laure était exténuée en arrivant. Elle mit trois billets sur la table sans mot dire.

— Mange quelque chose ! dit son père.

— Je n'ai pas faim, répondit-elle.

Elle alla se coucher avec sa douleur.

Le lendemain, la blessure avait refroidi et la jambe était raide jusqu'à la cuisse. L'angoisse de ne pouvoir retourner au collège s'empara de la fillette. Elle avait déniché à la remise une vieille canne du grand-père. Les quatre derniers jours avant la rentrée, elle s'aventura dans la neige pour s'exercer à marcher à cloche-pied. Elle était obligée de se reposer tous les dix mètres.

Sa position favorite désormais était de s'asseoir sur le muret de la cour, la tête penchée observant son pied gauche où le sang battait, comme la fois où elle s'était donné ce coup de faucille et où elle avait perçu son cœur cogner avec tant de force. Le même battement, elle le ressentait maintenant qui faisait le tour de sa cheville. Avec la vieille bande Velpeau trouvée dans ces mêmes boîtes du grand-père qui contenaient les peaux de serpent, elle se fit un bandage. C'était pénible. Il fallait s'y prendre à plusieurs fois pour maintenir la cheville serrée. La famille faisait cercle autour mais personne ne se proposait pour l'aider, ne connaissant pas la technique du bon pansement.

Aimée ne venait plus à Marat. Elle était occupée par un enfantement difficile. La tante pourvoyeuse, elle-même, n'avait jamais pardonné à Laure d'avoir esquinté ses deux garçons qui avaient mis quinze jours à se remettre après l'incident du wigwam.

Pour la fillette, l'apprentissage de la solitude commença, interminable. Nul ne la conseillait ni ne lui venait en aide. Avec appréhension, le jour venu, elle reprit le chemin de l'école en compagnie du chauffeur et des trois compagnons de l'an d'avant qui ne disaient mot, ne lui demandaient pas, la voyant péniblement s'installer dans la voiture, ce qui lui était arrivé.

Le collège si avenant jusqu'ici était devenu un piège. Il y avait des escaliers partout et, même avec une canne, Laure avait des difficultés pour se déplacer.

Elle avait obtenu d'être dispensée de culture physique. Elle restait assise pendant les récréations, ne partageait plus les jeux d'adresse où elle était si experte, avait déserté le préau aux agrès. Elle réussissait malaisément à se laver toute seule parce que sous la douche elle glissait et perdait pied, devait s'asseoir dans le pédiluve et cette position l'humiliait. Cependant elle se résignait peu à peu à être infirme. Elle serrait les dents. C'était ce que ses ancêtres avaient toujours su le mieux faire. Ce mutisme résigné était parmi ces paysans la seule suprématie de l'espèce. À Eourres on avait toujours su maîtriser ses cris et donner au silence le temps de laisser vieillir le malheur.

Émilie, la compagne en pauvreté, avait fini par céder devant la rumeur publique. L'olibrius n'était plus là mais le ferment empoisonné qu'il avait laissé derrière lui continuait de faire son œuvre, d'autant qu'à chaque escalier qui se présentait, Laure était obligée de solliciter l'aide de sa compagne pour le gravir. Cette perpétuelle embrassade des deux pensionnaires avait fini par persuader leurs compagnes que quelque anomalie les unissait.

Il y avait des conciliabules à voix couvertes autour d'elles. Souvent, quand elles apparaissaient ensemble leurs camarades se taisaient. Toutes celles qui naguère avaient été sensibles aux charmes du bellâtre épousèrent la conviction qu'il avait répandue autour de lui. Le cercle des soupçons s'élargit et bientôt Émilie n'y put plus tenir. Insensiblement elle resta en retrait quand Laure avait besoin d'elle.

Son cœur de chrétienne devait être déchiré quand, invisible parmi les autres pensionnaires et se dissimulant derrière les plus grandes, elle distinguait Laure qui la cherchait vainement des yeux. Elle l'apercevait avançant le long de la rampe de l'escalier que, faute de soutien, elle gravissait péniblement marche après marche. Pourtant elle s'appliquait à l'éviter, à n'être plus en contact avec elle, à ne plus la toucher. Son âme de bigote ne pouvait surmonter l'opprobre de tout un peuple. Elle se voyait au centre d'un cercle qui la montrait du doigt.

Ainsi l'isolement de Laure devint universel mais curieusement, à cette occasion, elle en apprit un peu plus sur l'humanité. Le professeur de philosophie, une femme qui jusque-là n'avait prêté aucune attention à cette élève qui n'était pas à son cours, soudain devint bienveillante avec elle et on la vit à plusieurs reprises se porter au secours de l'infirme quand celle-ci était en difficulté.

Cependant Laure continuait à dominer de très loin les élèves de sa classe tant mâles que femelles, et c'était à la fois un réconfort et un handicap car la jalousie confortait la calomnie.

Pâques fut lugubre à la ferme aussi. Cette année-là, Laure ne fut pas même consolée par les poiriers en fleur. Elle les regardait avec envie ne pouvant plus les escalader, ce qui l'empêchait de les admirer. Ce fut pourtant durant les vacances qu'on vit arriver dans sa DS noire le directeur du collège en présence de sa femme. Ils s'enfermèrent une demi-heure avec Marlène et Romain. Ce qu'ils se dirent ne transpira pas et Laure n'en eut jamais connaissance, mais après leur départ elle distingua dans le regard de ses parents plutôt une certaine crainte qu'une grande espérance.

Au retour de ces vacances et voyant que Laure boitait toujours, la directrice l'accompagna chez le docteur. Il habitait au sommet d'une longue montée harassante où la canne du grand-père ne servait à rien. C'était une allée de marronniers. Laure s'adossait contre chacun d'eux. Elle transpirait tant elle luttait. Elle s'essuyait le front. Quand elle arriva devant la porte du cabinet, la directrice était assise depuis dix minutes.

La visite fut brève.

— Elle a une fracture de la malléole d'un côté de la cheville et une entorse de l'autre. Il est beaucoup trop tard pour plâtrer. Je vais lui faire un pansement pour immobiliser la jambe autant que faire se peut. Il y a une chance sur deux pour qu'elle ne reste pas boiteuse.

Tel fut le diagnostic du praticien. Il disait tout cela tranquillement devant Laure comme si elle n'existait pas.

L'école ferma. L'examen avait lieu fin juin. Laure rentra à la maison pour le préparer. Elle ne pouvait rien faire d'autre. Elle était une bouche inutile. Le gros garçon la regardait avec indifférence. Il ne pouvait plus lui tirer les cheveux mais le cœur y était. Ça se sentait. La sœur était larvaire. Quant à Marlène, elle lui disait :

— Quand même tu pourrais pas essayer d'aller garder ? Ça te ferait du bien de prendre l'air !

Le jour de l'examen arriva. Une objection se présenta à laquelle Laure n'avait pas pensé. Comment aller à Nyons où se déroulaient les épreuves ? Aimée depuis sa grossesse était toujours malade. La tante pourvoyeuse avait interdit à son mari de rendre service à Laure et d'ailleurs celle-ci ne serait jamais allée quémander.

Depuis peu, sur les instances de ses amis de bistrot, Romain s'était procuré une voiture d'occasion.

Elle tombait en panne tous les cent kilomètres. En ce moment, la batterie était à plat, et dans la cour de la ferme les poules lui fientaient dessus.

La veille du jour dit, il ne resta plus à Laure que la ressource d'aller se poster en bas du col. Elle le fit péniblement, en s'arrêtant tous les cent mètres. Elle était chargée d'un sac à dos où elle avait mis ses affaires de nuit et un peu de nourriture (quelques pommes de terre bouillies, un fromage de chèvre et deux pommes). Elle songeait à Népomucène, le bon élève mort qui partageait son fruit en deux, moitié pour le midi et moitié pour le soir.

Assise sur un rocher au bord de la route, Laure guettait les lacets déserts. C'était un lundi. Il passa deux camionnettes d'ouvriers maçons chargées à mort et qui ahanaient leur vieillesse. Les manœuvres entre les ridelles firent à Laure de grands signes d'invite mais le chauffeur ne la regarda même pas.

Accablée d'inquiétude, Laure était prête à revenir à la ferme, à abandonner. Alors elle vit poindre une voiture étincelante de chromes qui franchissait les virages avec aisance. Elle se campa au milieu de la route, les bras écartés et la main levée. « Tant pis, se dit-elle, ou elle s'arrête ou elle m'écrase! Je me lèverai pas du milieu. »

Elle s'arrêta.

— Vous allez jusqu'au Buis?

— Oui, montez!

Elle s'installa, le sac sur les genoux avec des mercis

à n'en plus finir et l'appréhension de la nausée. C'était la malédiction pour Laure. Elle avait toujours eu mal au cœur en voiture.

Le conducteur était un homme ordinaire, pas méchant, pas sadique, mais de voir cette adolescente bien faite, jambes au vent dans ce col désert, il prit cette surprenante opportunité pour un don du ciel et il se dit « Qui sait? », comme n'importe quel homme. Nerveusement, il balança longtemps dans sa brusque panique. Laure s'aperçut assez vite de l'effet qu'elle produisait avec ses nattes, sa poitrine haute et ses jambes car la jupe trop courte ne couvrait pas les genoux. Alors elle pensa au wigwam et elle se retrouva dans son rôle de proie.

Quand l'homme se décida à poser sa main sur la cuisse de la passagère, la nausée chez Laure décupla à ce contact. On était à cinq kilomètres du Buis.

— Tu verras, dit-il, la voix étranglée, je te ferai pas mal, je serai délicat.

Elle voyait la main grasse du bonhomme lui caresser la cuisse. Cette main était tiède, désagréable. Elle avait la moiteur de l'homme maladif. Les ongles des doigts étaient en deuil. Laure se dit qu'elle finirait le trajet à pied. Elle se mit à rire aux éclats et, tout en pouffant, elle dit au conducteur :

— Je suis arrivée. Merci! C'est ici que je descends!

Elle ouvrit la portière. Il freina surpris. Il s'arrêta en voyant la canne. Il ne s'était pas aperçu qu'elle

boitait. C'était au bord d'un champ de luzerne interminable. Laure fit à pied avec son chargement les
cinq derniers kilomètres. Elle se disait : « Pourvu que
la directrice ait tenu sa promesse ! Quand je l'ai vue
l'autre jour, elle m'a dit qu'elle ne fermerait pas la
porte de l'infirmerie et que je pourrais dormir là. »

L'infirmerie était ouverte. Le lit était bien là. Laure
s'affala dessus haletante, la canne posée sur sa poitrine, les yeux au plafond. Une nouvelle angoisse lui
serrait la poitrine. L'examen se passait à Nyons, pas
au Buis. Comment ferait-elle demain matin pour
rejoindre cette ville ? Elle n'avait même pas envie de
manger les deux pommes. Sa peur juste passée et
celle du lendemain lui avaient coupé l'appétit.

Elle s'éveilla en sursaut. La canne restée en travers
de la poitrine tomba sur le sol avec bruit. Un visage
humain plein de douceur se penchait sur elle avec le
sourire. C'était la directrice qui lui disait à voix
haute :

— Laure ! Il est l'heure. Tu dois te lever.

Elle avait posé un plateau sur la tablette des médi-
caments.

— Tu feras ta toilette chez nous, dit-elle. Pour le
moment, déjeune ! Ensuite mon mari te conduira à
Nyons.

C'était la première fois que quelqu'un se penchait
sur son réveil. Laure dit bonjour et merci seulement.
Il y avait pourtant en elle toute une litanie de reconnaissance qui se tissait dans son souvenir. Ce visage

jeune, ce parfum de femme propre respiré avec respect, Laure ne l'oublia jamais de sa vie, ni la pitié contenue dans le peu de paroles. Elle but le café et ne mangea presque rien. La peur d'avoir mal au cœur en voiture et l'angoisse de devoir répondre aux questions dans un état nauséeux la paralysaient.

Dans la cour, une rutilante voiture noire attendait. La distance de Buis à Nyons où se déroulaient les épreuves fut couverte dans le mutisme le plus total. Il n'y eut pas d'échange entre cet homme de trente-cinq ans qui ne pouvait pas avoir d'enfant et cette adolescente sans avenir. Ils avaient été jetés tous les deux dans une énigme qu'ils s'efforceraient toute leur vie de déchiffrer. Seulement à la fin, en ouvrant la portière à Laure comme à une princesse, l'homme dit :

— Je viendrai te reprendre à six heures. Ce sera fini. Je te ramènerai jusqu'à Eourres.

Il lui mit la main sur l'épaule.

— T'en fais pas ! Tu les dépasses tous d'une tête ! Tu vas l'avoir ton examen.

12

Laure guettait Séraphin devant la fontaine Marat.
Elle savait qu'il venait boire à la source quand il passait le soir pour rejoindre la maison de bois qu'on
appelait la maison de l'oncle. Elle claudiquait encore
un peu mais sa riche nature avait eu raison de tout :
la charge des sangliers au bord de la roubine qui
aurait pu la mettre en pièces ; la fracture de la cheville
qui aurait pu la laisser infirme ; le coup de serpe sur
le tibia qui aurait pu se transformer en tétanos ;
l'aventure du wigwam où elle aurait pu attraper un
enfant ; le hêtre qui avait failli l'écraser et sa naissance
entre vie et mort.

Maintenant qu'à quatorze ans tout juste elle était
armée de sa beauté du diable, elle voulait montrer à
Séraphin ce qu'elle était devenue, lui qui l'avait gardée en vie sous le déluge de l'arbre abattu quand elle
avait deux ans, et elle voulait aussi lui annoncer la
grande nouvelle. Il lui fallait trouver quelqu'un à qui
ça fasse plaisir.

Quand toute joyeuse elle s'était précipitée vers sa mère en lui criant :

— Maman! Je suis reçue!

Celle-ci avait répondu :

— Eh bé vaï! C'est pas trop tôt, tu vas pouvoir retourner au troupeau maintenant que tu n'as plus besoin de canne.

— Non! dit Laure fermement. Tout l'été je vais aller travailler à l'hôtel de Séderon et je vous donnerai ce que j'aurai gagné.

— Ah bé, ça alors! Et le troupeau? Et la lavande?

— Vous êtes quatre, répondit Laure sans élever le ton.

— Quatre, tu n'as pas honte? Ta sœur n'a encore que six ans!

— Et moi? Quel âge j'avais quand le grand-père m'a envoyée au troupeau?

Elle tourna le dos à sa mère et alla quêter quelque compliment parmi la parentèle. Mais le destin avançait pour tout le monde sur la roue du temps. Aimée était malade. La naissance de sa fille l'avait laissée souffrante pour le restant de ses jours. Juliette était trop occupée à faire fortune pour s'intéresser longtemps à cette fille qu'elle avait contribué à maintenir en vie. Et Laure avait eu beau annoncer aux cousines et tantes qu'elle avait réussi avec la mention très bien, ça n'avait éveillé la curiosité de personne. Maintenant, avec sa blondeur et son sourire, elle n'avait plus droit à la pitié.

Elle suivait mélancoliquement à ses pieds les traces que le héron dans la journée avait laissées sur la vase au bord de la mare. Elle se revoyait avec Pierre, innocent encore, guettant l'oiseau à l'abri des roseaux. Elle savait que demain ces traces s'effaceraient sous d'autres pas, sous d'autres traces. Elle les contemplait comme un adieu. C'étaient ses souvenirs d'enfance qui s'arrêtaient ici. Pour mauvaise qu'elle ait été, son enfance dans son âme était déjà un regret.

Là-bas au bout du sentier sous l'ombre de la nuit prochaine qui empêchait de voir son visage, Séraphin s'avançait. Toujours armé de son pas d'arbre en marche, il sifflotait la musique qu'il avait retenue le soir de l'église.

— Je suis reçue! cria Laure. Avec la mention très bien! Je voulais vous l'annoncer!

Elle levait ses yeux clairs vers l'homme. Il la regardait aussi avec bonté.

— Tu me dis vous maintenant? dit Séraphin.

— Excusez-moi, dit Laure, et elle se tut.

Ils ne trouvaient rien à ajouter. La nuit autour d'eux devenait profonde.

— Mais, dit Laure soudain, c'est le dernier effort que j'ai pu faire. Mes parents m'enlèvent de l'école. Demain je commence comme serveuse à Séderon. Je ne vous reverrai pas de l'été.

— Je vais m'en aller moi aussi, dit Séraphin. Je retourne à Novare.

— Je ne vous verrai plus?

Il hocha la tête sans répondre. Face à face c'est à peine s'ils distinguaient l'éclat de leur regard.

— Je voudrais..., commença Séraphin. C'est difficile à dire... Je voudrais que tu continues.

Laure entendit un froissement étrange du côté de l'homme. Il avait tiré une liasse de billets hors de sa contre-poche et il la présentait à Laure comme une offrande.

— Voilà, dit-il, j'ai économisé tout ça en tant d'années. Je voulais acheter une voiture mais qu'est-ce que j'irais faire, moi, d'une automobile? Je te les donne. Prends-les! Ça t'aidera à continuer.

— Non! cria Laure. Pas de vous! Je veux pas!

Elle se croisa les mains dans le dos comme elle l'avait fait le jour où Aimée lui avait tendu cette lettre pour Séraphin. Elle avait reculé d'un pas. Il se rapprocha d'autant. Il tenait fermement cette grosse liasse de billets attachée d'une ficelle qui lui brûlait les doigts tant il était anxieux de faire accepter ce don et tant il se demandait ce qu'il pourrait bien en faire dans son désespoir si elle n'acceptait pas. Que pouvait-il tenter d'autre contre le sort que de passer ces billets à cette fille comme on passe un témoin dans une course, pour que la course continue, pour que tout ne soit pas inutile. Il répéta:

— Prends-les! sur un ton de commandement.

— Non! cria Laure, pas de vous!

— Si! moi justement!

Il osa un geste dont il ne se serait jamais cru capable : il poussa de force la liasse dans le corsage de Laure. Il lui toucha les seins. Ses mains étaient aussi froides que le zinc de la baignoire qui recevait la fontaine. Il lui fourrait les billets au creux de la gorge comme si les seins de Laure avaient été de la pierre et non pas la source d'un émoi quelconque, sans plus de ménagement ni de douceur. Il exigeait de Laure qu'elle accepte de force ce que sa pudeur refusait.

— Prends-les ! disait-il. Ne refuse pas parce que tu es pleine d'orgueil ! Ça sert à rien tout ça ! Un jour tu rendras à un autre ce que je fais pour toi ! Ça se méprise l'argent ! C'est juste bon à être donné ! Et tu sais je ne suis pas humble ! Changer le destin de quelqu'un, c'est le comble du bonheur ! Et de l'orgueil, ajouta-t-il.

Il lui saisit les poignets. Il la scruta au fond des yeux.

— Je veux changer ton destin ! dit-il avec force.

Le regard de Laure était éperdu. Elle sentait le poids des billets contre ses seins. Elle ne voulait pas. Il se rendit compte qu'il la brutalisait. Il lui lâcha les poignets.

— Pardon ! dit-il.

Il recula de trois pas sans cesser de la contempler. Elle eut un geste instinctif pour retenir les billets contre elle. Elle acceptait. Il eut un soupir de soulagement.

— Je vais te dire un secret !

— Quel secret?

Laure ricanait ces deux mots. Quel secret pouvait bien la concerner? Elle, ce fétu de paille perdu parmi les monts des Baronnies; elle, cette paysanne, comme avait crié Pierre, son compagnon de jeux, le jour où elle lui avait échappé; elle, cette pauvre travailleuse aux traits déjà durcis par l'amertume de vivre.

— Je n'ai jamais aimé que toi, dit Séraphin.

Elle envoya les mains devant elle pour l'agripper comme une femme qui se noie mais l'ombre était devenue épaisse entre elle et lui tant il s'enfuyait vite. Sa main n'empoigna que le vide. Elle la tint longtemps ouverte devant elle comme si cet espace rendait le verdict sur sa vie.

Une houle de vent traversait le pays des buis de part en part en gémissant.

Laure serrait les billets sur sa poitrine. Ils étaient encore tièdes d'avoir séjourné longtemps contre le cœur de Séraphin. C'était tout ce qui restait de son passage.

8 novembre 2005-27 janvier 2006

DU MÊME AUTEUR

LE TOMBEAU D'HÉLIOS (Folio Policier n° 198).

LE SECRET DES ANDRÔNES (Folio Policier n° 107).

LE COMMISSAIRE DANS LA TRUFFIÈRE (Folio Policier n° 22).

LES CHARBONNIERS DE LA MORT (Folio Policier n° 74).

LES ENQUÊTES DU COMMISSAIRE LAVIOLETTE

Aux Éditions Gallimard

L'ENFANT QUI TUAIT LE TEMPS (Folio n° 4030).

Aux Éditions du Chêne

LES PROMENADES DE JEAN GIONO (album).

Aux Éditions Alpes de lumière

LA BIASSE DE MON PÈRE.

COLLECTION FOLIO

Composition C*MB* Graphic
Impression Novoprint
à Barcelone, le 20 août 2007
Dépôt légal : août 2007

ISBN : 978-2-07-034721-6/Imprimé en Espagne.